诗词赏析与吟唱

从《诗经》到宋词

叶菁 著

四川教育出版社

图书在版编目(CIP)数据

诗词赏析与吟唱：从《诗经》到宋词 / 叶菁著.
成都：四川教育出版社，2024.8. -- ISBN 978-7-5408-9343-9

Ⅰ.I207.2

中国国家版本馆CIP数据核字第2024E808P5号

诗词赏析与吟唱　从《诗经》到宋词

SHICI SHANGXI YU YINCHANG CONG SHIJING DAO SONGCI

叶　菁　著

出 品 人	雷　华
责任编辑	王曼炜
责任校对	刘　畅
封面设计	许　涵
责任印制	许　涵
出版发行	四川教育出版社
地　　址	四川省成都市锦江区三色路238号新华之星A座
邮政编码	610023
网　　址	www.chuanjiaoshe.com
制　　作	四川胜翔数码印务设计有限公司
印　　刷	成都兴怡包装装潢有限公司
版　　次	2024年9月第1版
印　　次	2024年9月第1次印刷
成　　品	170mm×240mm
印　　张	13.25
字　　数	193千
书　　号	ISBN 978-7-5408-9343-9
定　　价	62.00元

如发现质量问题，请与本社联系。总编室电话：(028) 86365120

目 录

第一章　"诗"与"歌"的历史与当代价值 …………………… 001
　第一节　"诗"与"歌"——三千年的相伴相依 …………… 001
　第二节　经典诗词古乐谱吟唱的当代价值 ………………… 005

第二章　《诗经》赏析与吟唱 ……………………………… 013
　第一节　走进风流雅正的《诗经》世界 …………………… 013
　第二节　《蒹葭》赏析与吟唱 ……………………………… 046
　第三节　《关雎》赏析与吟唱 ……………………………… 051
　第四节　《丰年》赏析与吟唱 ……………………………… 055
　第五节　《子衿》赏析与吟唱 ……………………………… 057
　第六节　《蜉蝣》赏析与吟唱 ……………………………… 064

第三章　《楚辞》赏析与吟唱 ……………………………… 069
　第一节　走进浪漫奇诡的《楚辞》世界 …………………… 069
　第二节　《云中君》赏析与吟唱 …………………………… 080
　第三节　《河伯》赏析与吟唱 ……………………………… 083

第四章　汉代诗歌赏析与吟唱 …… 088
　　第一节　走进诸体兼备的汉诗世界 …… 088
　　第二节　《长歌行》赏析与吟唱 …… 106
　　第三节　《秋风辞》赏析与吟唱 …… 111
　　第四节　《燕歌行》赏析与吟唱 …… 119

第五章　唐代诗词赏析与吟唱 …… 128
　　第一节　走进气象万千的唐诗世界 …… 128
　　第二节　《阳关三叠》赏析与吟唱 …… 135
　　第三节　《三五七言》赏析与吟唱 …… 146
　　第四节　《渔歌子》赏析与吟唱 …… 151

第六章　宋代诗词赏析与吟唱 …… 157
　　第一节　走进浅斟低唱的宋词世界 …… 157
　　第二节　《浪淘沙令》赏析与吟唱 …… 164
　　第三节　《梅花》赏析与吟唱 …… 171
　　第四节　《醉翁操》赏析与吟唱 …… 179
　　第五节　《鹊桥仙》赏析与吟唱 …… 192
　　第六节　《满江红·怒发冲冠》赏析与吟唱 …… 200

参考书目 …… 208

第一章
"诗"与"歌"的历史与当代价值

第一节 "诗"与"歌"——三千年的相伴相依

中国自古就是一个诗的王国，诗词创作的成就堪称中国古典文学中的珠穆朗玛峰。从幼儿园到高中，从"床前明月光，疑是地上霜"，到"路漫漫其修远兮，吾将上下而求索"，朗朗读诗声伴随着每一个中国人的成长。近年来，诗词推广类节目如雨后春笋般涌现，让古典诗词走入了当代中国的千家万户。央视每年春节期间推出的大型文化节目《中国诗词大会》，不仅让诗词为过年增添了满满的仪式感，更培养了无数上至九十岁下至三岁的古典诗词迷。在央视的另一档大型诗词文化音乐节目《经典咏流传》中，无数当代的作曲者、歌者以自己的方式谱写或传唱着一首首诗词作品，不仅将经典与流行相结合，"和诗以歌"的形式更是回到了诗歌的起点——一首诗，原本就是一首歌。

关于诗歌的起源，中国古代较早的诗歌理论著作《毛诗序》里有这样一段广为流传的动人表述：

> 情动于中而形于言，言之不足故嗟叹之，嗟叹之不足故永歌之，永歌之不足，不知手之舞之，足之蹈之也。

形于言的"言",指的是表达心中跳动的情感的语言,也就是最早的诗。无法用语言充分表达时,就"嗟叹之",即辅以强烈的语气。还是感到不尽兴时,便为诗配上适当的音乐旋律,以咏唱来表达内心的情感,到这一步便诞生了诗歌。当唱歌都不足以表达心中的情感时,便自然而然地跳起了舞——手之舞之、足之蹈之。可见诗、乐、舞同源,都是人类为了抒发心中的情感自然而然产生的表达方式。随着时间的推移,这些表达方式变得艺术化、复杂化、成熟化。

中国最早的一部诗歌总集《诗经》,收录了从西周初年到春秋时期的诗歌共三百零五篇。今天我们大都把它作为平面的案头文学来诵读,但在它所诞生的那个时代,它不仅可以用来诵读,还可以用来演唱、弹奏和舞蹈。如墨子在《墨子·公孟》中所言:

> 诵《诗》三百,弦《诗》三百,歌《诗》三百,舞《诗》三百。

而据司马迁在《史记·孔子世家》里记载,《诗经》里的所有篇章,孔子都能自弹自唱:

> 三百五篇孔子皆弦歌之,以求合《韶》《武》《雅》《颂》之音。

《诗经》分为"风""雅""颂"三个部分,划分的标准既是地域的不同,也是风格的不同。《风》是各地的民间歌曲的集合,《雅》是周王朝京都地区宫廷宴飨或朝会时的歌曲的集合,《颂》是用于宗庙祭祀的歌曲的集合。《诗经》中的篇章对事物的吟咏,大多采用回环往复的方式。试举家喻户晓的《蒹葭》为例:

> 蒹葭苍苍,白露为霜。所谓伊人,在水一方。
> 溯洄从之,道阻且长。溯游从之,宛在水中央。
> 蒹葭萋萋,白露未晞。所谓伊人,在水之湄。

溯洄从之，道阻且跻。溯游从之，宛在水中坻。

蒹葭采采，白露未已。所谓伊人，在水之涘。

溯洄从之，道阻且右。溯游从之，宛在水中沚。

这首诗用三段的篇幅反复吟咏着同样的画面、同样的愁绪，三段结构完全相同，只在每一句的细节刻画与韵脚上有所不同。这样的结构，正是因为该作品本来就是一首歌曲的歌词。

创作于先秦，结集成书于汉代的《楚辞》与《诗经》的群体性创作不同，《楚辞》的主要作者是伟大的楚国诗人屈原。屈原深爱祖国的文化艺术，他学习借鉴楚国民间歌曲，同时也吸收以《诗经》为代表的中原诗歌的养分，加以天才的艺术探索，创造出了"楚辞"这一影响深远的诗歌体裁。《楚辞》中常用的一些语词如"兮""乱""倡""少歌""些（suò）"，据考证本就是音乐术语：

> 作为音乐文体的楚辞，其第一要素应是音乐性，"声"应置于首要位置，合理的排序是：楚声、楚语、楚地、楚物。
>
> "兮"字，是音乐记音所产生，形成文本时，被记录成为"语止之词"；因为是摹音，故有用"兮"、用"猗"的不同表音符号。①

"乱"，是一首音乐作品的高潮，表示节奏的突然改变。表现在歌词上，就是句法的突然改变。试举屈原《离骚》中的这一段为例：

> 抑志而弭节兮，神高驰之邈邈。
> 奏《九歌》而舞《韶》兮，聊假日以媮乐。
> 陟升皇之赫戏兮，忽临睨夫旧乡。
> 仆夫悲余马怀兮，蜷局顾而不行。

---

① 戴伟华：《楚辞体音乐特征新探——音乐符号"兮"的确立》，《文艺理论研究》2017年第4期。

乱曰：已矣哉！

国无人莫我知兮，又何怀乎故都！

既莫足与为美政兮，吾将从彭咸之所居！

前面一大段都是每句六至七字，保持着均匀的节奏。从"乱曰"开始，先是短促的三字句，结尾又铺衍为更长的八字句。

根据中国民族音乐学奠基人杨荫浏的研究，"少歌"和"乱"同样是结束的段落，"少歌"是前半曲小结性的小高峰所在，"乱"是最后总结性的大高峰所在；而"倡"则可能是前半曲和后半曲之间插入的一个过渡段落，作用在更好地引起下半曲。[①] 至于《楚辞》在音乐艺术上的成就，杨荫浏通过对《楚辞·招魂》篇歌词的分析，对其音乐特性作出了合理的探索性猜想：

能配合《招魂》这样段落分明、转折多变、华彩缤纷、感情深挚的歌词的，应该是一套艺术性相当高而且很不寻常的曲调。[②]

到了汉代，诗歌艺术快速发展，除了与《诗经》《楚辞》一脉相承的四言诗与杂言诗依旧流行，五言诗逐渐成为诗坛主流，七言诗也日益成熟。此外，诗的写作者的队伍也日益庞大，写诗开始成为读书人必备的一种技能。这一时期，"诗"与"歌"走上渐相分离的道路。但汉代最有影响的诗歌体裁——乐府，依旧体现了诗与歌的结合。它在当时有一个名字就叫"乐府歌诗"，乐府歌诗的创作影响遍及两晋南北朝直至隋唐，绵延近千年。乐府歌诗的音乐类型丰富，宋代郭茂倩编著的《乐府诗集》就是以音乐类型的不同作为作品分类的依据的，具体将在第四章第一节中详细介绍。

到了中国历史上诗歌创作最为繁盛、成就最高的唐代，大量诗人依旧喜爱沿用乐府旧题来创作诗歌。翻开《唐诗三百首》，从五言乐

---

① 杨荫浏：《中国古代音乐史稿》，人民音乐出版社，1981年版，第67页。
② 杨荫浏：《中国古代音乐史稿》，人民音乐出版社，1981年版，第72页。

府、七言乐府所占据的篇幅中就可见一斑。只是这些乐府诗大多已不可歌，唐代诗与乐相结合的一种崭新诗歌体裁是"声诗"，具体将在第五章第一节中详细介绍。

宋词代表着宋代文学的最高成就。词又名"曲子词"，是为乐曲填写的歌词。在宋代，尤其是北宋时期，词大多都为演唱而作，"唱词"也成为当时社会重要的文化娱乐活动。不管是皇帝的宫苑内，还是士大夫的私宅里，抑或市井勾栏瓦肆、秦楼楚馆，一首首词随着歌女婉转的歌声、乐工拨动的琴弦传遍大江南北。

元代的散曲依旧是和乐而歌的。元代的散曲领域涌现出了关汉卿、马致远、白朴、郑光祖等名家。

回溯中国诗歌史，诗词从诞生起便与音乐紧密相连。在其后漫长的岁月里，诗歌既逐渐脱离音乐，成为一种独立的文学体裁；同时又从未间断与音乐的关联，从而在各个时代衍生出富于时代特色的艺术形式。

第二节　经典诗词古乐谱吟唱的当代价值

一、促进向善向美的和谐社会的构建

现代汉语中"乐"指音乐，是五声八音的统称。而在古代的文化语境中，"乐"常常指称的是歌词、音乐、舞蹈相结合的综合艺术形式。根据著名古典文献专家阴法鲁教授的研究："古代所谓'乐'是指乐曲、舞蹈和歌词三者的统一整体而言。"[①] "乐"在古代文化教育中占据着重要地位，如《周礼·保氏》中记载的六艺——礼、乐、射、御、书、数，是周朝贵族教育的重要内容，其中"乐"位居第二位。司马迁在《史记·孔子世家》里写道："孔子以诗书礼乐教，弟子盖三千焉。"孔子教学的内容主要是四部儒家经典：《诗经》《尚书》《仪礼》《乐经》，其中《乐经》已失传。"乐"在文化教育中为何如此重要？"礼""乐"为何总是并称？让我们先从中国最古老的史书——《尚书》

---

① 杨向奎：《宗周社会与礼乐文明》，人民出版社，1997年版，第343页。

里的《尧典》篇中去寻找答案。

> 八音克谐，无相夺伦，神人以和。夔曰：於！予击石拊石，百兽率舞。①

"夔"，是尧舜时的乐官，我国历史上有记载的最早的音乐家。他敲击石磬，使扮演百兽的舞队随着音乐旋转起舞。"八音"，指金、石、丝、竹、匏、土、革、木八种乐器发出的声音。上面这句话的大意是和谐的音乐能成为神与人之间的沟通者，音乐的和谐能促进神与人关系的和谐。因此，我们可以推测出，"乐"所具备的和谐之美是它在中国古代文化教育中位居重要地位的关键原因之一。

在中国古代，尤其是先秦时期，"巫"这一职业是神与人之间的沟通者。据王国维先生考证："歌舞之兴，其始于乎巫之兴也，盖在上古之世。"又说："是古代之巫，实以诗歌为职，以乐神人者也。"② 在上古时期，歌舞是随着"巫"这一职业的兴起而兴起的；而古代的"巫"，以歌舞表演为职责。著名美学家李泽厚这样解释巫、乐、礼之间的关系："原始歌舞（乐）和巫术礼仪（礼）在远古是二而一的东西。"③ 即礼乐在原初本为一体。著名历史学家杨向奎教授认为"乐"与"礼"的结合为"仪"，故"礼""乐"并称。孔子说："兴于诗，立于礼，成于乐。""兴"是"起"的意思，修身从学习《诗经》开始，"礼"是立身的根本，所以"立于礼"；"乐"能陶冶性情，所以在诗与礼之后，再通过修习"乐"来成就完美的人格。

音乐，不管是通过人的歌喉所唱出，还是通过各种乐器所演奏出，都是人类内心情感最真实的抒发，司马迁在《史记·乐书》中对此有一段精妙的论述：

> 乐者，音之所由生也，其本在人心感于物也。是故其哀心感

---

① 王世舜，王翠叶译注：《尚书》，中华书局，2012年版，第28页。
② 王国维：《宋元戏曲史》，中国书籍出版社，2020年版，第1页。
③ 李泽厚：《美的历程》，人民文学出版社，2021年版，第15页。

者，其声噍以杀；其乐心感者，其声啴以缓；其喜心感者，其声发以散；其怒心感者，其声麤以厉；其敬心感者，其声直以廉；其爱心感者，其声和以柔。①

人心被外物所感引发出六种情绪，分别是哀、乐、喜、怒、敬、爱。人有这六种情绪时，会自然而然地发出与情绪对应的声音来。比如哀痛的时候，声音是急促且由高而低的；心生敬意的时候，声音是正直且清亮的；心生爱意的时候，声音是柔和动听的……

既然人内心的情感、情绪是受外物而感发的，那么，什么是好的音乐？好的音乐就是能够激发出人内心美好的情感，促进人与人之间和谐关系的构建的音乐。在《史记·乐书》中司马迁写道：

先王恶其乱，故制《雅》《颂》之声以道之，使其声足以乐而不流，使其文足以纶而不息，使其曲直繁省廉肉节奏，足以感动人之善心而已矣，不使放心邪气得接焉，是先王立乐之方也。是故乐在宗庙之中，君臣上下同听之，则莫不和敬；在族长乡里之中，长幼同听之，则莫不和顺；在闺门之内，父子兄弟同听之，则莫不和亲。②

从上面的文字中我们了解到，先王厌恶那些祸乱之事，所以创作了《雅》《颂》的乐声来引导民众。能够引导民众的乐声是这样的：它是让人感到快乐而不至于放纵性情的歌声，是有着婉转、平直、繁复、简约等各种变化的曲调，足以感动人，激发人向善的本性而不让人心思放任、邪念入侵的。这就是先王创作乐声的方法，欣赏这样的音乐能够让君与臣、长辈与晚辈、父子与兄弟等一切人际关系都变得和谐。

因此，《诗经》的三百零五篇，孔子都重新用琴弦来配乐，"以求

---

① 司马迁撰，裴骃解：《史记（中国史学要籍丛刊）》，上海古籍出版社，2015年版。
② 司马迁撰，裴骃解：《史记（中国史学要籍丛刊）》，上海古籍出版社，2015年版。

合《韶》《武》《雅》《颂》之音。"让每一篇都成为音乐来引导民众，为民众带来心灵和谐与人际和谐的乐章。《雅》《颂》就是《诗经》中的《雅》与《颂》；《韶》是孔子生平最为推崇的《韶乐》，史称"舜乐"，起源于五千多年前，相传为上古舜帝之乐，是中国古代宫廷音乐中等级最高，演奏时间最长的雅乐。根据《竹书纪年》载，"有虞氏舜作《大韶》之乐"，《韶乐》为舜帝所作，目的是用以歌颂帝尧的德行。根据《汉书·礼乐志》的记载，舜帝之后，韶乐流行于陈国，到了春秋时期陈国的公子陈完逃到了齐国，所以把韶乐也带到了齐国。据《史记》记载，孔子入齐，在高昭子家中观赏齐《韶》后，由衷赞叹曰："不图为乐之至于斯也！"即没想到观赏《韶乐》的乐趣竟然达到如此的程度！他深深着迷于《韶乐》，说："《韶》尽美矣，又尽善也。""学之，三月不知肉味。"上古三帝以禅让的方式实现朝代更迭，没有战争与杀戮，符合孔子关于"仁政"的理想，《韶乐》的风格想必也是中正平和的，所以孔子说它"尽善尽美"；学习它，就靠近了那个和平仁爱的理想世界，因此自然心无旁骛，吃肉都不知道味道。《韶乐》的名称在后世几度更迭，但《韶乐》一直受到历代帝王的重视。

《武》，又名《大武》，是西周初年的作品，内容主要是歌颂武王伐纣的武功，在第二章第一节中会作详细介绍。《武》虽然也是孔子心中理想的"乐"之一，但孔子评价它"尽美矣，未尽善也。"即它的形式已经很完美了，但是内容还不够好。为什么孔子说《武》"未尽善"呢？因为它的主题内容是战争，有杀伐之气，以战争改朝换代不符合孔子的政治理想。

孔子理想的"乐"应该以尽善尽美的内容引导民众向善向美，正因为有此标准，所以以孔子为代表的儒家先贤们普遍排斥风靡春秋时期的"郑卫之音"。那么郑卫之音究竟是怎样的呢？据《左传·昭公元年》记载："烦手淫声，慆堙心耳，乃忘平和，君子弗听也。"这是说郑卫之音的旋律过于复杂，音调过于高亢，把人的心与耳都填满了，让人失去平静安宁，所以君子不应该听。孔子也多次批评郑声：

放郑声，远佞人。郑声淫，佞人殆。（《论语·卫灵公》）

恶紫之夺朱也，恶郑声之乱雅乐也，恶利口之覆邦家者。（《论语·阳货》）

第一句把郑声与佞人并称。佞人指谄媚之人，"淫"的本意是过度、过量，在此引申为放纵。《论语》里对郑声的批评与《左转》相同。第二句孔子直言自己最痛恨的三件事之一便是郑声乱雅乐，所以他才要重新整理编订《诗经》并一一以琴弦弹唱，以求每一首都与《韶》《武》《雅》《颂》这样典雅庄重的音乐相吻合。

诗歌、音乐当然可以有各种题材与风格，孔子并不狭隘，否则他不会在编订《诗经》时对"郑卫之风"如此重视。《国风》中《郑风》独占二十一篇，数量居十五国风之冠。属于卫国辖地的作品除《卫风》外还有《邶风》《鄘风》，三者共计三十九篇。否定"郑卫之音"，应该是因为当时这些新兴的歌舞作品太过投合大众低俗的爱好，所谓"奇技淫巧"，让大众沉溺其中而忘了人伦秩序、人生理想，不仅无法引导人向善向美，反而容易让人性丑陋甚至罪恶的一面暴露出来。

通过以上对先秦儒家音乐观的分析，可以得出这样的结论：好的文艺作品，是能唤醒人心的善与美，使人们达到内心的和谐，进而促进向善向美的和谐社会的构建的作品。

一首经典诗词配上一曲和谐优美的旋律，便成为一首好的歌曲。我的课程"中华经典诗词吟唱"从古乐谱中选择歌曲作品的标准是：首先，这些诗词文本无论从思想性还是从艺术性角度来说都是中国文学中不朽的经典之作，如《诗经》中的《蒹葭》《关雎》《丰年》，楚辞《九歌》中的《云中君》《河伯》，汉乐府《长歌行·青青园中葵》，唐诗《送元二使安西》，宋词《鹊桥仙·纤云弄巧》《满江红·怒发冲冠》，等等；其次，歌曲旋律优美，与歌词相得益彰，在声声吟唱中让人更深入地理解经典，浸润着人们的心田，塑造着人们的品格，让人们从中汲取向善向美的力量。

二、推动凤鸣鸾奏的诗乐经典的传承

近年来，习近平总书记在各种场合多次强调中华优秀传统文化的价值：

中华优秀传统文化是中华文明的智慧结晶和精华所在，是中华民族的根和魂，是我们在世界文化激荡中站稳脚跟的根基。

我们一定要重视历史文化保护传承，保护好中华民族精神生生不息的根脉。

要坚持守正创新，推动中华优秀传统文化同社会主义社会相适应，展示中华民族的独特精神标识，更好构筑中国精神、中国价值、中国力量。

习近平总书记的真知灼见与殷殷嘱托带领中华优秀传统文化走上复兴之路。

凭借《我心归处是敦煌》一书，敦煌研究院名誉院长樊锦诗让敦煌文物火出了圈；纪录片《我在故宫修文物》带火了原本冷门的文物修复与保护专业；近年来各个博物馆举办文物大展时总是观者如织、门庭若市。非物质文化遗产的保护与传承，既有《非遗里的中国》这样大型的文化节目来推动，也有抖音、快手等短视频平台的支持……相较之下，对中国古典音乐的传承与推广力度稍显不足。如果说纯音乐的赏析有着较高的门槛，那么经典诗词古乐谱吟唱则是更易被大众所接受的一种中国古典音乐传承与推广方式。同时，它还实现了从文学与音乐这两个维度上对中国古典文化的传承与推广：一篇篇古乐谱是中华古典音乐中的明珠，一首首经典诗词是中国古典文学中的瑰宝。如果说《经典咏流传》等节目是"古诗今唱"，那么古乐谱吟唱则是"古诗古唱"。前者可以体现当代人对古诗词的理解，体现当代人的审美，后者能原汁原味地呈现出古典诗词中的韵味与意境，让我们在演唱时不仅能更深入地理解作品，还能贴近作者创作时的心境，触摸到他当时的心跳，一次次演唱就仿佛一场场我们与作者跨越时空的对话。下面列举了一些选修我开设的"中华经典诗词吟唱"课程的学生的心声：

关于《诗经》里的《周颂·丰年》的吟唱：

学生：诗的内容简单质朴，体现了当时百姓最朴素的愿望。通过这首歌曲，我感受到了古时候人们对上天的敬畏，以及祭祀的庄严肃穆。

关于同在《诗经》里的《秦风·蒹葭》的吟唱：

学生一：这首诗曲调有一种求而不得的无力感，能引起追求美好事物而不能如愿的人们的共鸣，给人无限的遐想空间。

学生二：这首诗韵律优美，内涵丰富。

关于汉武帝刘彻的名作《秋风辞》的吟唱：

学生一：诗作大气恢宏，将汉武帝的威武帝王形象体现得淋漓尽致，也将他一生情感波折展露无遗，唱出了对时光匆匆流逝、光阴催人老的无可奈何。

学生二：有气势，能展现出王者风范，演唱时仿佛身临其境。

关于南唐后主李煜词作《浪淘沙令·帘外雨潺潺》的吟唱：

学生一：意境高远，表达了诗人李煜的一腔哀思。曲调缠绵悠长，令人回味无穷。

学生二：歌词哀婉动人，情真意切。吟唱起来婉转凄凉，凄清华美，让人感同身受，同李煜一起悲喜。

关于宋代词人秦观《鹊桥仙·纤云弄巧》的吟唱：

学生：在我心中这是最特别的一首曲子，忧郁、哀婉的曲调搭配上秦观的词，让人深刻体会到爱情的真挚、细腻、纯洁、坚贞。

关于苏轼的《醉翁操》的吟唱：

学生：曲调清冷，空灵回转的乐曲表达出了词人对故人的思念。

岳飞的《满江红》的吟唱更是激发起青年学子们心中的无限豪情：

学生一：让人热血沸腾，浑身充满了力量，增强了我的民族自豪感。唱的时候激发了我心中的爱国之情。

学生二：这首歌曲既悲壮又慷慨激昂，词中既有对理想抱负不能实现的担忧，又有对收复失地的决心。

学生三：整首歌高昂又悲壮，让人心潮澎湃。全词正气凛然，能激发人心中的爱国之情，激励我为国立功，报效祖国。

中国经典诗词中蕴含着爱国主义的情怀、对理想的追寻与坚守、对真情的讴歌、对山川自然的热爱等，是中华优秀传统文化的重要组成部分。吟唱经典诗词古乐谱有助于推动中华优秀传统文化的传承。

第二章
《诗经》赏析与吟唱

第一节 走进风流雅正的《诗经》世界

"关关雎鸠,在河之洲。窈窕淑女,君子好逑。"
"蒹葭苍苍,白露为霜。所谓伊人,在水一方。"
"青青子衿,悠悠我心,纵我不往,子宁不嗣音?"
"昔我往矣,杨柳依依。今我来思,雨雪霏霏。"
"手如柔荑,肤如凝脂。""巧笑倩兮,美目盼兮。"

亲爱的读者,提起《诗经》,你是不是就会不自觉地背诵这些耳熟能详的诗句?你的眼前,也一定会浮现出一幅幅画面:可能是初春的河面上,雎鸠在欢快地鸣叫;可能是在水一方的美丽伊人,以及那位陷入情思而辗转反侧难以入眠的男子;又或者是青青子衿,悠悠我心,也可能是春日的杨柳依依与冬日的雨雪霏霏;还有那肤如凝脂、美目盼兮的绝代佳人。作为我国最早的一部诗歌总集,《诗经》和其中优美的诗句,早已刻进每一个中国人的基因里,它的重要价值与意义不言而喻。今天,请大家和我一起来了解《诗经》。

一、《诗经》简介

《诗经》,是我最早的一部诗歌总集,它收集了周初至春秋中叶,

也就是公元前十一世纪初期至公元前六世纪这五百年间的诗歌，所以这些诗歌创作的年代距今已超过两千五百年了。《诗经》原名《诗》，后来因为被儒家视为经典，所以冠名《诗经》。据《史记》，《诗经》原有三千多首，孔子去芜存菁，选择其中三百零五篇编订为流传至今的《诗经》。所谓"诗三百"，指的就是《诗经》中诗的数量。至于那三百零五篇诗歌的作者，绝大部分已经无从得知。

二、《风》《雅》《颂》

大文豪苏轼在担任翰林学士期间，恰逢辽国使臣出使北宋。这位使臣此行带来了一个"绝对"，自认无人能对出下联，想要难倒大宋文士。他所出的上联是："三光日月星"。为什么是"绝对"？因为"三"只能对以"三"以外的数字，且"三光"之后只有三个字。谁料苏轼稍加思索，便脱口而出："四诗《风》《雅》《颂》"。

《诗经》全书分为"风""雅""颂"三个部分。为什么苏轼说"四诗"呢？因为其中《雅》有"二雅"：《小雅》与《大雅》。

我们先来走进《风》，即《国风》。

（一）《国风》

《国风》，简称"《风》"，顾名思义，是周代各诸侯国的民间歌谣。它包括《周南》《召南》与《邶风》《鄘风》《卫风》《王风》《郑风》《齐风》《魏风》《唐风》《秦风》《陈风》《桧风》《曹风》《豳风》，也称"十五国风"，共一百六十篇。作品大多体现古代劳动人民的思想感情，广泛地反映当时的社会生活，是诗经中最生动活泼的一部分。《诗经》中那些广为流传、妇孺皆知的作品大多出自《国风》。由于本章的几首诗词吟唱作品出自《周南》《秦风》《郑风》《曹风》，后面的章节会对这四国国风作详细介绍，本节先介绍其余十一国风。

1.《召南》

《召南》是周公的弟弟召公所管辖的地区的歌谣，共十四篇。这十四首歌谣涉及的题材内容广泛，有嫁娶之歌，如第一首《鹊巢》：

维鹊有巢，维鸠居之。

之子于归,百两御之。
……　……

这是化用"喜鹊搭巢,八哥(维鸠)来住"来比拟男女婚嫁。显然这首诗中的男子家境阔绰,因为他带领着百辆马车来迎亲。

《召南》也有吟咏妇女思念丈夫的歌谣,如《草虫》:

喓喓草虫,趯趯阜螽。
未见君子,忧心忡忡。
亦既见止,亦既觏止,我心则降。
……　……

如《殷其雷》:

殷其雷,在南山之阳。
何斯违斯?莫敢或遑。
振振君子,归哉归哉!
……　……

《召南》中有赞美英雄的歌谣《甘棠》:

蔽芾甘棠,勿翦勿伐,召伯所茇。
……　……

这几句的意思是:高大茂密的棠梨树,不要剪它别砍伐,召伯曾住这树下。

《召南》中还有讽刺统治阶级奢靡的寄生生活的歌谣,如《羔羊》:

羔羊之皮,素丝五紽。
退食自公,委蛇委蛇。
……　……

这几句的意思是：官吏们穿着羔羊皮缝制的华美袍子，在公家吃饱喝足后，大摇大摆地回家来。

此外，《召南》中还有歌咏劳动、祭祀、弃妇、恨嫁、抗婚等主题的歌谣。

2.《邶风》

邶、鄘、卫在春秋时都属于卫国领土，所以《邶风》《鄘风》实际上是卫国的歌谣。其中《邶风》共有十九篇，《鄘风》十篇，《卫风》十篇，共计三十九篇。在这三十九篇中有许多脍炙人口的名篇中，出现了两位杰出的女性诗人的身影，分别是庄姜与许穆夫人。

根据朱熹的观点，《邶风》的前四首歌谣《柏舟》《绿衣》《燕燕》《日月》，作者是庄姜。庄姜，生卒年月不详，是春秋时期齐国的公主、卫国国君卫庄公的夫人。根据《诗经》以及其他史料记载，她不仅出身高贵、美丽动人——《卫风·硕人》篇里"巧笑倩兮，美目盼兮"的美人就是她，而且品行高尚、才华出众。但遗憾的是，这样一位德、才、貌兼具的杰出女性，却在当时因为无子与贤德，在宫中备受卫庄公的冷落及其他姬妾的排挤。在《柏舟》中，她倾吐着自己无可诉说的委屈与坚贞不屈的人格：

> 泛彼柏舟，亦汎其流。
> 耿耿不寐，如有隐忧。
> 微我无酒，以敖以游。

孔子说："岁寒，然后知松柏之后凋也。"柏象征着人斗寒傲雪的坚毅。借物喻人是诗歌中常用的手法，乘坐着柏木舟的女主人公，必然是一位如柏树般的女子。她又用三个精彩的比喻，来写出自己人格的坚贞：

> 我心匪鉴，不可以茹。
> 我心匪石，不可转也。
> 我心匪席，不可卷也。

我心不是青铜镜，不能任谁都来照。
我心不是鹅卵石，不能任人去翻转。
我心不是绵软席，岂能任人随意卷！
在三个连续的比喻之后，她直抒胸臆：

威仪棣棣，不可选也。

我仪容娴静、品行端方，不可退让任人欺。其中"棣棣"表示雍容娴雅。"选"，同"巽（xùn）"，表示退让、卑顺。

在庄姜所写的四首诗中，最有名的当属《燕燕》，这是中国文学史上第一首送别诗。以下是诗歌的第一小节：

燕燕于飞，差池其羽。
之子于归，远送于野。
瞻望弗及，泣涕如雨！

"差（cī）池"，参差不齐的意思。"之子于归"，这四个字在《诗经》中多次出现，表示"这个女子要出嫁"。所以诗以燕子远飞来比拟姑娘出嫁。因为一旦出嫁便难以再见，所以送行者一直送到郊野；因为两人之间感情深厚，所以送行者一直目送着姑娘远去的身影，直到目光已无法企及，眼中的泪已如雨般滚落。如果送行者是庄姜，那么出嫁者又是谁呢？诗的第四小节称呼她为"仲氏"。"仲"，表示排行老二。此时庄姜已是国君夫人，那么这个出嫁的女子，极有可能是庄公的二妹。根据史料及对《柏舟》的解读来看，已知庄姜不仅被庄公冷落，还受到其他姬妾排挤。那么，这位"仲氏"有可能是她在卫国唯一的知心人。诗的第四小节对二妹的人品有极高的评价：

仲氏任只，其心塞渊。
终温且惠，淑慎其身。

这是说二妹她心地诚实、虑事周到，性格温和柔顺，善良谨慎。难怪她的离开让作者如此伤怀！

这首满怀着深情与伤感的送别诗全文如下：

燕燕于飞，差池其羽。
之子于归，远送于野。
瞻望弗及，泣涕如雨！

燕燕于飞，颉之颃之。
之子于归，远于将之。
瞻望弗及，伫立以泣！

燕燕于飞，下上其音。
之子于归，远送于南。
瞻望弗及，实劳我心！

仲氏任只，其心塞渊。
终温且惠，淑慎其身。
先君之思，以勖寡人。

《柏舟》《燕燕》之外，《日月》《终风》这两首歌谣，据《毛诗序》的解释，都是"卫庄姜伤己"之作，即庄姜在遭到庄公冷落后为倾吐内心的不平而作的。

《邶风》中有写成守边关的士兵思归不得的作品《击鼓》。《诗经》中最有名的一句"爱的誓言"，就出自这首《击鼓》：

死生契阔，与子成说。
执子之手，与子偕老。

我曾与你约定：生死永不分离，我的手握着你的手，我们一起老去。

《邶风》中还有一首著名的恋歌——《静女》：

> 静女其姝，俟我于城隅。
> 爱而不见，搔首踟蹰。
>
> 静女其娈，贻我彤管。
> 彤管有炜，说怿女美。
>
> 自牧归荑，洵美且异。
> 匪女之为美，美人之贻。

"静女"并非指安静的女子。"静"通"靖"，表示文雅和善。"姝"与"娈"都表示美丽、美好。因此诗中的女主人公是位善良而美丽的女子。这首恋歌最大的特色体现在对恋爱中人动态的描绘。第一小节点出约会的地点：城隅——城门角楼。这位善良美丽的姑娘，在城门角楼里等候"我"。也许是看见"我"来了，她故意藏着不露面，让"我"来来回回急得直挠头。看来这位姑娘不仅善良美丽，还很俏皮。"爱"在这里通"薆"，表示隐藏。在第二小节里，姑娘露面了，她将一根长长的红管草送给"我"，那根红管草闪闪发光，我非常喜爱。第三小节第一句为"自牧归荑"。"牧"表示郊外；"归"通"馈"，表赠予；"荑"是柔嫩的白茅。在郊外她又送白茅给"我"，白茅本来是常见的植物，但在"我"的眼中它却"洵美且异"，即又美又独特。为什么？因为这是美人——"我"的心上人送给"我"的呀！

此外，《邶风》中还有几首是卫国百姓为讽刺卫宣公荒淫无道而唱的歌谣，如《新台》《北风》等。

3.《鄘风》

《鄘风》的一大主题，是揭露和讽刺卫国统治阶层的荒淫无道，相关的歌谣包括《墙有茨》《君子偕老》《鹑之奔奔》《相鼠》。这里举《墙有茨》《相鼠》为例。以下为《墙有茨》节选：

墙有茨，不可埽也。
中冓之言，不可道也。
所可道也，言之丑也。

"茨"是蒺藜；"中冓"，指宫闱，宫廷内部。墙上爬满蒺藜，没法扫掉它。宫闱里的秘密，没法说出来。为何没法说？因为全是丑闻。

《相鼠》也辛辣地讽刺了卫国统治阶层：

相鼠有皮，人而无仪。
人而无仪，不死何为？

相鼠有齿，人而无止。
人而无止，不死何俟？

相鼠有体，人而无礼。
人而无礼，胡不遄死？

这首《相鼠》与《魏风》中的《伐檀》《硕鼠》两篇，都是《诗经》中百姓讽刺国家统治阶层的名篇。《硕鼠》把统治者比作大老鼠，可在卫国百姓眼中，无道的统治者甚至连老鼠都不如——老鼠尚且有皮、有牙齿、有身体，但贵为统治者，行为却没有威仪、没有节制、不守礼节。千年之后，我们还能读出当时百姓心中的满腔怒火。

卫国曾出现过一位万民敬仰的好国君——卫武公。在后面对《卫风·淇奥》的解读中，会对他作比较详细的介绍。卫武公之后即位的是卫庄公，也就是庄姜的丈夫。庄公的品行与才干和父亲相比要逊色得多。而下一位即位的卫宣公，就是春秋时期卫国最荒淫无道的国君。据考证，卫国三国风中，大多是讥讽上位者的作品，讥讽的对象就是卫宣公。后来卫国亡国，这时一位伟大的女性站了出来，她就是许穆夫人。许穆夫人是卫宣公的儿子公子顽与后母宣姜私通所生的女儿。

她有两个哥哥，分别是戴公和文公。在年少时，她便闻名于诸侯。据《汉书·列女传·仁智篇》记载，许国的许穆公与齐国的齐桓公都曾向卫国求婚。为了保全卫国，她请愿嫁到齐国，因为齐国强大且与卫国邻近，如果卫国有危险，她作为齐国国君夫人，能尽力施以援手。但国君不听，把她嫁到了许国。约十年之后，卫国被狄人所灭，卫国遗民在漕邑拥立许穆夫人的哥哥戴公为新君。此时许穆夫人立刻星夜兼程赶到漕邑，提出了连齐抗狄的主张。后来他们得到齐桓公的帮助，最终在楚丘重建卫国。《鄘风》中的《载驰》，就是许穆夫人用诗歌的形式对自己这一段重要经历的记录。

> 载驰载驱，归唁卫侯。
> 驱马悠悠，言至于漕。
> 大夫跋涉，我心则忧。

这是《载驰》的第一小节，写她快马加鞭地赶到漕邑，来慰问哥哥卫侯。但一路上许国的大夫在身后追赶阻挠，她心中忧虑重重。后面写到虽然大家都不赞成，但她心意已定决不回头。为什么她如此坚决？因为她心中已想好了帮助卫国复国的良策，而那些阻挠她的人，却并无对策。因此她非常自信、坚决。

> 我行其野，芃芃其麦。
> 控于大邦，谁因谁极！

这是《载驰》的第四小节，写她走在祖国的田野上，望见麦子生机勃勃。她想：一定要向大国（齐国）求助，依靠它来复我卫国。从这首诗歌中，我们可以看到一位勇敢、智慧、爱国的杰出女性形象。

《鄘风》中也有卫国百姓赞美卫文公重建卫国、复兴卫国的歌谣，如《定之方中》《干旄》这两首。

4.《卫风》

《卫风》共十篇，数量虽不算多，但其中的篇目大多流传千古，比

如其一《淇奥》、其三《硕人》、其四《氓》、其十《木瓜》。其中《淇奥》与《硕人》这两首作品中的主人公,可谓当时人们心目中最完美的男性与女性形象。先来看《淇奥》的第一小节:

> 瞻彼淇奥,绿竹猗猗。
> 有匪君子,如切如磋,如琢如磨。
> 瑟兮僴兮,赫兮咺兮。
> 有匪君子,终不可谖兮。

"淇奥",指的是淇水岸边曲折处;"猗猗",形容美丽繁茂。淇水岸边曲折处,一片绿竹猗猗。在中国传统文化中,竹子是君子人格的象征。因为竹子翠绿的色彩、修长秀美的身姿,就像君子潇洒飘逸的仪表风度;竹子坚硬有节,就像君子的气节和操守;竹子四季常青、不畏风雪,又像君子坚韧不屈的精神;竹子中空,又代表着君子谦逊、虚怀若谷的美德。《淇奥》开篇便拿绿竹来比拟这位君子,接下来更是细细地描绘了这位君子的风度、品格与性情是如何的出类拔萃。

> 如切如磋,如琢如磨。

切、磋、琢、磨是古时候治玉器、骨器的工艺。这里是用这四种工艺来比喻这位君子长年修身养性,整个人呈现出如美玉般温润的光泽。接着又用另外八个字来形容这位君子的性情:

> 瑟兮僴兮,赫兮咺兮。

《毛诗传》解释——"瑟,矜庄貌",可以理解"瑟"指矜持庄严的样子。根据《说文》里的注解,"僴(xiàn),武貌",也就是威武的样子。"赫"和"咺(xuān)"是近义词,都表示光明、显耀的意思。所以这八个字是形容这位君子看起来庄严威武、光明磊落。

这首诗一共三个小节,采用《诗经》中常见的回环往复、一唱三叹的方式来吟咏这位君子的美好。第三小节更为全面地赞美了君子的才学、品格与性情：

> 有匪君子，如金如锡，如圭如璧。
> 宽兮绰兮，猗重较兮。
> 善戏谑兮，不为虐兮。

"如金如锡，如圭如璧"，是形容这位君子的才学之深广如金、锡般百炼而成，品行之高洁好似圭、璧般晶莹润泽。"宽兮绰兮"，是形容性情宽厚而温柔。"猗重较兮"中的"重较"指的是古代车上的横木，供人扶靠用。所以最后三句是说这位君子绿竹般的身姿倚靠在车上，与人谈笑风生，言语从不伤人。

如此完美的君子，在现实中真的存在吗？答案是肯定的，他就是卫国一代明君卫武公。武公名卫和（约公元前852—前758），是卫国第十一位国君。他在位期间，施行先祖卫康叔的政令，使百姓安定和睦。作为诸侯之一，他还为保护周王室立下汗马功劳。犬戎攻打西周都城镐京（今陕西省西安市长安区南北），杀死周幽王。卫武公得知后，马上率领卫国的精兵强将前去，协助周幽王之子周平王平息犬戎叛乱，并辅佐周平王东迁洛邑（今河南省洛阳市洛水北岸、瀍水东西）——这是西周结束、东周开始的标志。卫武公也因功勋卓著被周平王晋封为公爵。

讲完了这位极品男子，再来看一首描写极品女子的诗——《硕人》。诗中的主人公前面已介绍过，就是齐国的公主庄姜。这首诗歌咏的是庄姜出嫁的场面，其中最有名的是第二小节：

> 手如柔荑，肤如凝脂。
> 领如蝤蛴，齿如瓠犀。
> 螓首蛾眉，巧笑倩兮，美目盼兮。

这是《诗经》中描绘女子美貌最著名的篇章，从手到脸，细细地

勾画出庄姜是如何的美丽动人:她的手如白茅初生的芽般柔嫩纤长,皮肤如凝结的油脂般白腻,脖子如蝤蛴(qiú qí,天牛的幼虫)般白净修长,牙齿像葫芦籽一样洁白整齐,她的额头饱满方正,她的眉毛细细弯弯。以上都是静态的描写,然而真正的美人,分开来看各部分当然都美,最美的却一定是她灵动的神韵:

巧笑倩兮,美目盼兮。

倩,形容笑时两颊现出酒窝的样子。盼,是眼波顾盼流传。这八个字,画龙点睛般写出庄姜灵动之美,让人心生无限向往。

《卫风》中的第四首《氓》,是一首著名的"弃妇之歌",因为是中学语文课本中的必修篇目,在这里就不再细讲。此外,《卫风》里的最后一首《木瓜》也是大家耳熟能详的名篇:

投我以木瓜,报之以琼琚。
匪报也,永以为好也。
…… ……

你送"我"木瓜,"我"以美玉来报答。这不仅仅是为了报答,更表示你我永远相好。这首一般被解读为男女之间相互赠答的定情诗。《毛诗序》认为它是赞美齐桓公的,表达卫国人对齐桓公帮助卫国复国的感恩之情。其实无论是人与人之间、家与家之间,还是大到国与国之间,这种投桃报李、永以为好的相处之道,在今天都是我们应该倡导并遵循的。

5.《王风》

"王",是对王都的简称。公元前771年,犬戎杀死周幽王,西周灭亡,卫武公带领诸侯拥立周平王并帮助周平王迁都洛邑,历史进入东周。此后,周王室日益衰微,已无力驾驭诸侯,所以周平王虽仍然是名义上的天子,但地位已与诸侯相差不大。王都洛邑一带的歌谣,被称为"王风",共计十篇。与王室的风雨飘摇相应和,《王风》中多数作品都带有离乱悲凉的况味。最有名的是其中的第一首：《黍离》。有个词语叫"黍离之悲"，指的是对国家残破、今不如昔的悲叹，它的出处就是《黍离》。

> 彼黍离离，彼稷之苗。
> 行迈靡靡，中心摇摇。
> 知我者，谓我心忧，不知我者，谓我何求。
> 悠悠苍天，此何人哉！

以上是《黍离》的第一小节。"黍"是小米，"稷"是高粱。黍与稷是当时周王室最主要的两种粮食。作者放眼望去，尽是茂盛的糜子和青青的麦苗。他脚步迟缓，心绪飘摇，这是为什么呢？因为他正在告别故土，前往远方。作品的写作背景，正是在迁都这一时期。在农业社会，黍与稷是国家、宗庙的象征，因此它们越是繁茂，越能引发作者的亡国之痛，乃至发出这样的喟叹：知我者谓我心忧，不知我者谓我何求。他质问悠悠苍天：到底是谁让我去国离乡！后面还有两小节，依旧是回环往复、一唱三叹的写法，倾吐着心中无限的悲哀：

> 彼黍离离，彼稷之穗。
> 行迈靡靡，中心如醉。
> 知我者，谓我心忧，不知我者，谓我何求。
> 悠悠苍天，此何人哉！

> 彼黍离离，彼稷之实。
> 行迈靡靡，中心如噎。
> 知我者，谓我心忧，不知我者，谓我何求。
> 悠悠苍天，此何人哉！

在第二、三小节中，黍和稷从第一小节中的"苗"变为了"穗"和"实"，可见时光流逝、征途漫漫。然而不变的是作者那份黍离之

悲，不仅不变，还日渐深厚，去国愈远，念之愈深。

周王室虽经东迁保存了下来，但渐渐名存实亡。当时的王都人烟稀少，派出去戍守边关的将士无法轮替，因此，除了悲伤的《黍离》，《王风》中的《君子于役》《扬之水》两首，分别从"思妇"（女性）和"戍卒"（男性）的角度写了王室衰微带给普通百姓的痛苦。

《君子于役》从女性视角来写，如下面这一小节：

> 君子于役，不知其期。
> 曷至哉？鸡栖于埘。
> 日之夕矣，羊牛下来。
> 君子于役，如之何勿思！

《扬之水》从男性视角来写，如下面这一小节：

> 扬之水，不流束薪。
> 彼其之子，不与我戍申。
> 怀哉怀哉！曷月予还归哉？

女子在哀叹：夫君服役，不知何时能回来。又是一天日落了，鸡回笼了，牛羊也回栏了。夫君服役，我怎能不牵挂！

男子也在哀叹：缓缓的流水，没法浮起一捆柴。我的那个她，没法陪我一起来。我是多么想念她，到底何时我才能回家？

6.《齐风》

《齐风》就是齐国民歌。齐国在今天山东省的北部，是春秋时期的大国。"春秋五霸"之首，便是齐桓公。他在管仲辅佐下"九合诸侯、一匡天下"，成为一段历史佳话。当时的齐国不仅国土面积大、人口众多，工商业也很发达。《齐风》共十一篇，其中不少篇章记录了当时的齐国，如《南山》《敝笱》揭露讽刺了齐襄公与妹妹文姜乱伦的丑事。齐襄公是齐桓公的兄长，他不仅与胞妹私通，还派人杀害了妹夫鲁桓公。《南山》一诗，便是讽刺他淫乱无耻的行径，如下面这一小节：

> 南山崔崔，雄狐绥绥。
> 鲁道有荡，齐子由归。
> 既曰归止，曷又怀止？

诗中以"雄狐"来讽喻齐襄公。"绥绥"，是相随的意思。根据陈奂《诗毛氏传疏》解释，"绥绥然相随之貌，以喻襄公之随文姜"。后面四句是说，鲁国大道坦坦，文姜由此出嫁。既然她已嫁鲁侯，你为何还要想念她？

另一首诗《敝笱》，记录的是齐国人讽刺鲁庄公不敢制止母亲返齐与齐襄公私会的事。鲁庄公的父亲鲁桓公被齐襄公所杀，但鲁庄公即位后仍放任母亲与齐襄公来往，因此齐人写诗讽刺他的怯懦：

> 敝笱在梁，其鱼鲂鳏。
> 齐子归止，其从如云。

上面是《敝笱》的第一小节。"笱"是竹制的捕鱼篓子。"敝笱"，就是破篓子。"鲂"和"鳏"，分别是鳊鱼和鲲鱼。一个破鱼篓自然是兜不住鱼的，所以这是在用破篓子来讽喻鲁庄公，用两种鱼来讽喻齐襄公和文姜，真是活灵活现。破篓摆在鱼梁上，鳊鱼鲲鱼都不慌。任凭你娘回娘家，随从浩荡如云样。是不是生动地勾画出了文姜和襄公的大摇大摆、恬不知耻？

此外，《齐风》中的第一首《鸡鸣》也非常有意思，全篇用夫妻间的对话写成，可以和后面讲到的《郑风》中的《女曰鸡鸣》篇对照着读，从中也可以看出当时各诸侯国的民歌之间互相的影响、借鉴。

> 鸡既鸣矣，朝既盈矣。
> 匪鸡则鸣，苍蝇之声。

这是第一小节。妻子对丈夫说："公鸡都打鸣了，朝堂上人都到齐

了!"丈夫回答:"这哪是公鸡叫,明明是苍蝇嗡嗡叫。"后面第二小节,妻子又说太阳已经出来啦(东方明矣),丈夫回答那明明是月亮光(月出之光)。第三小节换成丈夫先说话:

> 虫飞薨薨,甘与子同梦。

虫子轰轰响,催你我入梦乡。
妻子继续催促:

> 会且归矣,无庶予子憎。

上朝的人都快回家了,你别偷懒惹人厌烦。

有一个如此懒惰的丈夫,会不会让这位妻子感到无可奈何呢?那么这位爱睡懒觉、不愿上朝的丈夫是什么身份呢?从内容看,他家似乎离朝堂非常近,应该是一位位高权重的大臣。《毛诗序》说《鸡鸣》的主题是"思贤妃也。哀公荒淫怠慢,故陈贤妃贞夜警戒相成之道焉"。按照这个解释,诗中的丈夫便是国君齐哀公,妻子是陈贤妃。

《诗经》里的许多作品是具有伦理教化功能的,因此它后来被列为儒家"五经"之首。而要教化国民,国君首先要做出表率,所以后世的儒家学者多从这个角度来解读《诗经》里的作品。

7.《魏风》

《魏风》就是魏地的民歌。西周初年封同姓于魏,到了公元前661年,魏被晋献公所灭,因此《魏风》中的全部作品都是魏亡之前,也就是春秋初年的作品。

魏在今天山西芮城北。这个地方土地贫瘠,农作物少,人民生活艰苦,因此,这里阶级对立与冲突也较显著。反映在诗歌里,《魏风》共七首,全部是以社会下层人物为主人公的作品,且其中的《葛屦》《汾沮洳》《硕鼠》《伐檀》等诗歌,体现了被奴役的劳动者身上的宝贵的反抗精神与平等意识。

第一首《葛屦》以一位女工的口吻,从生活中一个微小的事件写出了身份迥异的两位女性截然不同的处境。这位女工在秋季还穿着破旧的麻绳编织的凉鞋，用瘦弱的手为女主人缝好了衣裳，然后提起腰带与衣领，恭敬地请女主人穿衣。女主人外表美丽而安详，但却故意扭过身子避开来，自顾自地拿起象牙制的发簪，完全无视女工的存在。所以诗歌在结尾写道：

> 为是褊心，是以为刺。

意思是你可真是心地狭窄，写首诗来讽刺你。由此可以看出，在当时被奴役的劳动者们，已经团结在一起，把诗歌创作作为刺向不劳而获的统治阶层的一把利刃。

第二首《汾沮洳》也十分精彩，共三个小节，描绘了一位美丽的劳动者，分别写他（她）在汾水岸边的湿地上采莫菜，择桑叶，摘泽泻（一种可做菜的中药）。每一小节的尾句都盛赞了他（她）的美丽：

> ……美无度，殊异乎公路。
> ……美如玉，殊异乎公行。
> ……美如英，殊异乎公族。

第一小节尾句的意思是：他（她）美到无法形容，和"公路"们完全不同。"公路"是管魏君路车的官，后面两小节尾句出现的"公行"与"公族"分别是管理兵车的官和管理宗族的官。这些职位都由贵族子弟世袭担任。在劳动人民眼里，真正的美人只存在于劳动者里，他们如玉如英般美好而珍贵，是那些徒有高贵身份的剥削者远远比不上的。两三千年前的魏国人所秉持着的审美观、价值观，是多么朴素而深刻！

第四首《陟岵》，写的是一位征人登高望远怀念亲人：

> 陟彼岵兮，瞻望父兮。父曰：嗟！予子行役，夙夜无已。上慎旃哉！犹来无止！

他望向父亲，仿佛听到父亲对他说："孩子呀，你去服役要昼夜不停地赶路，希望你能多保重，回来吧，不要滞留异乡。"

陟彼屺兮，瞻望母兮。母曰：嗟！予季行役，夙夜无寐。上慎旃哉！犹来无弃！

他又望向母亲，仿佛听到母亲对他说："孩子呀，你去服役要从早到晚不能睡，希望你能多保重，回来吧，不要忘记亲娘！"

陟彼冈兮，瞻望兄兮。兄曰：嗟！予弟行役，夙夜必偕。上慎旃哉！犹来无死！

最后，他又望向哥哥，仿佛听到哥哥对他说："弟弟呀，你要日夜服役太劳神，希望你能多保重，回来吧，不要死在了他乡！"

从这首诗歌里，能看到当时劳动者被迫服役的无奈与痛苦。尤其是结尾处的"犹来无死！"——回来吧，不要死在他乡！——让这首一唱三叹的歌谣在一声撕裂的悲号中到达了悲剧的顶点。

第七首《硕鼠》，应该是《魏风》的读者们最耳熟能详的一首歌谣了：

硕鼠硕鼠，无食我黍，三岁贯女，莫我肯顾！

我一提到这个名字，你是不是下意识就背了起来？这首诗把剥削者比作偷东西吃的老鼠，而且是养得又肥又大的硕鼠。为什么比作硕鼠？因为他们把劳动者辛勤劳作的收获全部据为己有。诗歌里不仅痛快地咒骂了剥削者，还勾勒出一个劳动者心中的理想世界：

……乐土乐土，爰得我所。（乐土呀乐土，才是我的好去处）
……乐国乐国，爰得我直。（乐国呀乐国，劳动所得都归我）
……乐郊乐郊，谁之永号？（乐郊呀乐郊，再也听不到悲号）

《魏风》中还有一篇堪称《诗经》中最有名的劳动者之歌——《伐檀》。"檀"就是檀木。两三千年前，一群魏国的工匠在河边伐木造车，他们一边劳作，一边唱歌讥讽车的主人——那些不事劳作却拥有一切的剥削阶级，这样的社会是多么的不公平！所以在《硕鼠》中，他们才会想要去想象中的乐国与乐土。《伐檀》全诗如下：

坎坎伐檀兮，置之河之干兮。河水清且涟猗。
不稼不穑，胡取禾三百廛兮？
不狩不猎，胡瞻尔庭有县貆兮？
彼君子兮，不素餐兮！

坎坎伐辐兮，置之河之侧兮。河水清且直猗。
不稼不穑，胡取禾三百亿兮？
不狩不猎，胡瞻尔庭有县特兮？
彼君子兮，不素食兮！

坎坎伐轮兮，置之河之漘兮。河水清且沦猗。
不稼不穑，胡取禾三百囷兮？
不狩不猎，胡瞻尔庭有县鹑兮？
彼君子兮，不素飧兮！

与《诗经》里的许多诗篇一样，《伐檀》有三小节，用整齐而富于变化的形式层层渲染主题。先来看第一小节，我把它翻译成了白话文：
砍伐檀树铿铿响，伐完放置河岸旁，河水清清泛波浪。
不耕种也不收割，哪来粮仓三百间？
冬不狩来夏不猎，为何庭院悬猪獾？
你们这些老爷们，心安理得吃闲饭！
"坎坎"是拟声词，模拟伐木发出的声音，所以我将其译作"铿铿"。"稼"指播种，"穑"指收割，"狩"在古代特指冬天打猎。"县貆"里的"县"通"悬"，"貆"指猪獾。为了整齐，我把它翻译成了

七言句式，其实原诗中四、五、六、七言交替的杂言句式，更富于变化与节奏感，也更能表达歌唱者情绪的转折。这首诗二十七个句子，四言句仅有十二句，突破了《诗经》以四言为主的定势，是一首标准的杂言诗，在艺术上实现了新的突破。

第二小节中的"伐辐"，是指把砍伐的檀木做成车辐。辐是直木，所以后一句吟咏是"河水清且直猗"。诗歌里"三百亿"并非实指，而是泛指"很多"。"县特"中的"特"是一个特殊名词，指四岁的兽，也就是已成年的野兽。

第三小节中的"伐轮"是指把砍伐的檀木做成车轮。车轮是圆形的，因此后面的吟咏是"河水清且沦猗"——河水清清漾波纹。"三百囷"里的"囷"指圆形的粮仓，"县鹑"就是悬挂鹌鹑。

这些"君子"们，既不在田地里耕作，也不在树林里狩猎，对社会生产没有任何贡献，却占有了最多的资源：一车车的粮食往他们的粮仓里运，一只只的鸟兽往他们的庭院里送。有了我们造的车，他们甚至出门都不用走路！

《伐檀》有一个很好的古乐谱演唱版本，推荐给大家。这首歌的曲调来自《瑟谱》中的《诗新谱》。《瑟谱》是一本记录以瑟为伴奏乐器歌唱《诗经》的乐谱，由元代音乐家熊朋编著，共六卷，内容包括歌唱《诗经》的旧谱十二首以及他新创作的乐谱二十首，以及孔庙祭祀音乐的乐谱等，《伐檀》正是他创作的二十首诗新谱之一。乐谱见下图：

伐 檀

词：《诗经·魏风》
曲：据《琴谱·诗新谱》译编

$1=^\flat E$ $\frac{4}{4}$

3 2 3 7 6 - | 6 - - 0 | 3 7 6 1 2 7· | 7 - - 0 |
坎坎 伐檀 兮， 置之 河之 干 兮。

6 1 3 2 7 1· | 1 - - 0 | 2 3· 3 0 | 2 1· 1 0 |
河水 清且 涟 猗。 不 稼 不 穑，

| 5 6 5 3 1 7 | 6 - - - | 1 2. 2 0 | 1 3. 3 0 |
胡取 禾三 百 廛 兮？　　　　不 狩　　不 猎，

| 5 6 1 6 2 7 3 | 1 6 - - | 3 2 5 5 | 5 - - 0 |
胡瞻 尔庭 有县 貆 兮？　　彼 君 子 兮，

| 3 1 2 3 | 3 - - 0 | 3 2 5 5 | 5 - - 0 | 3 1 2 3 |
不 素 餐 兮。　　彼 君 子 兮，　　不 素 餐

| 6 - - - | 3 5 5 1 7 - | 7 - - 0 | 1 6 5 5 3 1. | 1 - - 0 |
兮。　　坎坎 伐辐 兮，　　　置之 河之 侧 兮。

| 6 1 3 2 1 7. | 7 - - 0 | 2 3. 3 0 | 1 2. 2 0 |
河水 清且 直 猗。　　　不 稼　　不 穑，

| 5 6 7 3 1 6 | 5 - - - | 1 2. 2 0 | 1 3. 3 0 |
胡取 禾三 百 亿 兮？　　　不 狩　　不 猎，

| 5 6 1 6 2 7 3 | 1 6 - - | 3 2 5 5 | 5 - - 0 |
胡瞻 尔庭 有县 特 兮？　　彼 君 子 兮，

| 3 1 2 3 | 3 - - 0 | 3 2 5 5 | 5 - - 0 | 3 1 2 3 |
不 素 食 兮。　　彼 君 子 兮，　　不 素 食

| 6 - - - | 3 2 3 5 6 - | 3 2 6 1 7 6. | 6 1 3 2 5 6 |
兮。　　坎坎 伐轮 兮，　　置之 河之 漘 兮。　河水 清且 沦

| 6 - - - | 2 3. 3 - | 1 2. 2 - | 5 6 7 3 1 6 |
猗。　　不 稼　　不 穑，　　胡取 禾三 百 囷

| 5 - - - | 1 2. 2 - | 1 3. 3 - | 5 6 1 6 2 7 3 |
兮？　　不 狩　　不 猎，　　胡瞻 尔庭 有县 鹑

| 1 6 - - | 3 2 5 5 | 5 - - 0 | 3 1 2 3 | 3 - - 0 |
兮？　　彼 君 子 兮，　　不 素 飧 兮。

```
3 2 5 5 | 5 - - 0 | 3 1 2 3 | 6 - - - ‖
彼 君 子 兮,           不 素 飧   兮。
```

8.《唐风》

《唐风》是晋地民歌。唐国在今天的山西太原一带,后来改国号为晋,所以唐风就是晋风。根据《史记·晋世家》记载,公元前 745 年,晋昭侯封他的叔父成师于曲沃,号"桓叔"。七年后,晋国大夫潘父和桓叔密谋杀昭侯立桓叔,最后谋反失败,而晋国因此动荡了六七十年,再加上土地贫瘠,因而民生艰难。《唐风》采集的歌谣主要是这一历史时期的,这十二首作品整体呈现消极颓唐的情调。其中最有影响力的作品,是被誉为"悼亡诗之祖"的《葛生》:

葛生蒙楚,蔹蔓于野。
予美亡此,谁与独处!

葛生蒙棘,蔹蔓于域。
予美亡此,谁与独息!

"葛"是葛藤,"蔹"是一种草,与葛藤都是蔓生植物,依附在大树上才能生存。从这两个意象的选择,可推测诗歌的作者是女性。葛藤爬满荆树,蔹草蔓延野外,"我"的爱已不在,独守空房谁为伴!到了第二小节,葛藤爬满了枣树,蔹草蔓延到墓地,"我"的爱人,你孤独地长眠地下,谁来做伴?从诗的内容可猜测,第一小节中的作者的视角在郊外,可能是在安葬亡夫灵柩的途中。第二小节中,作者的视角转到了墓地;而在第三小节中,镜头从郊外的墓地拉回到作者的家中:

角枕粲兮,锦衾烂兮。
予美亡此,谁与独旦!

"粲"和"烂"都是明亮的意思。回到家中,看到枕头和锦被崭新如初，回想起与你度过的那些和它们一样灿烂的日子，今天孤单单的"我"如何独自挨到天亮！对这一小节还有另外一种解释。根据清代学者郝懿行与近代学者闻一多的研究，"角枕"是用兽骨作装饰的枕头，为死者所用；"锦衾"是用锦缎做的被子，为殓尸所用。如果这样理解，那么这一小节的视角仍在墓地。读者朋友，你更认同哪种解释呢？

> 夏之日，冬之夜。
> 百岁之后，归于其居！

> 冬之夜，夏之日。
> 百岁之后，归于其室！

在最后两个小节中，作者用极简约的六个字，写出了对丈夫思念的绵长：冬之夜，夏之日。没有你，每一天日子都那么难挨：夏日嫌白昼太长，冬日又怨黑夜漫漫。接着她向丈夫许下了郑重的承诺：等着我，待我百年后，必将来陪伴你，你我再也不会分离。

这首悼亡诗，作者用层层递进的手法，诉说着失去至爱的悱恻，写得感人至深。

9.《陈风》

告别《唐风》，开启《陈风》。陈地在今天河南柘城、安徽亳州一带。《汉书地理志》中说："太姬（注：周武王长女，嫁给陈国第一代君主胡公满）妇人尊贵，好祭祀用巫。故俗好巫鬼，击鼓于宛丘之上，婆娑于枌树之下。有太姬歌舞遗风。"陈国与楚国相似，巫风盛行，这也带来了歌舞表演的盛行，《陈风》十篇中多半为大胆袒露心曲的恋歌，与陈国这种风气的教化密不可分。据《说文》解释："巫，祝也。女能事无形，以舞降神者也。"巫是一种职业，能以歌舞娱神，并让神灵降临。《宛丘》，就是《陈风》中的第一首，写的是一个男子无望地单恋着一个以巫为职业的舞女。以下是第一小节：

> 子之汤兮，宛丘之上兮。

洵有情兮，而无望兮。

"子"就是指跳舞的女巫，"汤"通"荡"，宛丘是陈国都城东南的一座山丘。她翩翩起舞，在那宛丘山顶上，心中实在爱慕她，但这不过是场无望的单恋。

坎其击鼓，宛丘之下。
无冬无夏，值其鹭羽。

坎其击缶，宛丘之道。
无冬无夏，值其鹭翿。

上面这两小节，写鼓声响起，女巫起舞在宛丘低坡上；缶声响起，女巫起舞在宛丘的大道上。她总是手握洁白鹭羽扇，头戴鹭羽帽，从寒冬舞到炎夏。诗歌既写出了作者对舞者一年四季无尽的相思，也在诗歌史上留下了舞者这一职业最遥远的美丽倩影。

《东门之枌》《东门之池》《东门之杨》这三首写青年男女间的自由恋爱。"东门"是位于宛丘附近的一座城门，在当时可能是约会的好地方。还有一首诗——《月出》，与《宛丘》的内容相近，都倾诉男子对一位美丽女子的相思，但写得更加意境盎然，惹人神往。全诗如下：

月出皎兮，佼人僚兮。
舒窈纠兮，劳心悄兮！

月出皓兮，佼人懰兮。
舒忧受兮，劳心慅兮！

月出照兮，佼人燎兮。
舒夭绍兮，劳心惨兮！

开头"月出"二字，便营造出意境。云南有首抒情动听的民歌，写的是男女在月出时分的恋爱：

月亮出来亮汪汪亮汪汪，想起我的阿哥在深山。

同样以"月出"开头，不知是否曾受到这首《月出》的影响？

这首诗在音韵上最大的特点是每一句都押 ao 韵，音节悦耳动听。而在遣词造句上最大的特点，是仅用了三个名词，其余都是形容词和动词。三个名词是月、人、心，其他具体信息一概隐藏，这三个名词成为统摄全篇的意象，仿佛天地间其余的一切都消失了，只剩下明亮的月、婀娜的她和相思的他。

先看第一小节："佼人"，就是姣人，美好的人。皎洁的月光下，走来一位姣好的女子。舒展的身姿姗姗而行，思念让"我"心平添烦恼。后面的第二、三小节，作者用音韵相同、含义近而有别的形容词，让月、人、心这三个意象具有丰盈立体的美感：月色的明媚、美人的万种风情、诗人的劳心幽思。比如形容美人风姿的三个词：窈纠、忧受、夭绍。"窈纠"，形容身姿的舒展；"忧受"，形容走路徐舒婀娜；"夭绍"，形容体态轻盈。形容男子的相思，用了三个单字：悄、慅（cǎo）、惨。"悄"，形容深忧的样子；"慅"是忧愁的意思；惨，在《诗经》中和"懆"通用，表示焦躁不安。

这个男子与女子之间是什么样的关系呢？是恋人还是单相思？女子在月下袅娜地走来，是来赴他的约会吗？如果是，他应该是激动的、狂喜的，而不是烦躁不安的。所以，我个人认为，这首诗歌咏的是男子对女子的单相思，有可能他约她出来就是想表白，但内心又觉得自己配不上她，害怕被拒绝，所以才会表现得如此的忧愁、焦躁。两三千年前的人恋爱的心境，和今天的人是一模一样的。

10. 《桧风》

《桧风》仅有四篇。桧地在今天河南中部，是个小国。东周初年，桧被郑武公所灭。因此《桧风》应该都是西周时期的作品。四首作品多哀愁之音，其中有表现女子欲私奔而不敢的《羔裘》，有表达悼亡之

情的《素冠》，有羡慕草木无忧无虑的《隰有苌楚》，有表达游子思归的《匪风》。作品的内容与风格同桧国的遭际不可分割。

11.《豳风》

十五国风的最后一辑是《豳风》，共七篇。《豳风》中的《破斧》篇写有"周公东征"，《东山》有"我徂，慆慆不归""自我不见，于今三年"。据考证，这两首作品歌咏的是周公东征这段历史。周公东征，指的是约公元前1042年至公元前1040年，周公姬旦（周公旦）为巩固周朝统治，平定"三监"及武庚叛乱，征服东方诸方国的战争。因此，可以确定它们是西周初年的作品，是《国风》中最古老的诗，比《桧风》整体创作年代更早。

豳，位于今陕西旬邑、彬州一带。这里原来是周的祖先公刘所开发的。自公刘创立部落国家始，豳地就一直重视农业生产。《豳风》中保留了先秦诗歌中最完整的一首描述农事的诗：《七月》。这是一首叙事长诗，共八小节，篇幅之长居《国风》之最。其内容描述的是西周时期一年四季农业生产情况和农民的生活，既是杰出的诗篇，又具有珍贵的史料价值。我们来细读其中的第一小节：

七月流火，九月授衣。
一之日觱发，二之日栗烈。
无衣无褐，何以卒岁！
三之日于耜，四之日举趾。
同我妇子，馌彼南亩，田畯至喜。

七月"火"星向西流，九月妇女制冬衣。西周历法以十一月为正月，所以"一之日"就是十一月，"二之日"是十二月。"觱（bì）发"：大风触物声。"栗烈"，就是凛冽。这两句是描述冬季北风凛冽，严寒刺骨。天寒地冻，可农民"无衣无褐"，连粗布衣服都没有，如何度过寒冬？这里道出了在当时地处西北的豳地农民生活的艰难。"于耜（sì）"，就是修理农具。"举趾"，就是抬脚（下地耕作）。一月修理好农具，二月下地忙春耕。"妇子"，指妻子和孩子。"馌（yè）"：馈送食物。"田畯（jùn）"，是当时领主设的监工农官。最后三句的意思是：妻儿送饭到田坎上，看到大伙春耕忙，田官脸上喜洋洋。

后面七节，第二节写妇女春日采桑，第三节写布帛衣料的制作，第四节写打猎将猎物与皮衣进献公府，第五节写打扫屋子准备过年，第六节细写六到九月农民的饮食，第七节写忙完秋收忙修宫房。最后一小节中记录了当时的人最看重的祭祀活动：

朋酒斯飨，曰杀羔羊。
跻彼公堂，称彼兕觥，万寿无疆！

捧上两壶清酒，宰杀大羊小羊。踏进公堂，高举角杯，齐声高祝万寿无疆！

（二）《雅》

《雅》是周王朝京都地区宫廷宴飨或朝会时的乐歌，即所谓正声雅乐，分为《大雅》《小雅》，合称"二雅"，共一百零五篇。其中《小雅》七十四篇，《大雅》三十一篇。"二雅"以十篇为一组，以这一组的第一篇诗歌命名。如《小雅》从《鹿鸣》到《南》十篇，称为《鹿鸣》之十。

前面讲过，十五国风是各地的民歌，虽然今天已无法听到春秋时期这些民歌的曲调，但可以知道当时"风"指称的不仅是诗的内容，也是歌的乐调，大致相当于后世的"俗乐"，也就是今天的流行歌曲。"雅"，与"风"一样，也是一种歌的乐调，是周王朝的都城镐京的乐调，被称为"中原正声"，所以"雅"又被称为"正声雅乐"。"雅"在《说文》中作"鸦"，而"鸦"和"乌"古音是相同的。有种说法是，"乌乌（ya ya）"是秦调的特殊声音，所以称都城镐京的乐调为"雅"。

从诗歌的创作年代、作者与主题看，《大雅》中大部分诗歌作于西周前期，多是西周王室贵族的作品。其中《大明》《绵》《皇矣》《生民》《公刘》等许多篇章都是周人的史诗，记述着从周的始祖后稷直到文王讨伐殷商、武王建立周朝的漫长历史。除了史诗，《大雅》中还有大量赞美周文王、周武王文治武功及周王祭祀祖先和宴会群臣的诗歌。

此外，诸侯或贤臣劝谏周天子，也是《大雅》诗篇的一大主题。这类政治讽喻诗表现出的是身为臣子对于周天子与天下百姓的道义与责任。讽喻的对象主要集中在西周后期昏庸无道的周厉王与周幽王。如其中的《抑》，据考证是卫武公向周王直言进谏之作，他劝告周王受礼修德、谨言慎行；批评他昏庸骄傲、愚昧无知。论身份，卫武公是臣子，但论年龄，他又是长辈，而且是功勋卓著、德高望重的长辈。所以《抑》中武公以长辈对晚辈的口吻，对周王"耳提面命"：

匪面命之，言提其耳。

我非但当面教导你，还要拎起你的耳朵要你仔细听。这就是"耳提面命"这个成语的出处。夙兴夜寐、洒扫庭除、投桃报李、白圭之玷、谆谆告诫等，都出自这首《抑》。

另外，《大雅》中的作品篇幅大多很长，形式上几乎都是统一的四字一句，显得古典庄重，不像《国风》中的作品那样富于变化、通俗易懂。从文辞上的不同也能想象它与《国风》中的作品在音乐上不同的特点。

《小雅》内容丰富驳杂，其中有少数作品的内容与风格都与《国风》中的作品相近，如《东山》《采薇》《蓼莪》《隰桑》《何草不黄》等，有学者认为它们都是当时的民歌，只是后来被编入了《小雅》之中。其余大部分作品，从作者身份来看，是当时王朝上层人物的作品。其中有政治讽喻诗，如《节南山》《巧言》《何人斯》《正月》《十月之交》等，大都创作于西周末期，讽刺周幽王昏庸无道、奸佞主政、奸臣误国；有达官显贵的宴请宾客之歌，如《鹿鸣》《南有嘉鱼》《鱼丽》《宾之初筵》《常棣》《伐木》等；有周王召见诸侯的诗歌，如《瞻彼洛矣》《裳裳者华》《桑扈》等；还有反映战争主题的诗歌，如《六月》《出车》《江汉》等。其中《六月》是记述周宣王时期尹吉甫北伐猃狁的诗歌，通过描写这次战争，赞美了战争主帅尹吉甫的文韬武略、丰功伟绩和英雄风范。

我们熟悉的经典篇目也有不少出自《小雅》，比如《鹿鸣》，这是一首写贵族宴饮的诗。以下是第一小节：

> 呦呦鹿鸣，食野之苹。
> 我有嘉宾，鼓瑟吹笙。
> 吹笙鼓簧，承筐是将。
> 人之好我，示我周行。

鹿儿呦呦鸣叫，是为了呼唤同伴来吃野草。"我"的宴席上弹瑟吹笙，是为了招待"我"的宾客。"簧"，是笙中的簧片。"鼓簧"，就是用手按住簧片。乐工们吹笙按簧，竹筐里装满礼物。最后一句"人之好我，示我周行"是主人向来宾致辞：欢迎诸位光临，向我展示人间大道。后来曹操在他的《短歌行》里把《鹿鸣》开头的这四句原封不动地搬了进去，表达出求贤若渴、建功立业的强烈愿望。

《采薇》大家都很熟悉，是一位戍守边关的兵士在归途中所唱的诗，共有六节，最后一节最为知名：

> 昔我往矣，杨柳依依。
> 今我来思，雨雪霏霏。
> 行道迟迟，载渴载饥。
> 我心伤悲，莫知我哀。

在《诗经》中，"昔我""今我"这样的句型很常见，比如《采薇》后一篇《出车》中有：

> 昔我往矣，黍稷方华。
> 今我来思，雨雪载途。

句型与表意都相似，为什么后人记住的只有《采薇》呢？从意象的选择来看，两首都做到了前后鲜明对比。但"杨柳依依""雨雪霏霏"这八字的描述，使意象更加简练，同时描述更加生动，音韵也更

加朗朗上口。依依，是告别时的依依不舍；霏霏，是归途上的茫茫风雪。这样的景象更生活化，能被更多人理解。

《小雅》中描绘爱情的篇目很少，但《隰桑》是其中的例外，这是一首动人的情歌，倾诉一个女子的相思。以下是第一小节：

> 隰桑有阿，其叶有难。
> 既见君子，其乐如何！

"隰桑"是长在低湿地里的桑树。"阿"通"婀"，表示柔美的样子。"难"通"娜"，表示茂盛的样子。低洼地里的桑树想必不为人所知，但它却生得婀娜繁茂。女主人公想必是以桑自比，她就像那尚不为心上人所知的桑树一样。于是她想象着：如果见到了他，我心里该多么快活！

第二小节和第三小节表达了与第一小节近似的意思：

> ……既见君子，云何不乐。
> ……既见君子，德音孔胶。

她进一步设想，如果与心上人见面，互诉衷肠时如胶似漆该多么甜蜜！最后，我们来看第四小节：

> 心乎爱矣，遐不谓矣？
> 中心藏之，何日忘之？

我心里深爱你，为何却不敢告诉你？这份深情藏心底，岂有一日曾忘记。结尾八字，成为后世不朽的爱之箴言。

树欲静而风不止，子欲养而亲不待。《小雅》中《蓼莪》一篇，吟唱着一曲孤儿丧失双亲的哀歌：

> 蓼蓼（lù）者莪，匪莪伊蒿。

> 哀哀父母，生我劬劳！
> 蓼蓼者莪，匪莪伊蔚。
> 哀哀父母，生我劳瘁！

"蓼蓼"是高大的意思。"莪"俗称抱娘蒿。看到高大的抱娘蒿，作者想起了爹娘。但走近一看不是抱娘蒿，只是普通蒿草。透过这个意象，作者自然联想到丧亲之痛：可怜我的爹娘，生我养我太辛劳。以上是诗歌的第一、二小节。全诗写得最催人泪下的是第四小节：

> 父兮生我，母兮鞠我。
> 拊我畜我，长我育我。
> 顾我复我，出入腹我。
> 欲报之德，昊天罔极！

前面讲过，《月出》里的形容词用得又多又好，《蓼莪》的这一节中，则是用动词来写出了父母在孩子成长过程中所付出的爱：生、鞠、拊、畜、长、育、顾、复、出、入、腹，共计十一个动词。父亲你给了"我"生命，母亲你哺育"我"成长。你们爱"我"护"我"，养"我"长大，培育"我"。哪怕忙于生计，你们也时刻顾念着舍不得丢下"我"，进进出出都怀抱着"我"。现在"我"成人了，多么想报答你们的恩与爱，可是天意难测，"我"永远无法报答了！读到这里，不禁潸然泪下。愿天下每一对爱孩子的父母都能颐享天年；愿天下每一个孩子都能好好地反哺椿萱，不再有这蓼莪之憾。

(三)《颂》

颂者，宗庙之歌也。《颂》是宗庙祭祀的舞曲歌辞，内容多是歌颂祖先的功业。其中《周颂》三十一篇，《鲁颂》四篇，《商颂》五篇，共四十篇。它与《风》《雅》不同，《风》《雅》只是清唱，《颂》在演出时不但要配合各种器乐，而且有舞蹈和角色扮演。比如《周颂·维清》就是祭祀文王的诗。据说在周成王时，周公制礼作乐，作了这首歌舞诗来纪念周文王征伐的功绩。从篇幅来看，与《大雅》的规模宏

大不同,《颂》的篇章大多短小精练。

《周颂》是周王朝的祭祀乐歌,据考证是《诗经》中最早的诗,分别作于武王、成王、康王、昭王时代(公元前 1100—前 950),都是西周初年的作品。祭祀的对象包括祖先、天地、农神等。其中《有瞽》一篇,是一首合乐祭祖的诗,里面详细描述了当时演出时的各种乐器:

> 有瞽有瞽,在周之庭。
> 设业设虡,崇牙树羽。
> 应田县鼓,鞉磬柷圉。
> 既备乃奏,箫管备举。
> 喤喤厥声,肃雝和鸣,先祖是听。
> 我客戾止,永观厥成。

读起来是不是有韩愈说的佶屈聱牙的感觉?里面许多生僻字都是当时的音乐词汇。"瞽"是盲乐师。"业"是悬挂钟、磬的木架横梁上的大板,"虡(jù)"是悬挂钟、磬的直木架。"应田"是小鼓,"县鼓"是悬挂着打击的大鼓。"鞉(táo)"是一种摇鼓,"柷(zhù)"也是当时的一种打击乐器,击柷表示开始奏乐。"圉(yǔ)",即"敔",形如伏虎,背上有锯齿,以木尺划之发声。击圉是乐章终止的标志。可见,演出《有瞽》时,既有钟、磬、鼓等打击乐,也有箫、管等吹奏乐。从"肃雝和鸣"四字,可知音乐的特点是徐缓、肃穆、和谐。

《周颂》中的《武》《酌》《赉》《般》《桓》这五首歌诗在中国音乐歌舞史上具有重要价值,是中国古代歌舞的典范之作《大武》里的五段歌词。周乐《大武》是武王伐纣胜利后由周公创编的,内容主要是表现武王克商的丰功伟业。据孔子观点,这个乐舞开始时有一段长长的鼓声作引子,舞者(战士)持兵器屹立待命。接着是六段舞蹈:第一段,舞队由北边上场,这是表现出兵的情形;第二段表现灭商朝;第三段表现战士继续向南进军;第四段表现平定南部边疆;第五段中,舞队分列,表示周公、召公的分疆治理;第六段,舞队集合,列队向武王致敬。《武》是其中的第一首歌诗,是一首概括性的颂歌,是对文王、武王功业的追述。

第二首歌诗是《酌》，叙述武王伐商的经过。武王的扮演者手持盾牌，如山一样长久地屹立。而姜太公的扮演者则手舞足蹈，起舞的节奏快、力度大。

《大武》的第三首歌诗是《赉》，全诗如下：

> 文王既勤止，我应受之。
> 敷时绎思，我徂维求定。
> 时周之命，於绎思。

这首歌诗以武王的口气演唱，意谓文王励精图治，"我"要继承他的事业，并且要发扬光大，因此要离京巡视。这是周王朝承受的天命，它一定会更加辉煌。《礼记·乐记》中有关于这一段表演的记载："分夹而进，事蚤济也。"也就是到第三段就分列前进，表示周王巡视南国，战事已经结束。这一段的歌诗很短，舞蹈动作也简单，在整个舞蹈中居于过渡环节。

第四首歌诗《般》是周王祭祀山川的乐歌，对于它的演出情况，目前尚未找到史料。

第五首歌诗已佚失，《礼记·乐记》对《大武》乐章第五段所做的解释是"五成而分，周公左，召公右"，表示周公与召公分陕而治的功绩。"武乱皆作，周召之治也"，指演员整齐跪坐，表现天下在周公和召公治理下安宁祥和。

《大武》的第六首歌诗是《桓》：

> 绥万邦，娄丰年。
> 天命匪解，桓桓武王。
> 保有厥土，于以四方，克定厥家。
> 於昭于天，皇以间之。

《大武》的最后一章是对武王的颂歌：他承受天命，让天下安宁，

百姓富足。既保有中土，又巡视四方，使王权更加稳固。他的光明照耀上天，代替殷商君临天下。

既然《颂》是歌颂周王朝祖先功业的宗庙之歌，为何会有《鲁颂》与《商颂》呢？这是因为周成王封周公、伯禽于鲁，而周公对于周王室的建立与稳定可谓厥功至伟，所以鲁虽然是诸侯国之一，也配享《颂》歌。《鲁颂》共四篇，内容都是歌颂春秋时期鲁国国君僖公。《商颂》的存在与流传，体现出周王朝对前朝的尊重。《商颂》共五篇，是商朝以及周朝时期宋国的诗歌。其中前三篇为祭祀商朝祖先的乐歌，应为殷商时期的作品。一般认为后两篇产生的时间较晚（春秋时期），但歌颂的是商朝后期武丁伐荆楚的故事。

以上就是对《诗经》内容的介绍。在正式进入《诗经》吟唱环节之前，我们应知道一个关于诗经的常识，那就是在古代，《诗经》里的诗歌都是可以伴乐演唱的。其中，《国风》部分主要是当时的流行音乐，也就是"俗乐"；《雅》与《颂》部分主要是当时的高雅音乐，也就是"雅乐"。关于《诗经》与音乐的关系，可回看第一章第一节中的论述。总之《诗》三百篇，你可以吟诵它、可用乐器弹奏它、可用歌喉传唱它、还可以起舞表演它……

遗憾的是，孔子时代的《诗经》乐谱在战国时候就失传了，所幸后世有《诗经》演唱的传统。本单元所吟唱的诗歌的乐谱，全部出自黑龙江大学刘冬颖教授的专辑《风雅弦歌——刘冬颖古诗词吟唱》，这是刘冬颖教授及其团队在整理研究古代乐谱文献及代代相传的吟诵调歌诗旋律的基础上最大化保留古风古韵，并结合现代人审美意趣，全新编曲的系列古诗词吟唱作品。

第二节 《蒹葭》赏析与吟唱

一、《秦风》简介

在本单元，我们要赏析与吟唱的第一首诗歌是《蒹葭》。在此之前，我们先来了解《蒹葭》这首诗歌的出处：《秦风》。

《秦风》是秦地民歌。战国时期秦国成为群雄之首并最终一统天下，但它的强大是一步一步促成的。在西周时期，秦本来是周的附庸，占据着甘肃天水一带地方，并非一个诸侯国。周宣王继位后，任命秦仲为大夫，讨伐西戎。秦仲伐戎失败，反为西戎所杀。宣王又命令秦仲的五个儿子，以秦庄公为首，出兵七千再伐西戎，最终取得了胜利。于是宣王封庄公为西垂大夫。直到东周初年周平王东迁，也就是把首都从镐京迁到洛邑时，秦仲之孙秦襄公派兵护送他到洛邑，平王封秦襄公为诸侯，秦才成为一个诸侯国，秦的领地也就扩大到了今天的陕西地区和甘肃东部。

《汉书·地理志》说："安定北地，上郡西河，皆迫近戎狄。修习战备，高尚气力，以射猎为先。"故秦诗曰："其在板屋。"又曰："亡于兴师，修我甲兵，与子俱行。"可见秦国尚武。尚武精神也是《秦风》的特点，比如这首大名鼎鼎的《无衣》：

岂曰无衣？与子同袍。王于兴师，修我戈矛，与子同仇！
岂曰无衣？与子同泽。王于兴师，修我矛戟，与子偕作！
岂曰无衣？与子同裳。王于兴师，修我甲兵，与子偕行！

这首诗歌从内容与风格看，应该是一首秦国的军中战歌。全诗的风格慷慨激昂，表现了战士们同仇敌忾、互助互励、保家卫国的大无畏精神和英雄气概。

《秦风》里不仅有雄壮的战歌，也有柔美的恋歌，比如下面我们要赏析和吟唱的这首经典之作：《蒹葭》。

二、《蒹葭》赏析

《秦风》中一共有十首诗歌，其中最广为流传的非《蒹葭》莫属。我们先来把全诗朗读一遍：

蒹葭苍苍，白露为霜。所谓伊人，在水一方。
溯洄从之，道阻且长。溯游从之，宛在水中央。
蒹葭萋萋，白露未晞。所谓伊人，在水之湄。
溯洄从之，道阻且跻。溯游从之，宛在水中坻。

蒹葭采采，白露未已。所谓伊人，在水之涘。
溯洄从之，道阻且右。溯游从之，宛在水中沚。

这首诗歌非常优美，广为流传。在二十世纪八十年代，台湾有一首风靡一时的流行歌曲《在水一方》，曲调深情而悠扬，填词者是中国当代作家琼瑶，其歌词就是改编自《蒹葭》。

《蒹葭》这首诗歌里有四个核心意象：蒹葭、白露、伊人、水。而这四个意象，在诗的前四句，也就是开头的十六个字，就全部出现了。

蒹葭苍苍，白露为霜。所谓伊人，在水一方。

"蒹葭"是什么呢？就是芦苇，一种常见的水生植物。可古人却从最平凡的事物中发现诗意：河边芦苇青青，秋日露凝为霜，我所思念的人，在水的那一方。

伤春悲秋是中国古典诗歌的传统，因为春天美却短暂，落红总能勾起诗人无尽的愁思；秋天万物由盛转衰，萧萧落叶让人感怀生命的流逝。而这一传统就源于《诗经》。秋日的景象勾起诗人的思念，所以接下来，他就踏上了寻找意中人的旅途：

溯洄从之，道阻且长。溯游从之，宛在水中央。

他逆流而上，不惧道路险阻漫长，又顺流而下，思念的人仿佛在水中央。

这个"宛"字用得特别好，充满了一种似有若无的朦胧美。这是诗歌的第一小节。接下来的第二小节和第三小节，诗人用回环往复的手法，反复地吟咏着蒹葭、白露、伊人与水。"萋萋"与"采采"，都是茂盛的意思。他所想念的这位伊人，似乎总是可望而不可即。每当他以为已经靠近她，她却又已去到了另一个地方。短短三个小节中，这位伊人所在的位置不断变换：在水一方、在水中央、在水之湄、在水中坻、在水之涘、在水中沚。其中，"湄"是岸边，"坻"是水中的小块高地,"涘"是水边,"沚"是水中的小块陆地。所以,这位让作者一路追随的伊人呀,她是一会儿在水一方,一会儿在水的中央,一会儿到了岸边,一会儿又到了水中的小块陆地上……

如此不可捉摸,真是一位捉迷藏的高手!当然,这不是写实,诗人用浪漫主义手法,来描写心中那抹永远的白月光,或是那个难以实现的梦想。

三、《蒹葭》吟唱

赏析过后,就是吟唱学习时间了。乐谱如下:

蒹 葭

词:《诗经·秦风》
曲:传统吟诵调
编曲:何洋

$1=G \quad \frac{4}{4}$

6 6 6̇ 1 6̇	6̇ —	6 6 1 3 2	3 —	6 6 1 5 6	1 —
蒹葭苍 苍,		白露 为 霜。		所谓 伊 人,	
蒹葭萋 萋,		白露 未 晞。		所谓 伊 人,	
蒹葭采 采,		白露 未 已。		所谓 伊 人,	

6 6 1 3 2	1 —	5 3 3 2	1 —	1 2 1̇ 6	5 —
在水 一 方。		溯洄 从 之,		道阻 且 长。	
在水 之 湄。		溯洄 从 之,		道阻 且 跻。	
在水 之 涘。		溯洄 从 之,		道阻 且 右。	

6 6 1 3	5 —	6̇ 5 6 1 3 2	3 — — —
溯游 从 之,		宛 在 水 中 央。	
溯游 从 之,		宛 在 水 中 坻。	
溯游 从 之,		宛 在 水 中 沚。	

这首曲子的曲调来自传统的吟诵调(常州吟诵)。常州吟诵是江苏省常州市的传统音乐形式。常州吟诵是根植于常州地区、使用常州方言的吟诵调,其源上溯先秦时期的吴地吟唱,肇始于战国时代,经唐宋发展,明清走向繁盛,已有三千年以上的传承历史。[①] 2008年6月7日,吟诵调(常州吟诵)经中华人民共和国国务院批准被列入第二批

---

① 常州市文化馆官网:http://www.czswhg.cn/feiyi/3102.html.

国家级非物质文化遗产代表性项目名录。

这首传统吟诵调由何洋老师整理成乐谱，G大调，四四拍（即以四分音符为一拍，每小节有四拍）。本乐谱一共由9个小节构成，每个小节基本对应着一句四字歌词，均衡而工整。唱的时候要轻柔、舒缓，让脑海里浮现出诗歌中那朦胧又唯美的意境。

$$6\ 6\ \widehat{6\ 1}\ 6\quad 6\ -\ |\ 6\ 6\ 1\quad \widehat{3\ 2}\quad 3\ -\ |$$
蒹葭苍　苍，　　白露　为　霜。

前两个小节，轻轻地，用哼鸣的方式来唱，仿佛你已置身在一个点点清霜覆盖着的秋日清晨。

$$6\ 6\ 1\quad \widehat{5\ 6}\quad 1\ -\ |\ 6\ 6\ 1\quad \widehat{3\ 2}\quad 1\ -\ |$$
所谓　伊　人，　　在水　一　方。

这两小节中的第二小节与上面两小节中的第二小节旋律几乎相同。这两小节在唱的时候可以把重点放在第一小节，尤其是"伊人"这两个字上，"伊"字有两个音符，"人"字延长至两拍，表达出的是对伊人的无限向往，因此唱的时候要充分表达出这份情怀来。

$$5\ 3\ \widehat{3\ 2}\quad 1\ -\ |\ \widehat{1\ 2}\quad \widehat{1\ 6}\quad 5\ -\ |$$
溯洄从　之，　　道阻且　长。

歌曲中的最高音，出现在这一句的第一个音上。虽然这个音是中音5，但这首歌是G大调，因此这个音大致相当于C大调的高音2。所以从上一句的结尾，到这一句的开头，有较大的音程上的跳跃。唱的时候要用上鼻腔共鸣，将气息往上顶。这一句用一个高音来起头，除了让旋律更富于变化、更动听之外，也强烈地表达出诗人对于他所向往的那位伊人执着的追寻："溯洄从之"——他用力地划着桨、逆流而上去追求心中所爱。

$$6\ 6\ 1\quad 3\quad 5\ -\ |\ \widehat{6\ 5}\quad \widehat{6\ 1}\quad \widehat{3\quad 2}\ |\ 3\ -\ -\ -\ \|$$
溯游从　之，　　宛　在水　中　央。

最后一句，又回到这首歌曲的主旋律上，因为前面的几句都是以低音6开头。注意结尾"宛在水中央"的"央"字，要唱够四拍，形成一个悠长的余韵，仿佛水面漾起的圈圈涟漪。

第三节 《关雎》赏析与吟唱

一、《周南》简介

亲爱的朋友,你可知道《诗经》开卷的第一首诗是什么吗?

给你三秒钟思考时间——想到了吗?就是这首鼎鼎大名的《关雎》:

关关雎鸠,在河之洲。窈窕淑女,君子好逑。
参差荇菜,左右流之。窈窕淑女,寤寐求之。
求之不得,寤寐思服。悠哉悠哉,辗转反侧。
参差荇菜,左右采之。窈窕淑女,琴瑟友之。
参差荇菜,左右芼之。窈窕淑女,钟鼓乐之。

《关雎》出自《国风》中的《周南》,也就是大名鼎鼎的周公姬旦(武王的弟弟)所管辖的南方地区的民歌。由于采集地域广阔,又不便各自为编,故统称"南"以示南国之诗。《周南》中共有民歌十一首,有西周的作品,也有东周的作品。

除《关雎》外,《周南》中的名作还有《桃夭》《卷耳》等。《桃夭》全诗如下:

桃之夭夭,灼灼其华。之子于归,宜其室家。
桃之夭夭,有蕡其实。之子于归,宜其家室。
桃之夭夭,其叶蓁蓁。之子于归,宜其家人。

这是一首周朝著名的"出嫁歌",通篇以盛放的桃花起兴,以它来比拟新娘的美丽与新婚的盛况,并对新娘未来的生活给予美好的祝福:她一定会与婆家人和睦相处,让这个家庭繁荣兴旺。

二、《关雎》赏析

我们知道了《关雎》是《诗经》的第一首诗。那么为什么把它排

在第一呢？为什么孔子评价它"乐而不淫，哀而不伤"呢？为什么《毛诗序》里说"《关雎》，后妃之德也，风之始也，所以风天下而正夫妇也"呢？它为什么这么重要？从字面来理解，这是一首男子写作的求偶诗。正所谓"窈窕淑女，君子好逑。"那么这到底是一首平民的求偶诗，还是贵族甚至王子的求偶诗呢？我们将从"雎鸠""君子""钟鼓"这三个名词来分析。

"雎鸠"，中国特产的珍稀鸟类。因其头顶的冠羽，让雎鸠看起来颇具王者的气度与风范，古人亦称其为"王雎"。一对雎鸠中，如果一只先死，另一只便忧伤不食，憔悴而亡。所以古人常将雎鸠称作"贞鸟"。可见在古人看来，雎鸠象征着身份的高贵和品行的高洁。

我们再来看"君子"。今天君子一词指品德高尚的人。但在先秦时代的典籍中，君子多指君王之子，着重强调地位的崇高，后来才渐渐被赋予道德的含义。

既然"雎鸠"是王雎，"君子"是君王之子。那么"钟鼓"呢？

钟和鼓是两种乐器。在等级分明的西周到春秋时代，钟鼓是平常人家能够拥有的吗？不是的。只有王室才能拥有并演奏钟鼓之乐，钟鼓之乐是宫廷或庙堂的音乐。

因此，这首诗可不是普通平民的求偶诗，它极有可能是某位王子的求偶诗。把它放在诗经的第一篇，也不是因为古人爱情至上，而是因为婚姻是人伦之始，王子应该娶一位"窈窕淑女"，即外在内在都美好的女性，为自己的伴侣，为天下人做出表率。

不管描写的是哪个阶层的爱情，历经三千年，这首诗之所以今天仍能深深打动我们，是因为它表达出了对于美好爱情的向往与执着的追求之情。正所谓：

参差荇菜，左右流之。窈窕淑女，寤寐求之。
求之不得，寤寐思服。悠哉悠哉，辗转反侧。
参差荇菜，左右采之。窈窕淑女，琴瑟友之。
参差荇菜，左右芼之。窈窕淑女，钟鼓乐之。

"荇菜"是一种美丽的水生植物，花朵呈黄色，叶子像荷叶。君子思念淑女，辗转反侧，难以入眠，为她弹琴瑟，奏钟鼓，终于赢得淑女的芳心。

三、《关雎》吟唱

赏析过后，就到了吟唱学习时间了。这首《关雎》的乐谱来自《魏氏乐谱》。崇祯末年（约 1644），宫廷乐官魏双侯避难东渡至日本，在长崎定居。其四世孙魏浩将其祖传中国古代歌曲在日本京师教授学生，当时称为"明乐"。为了便于传授，从二百余曲中选辑刊印成书，取名《魏氏乐谱》，其中的内容有《诗经》《汉乐府》、唐宋诗词等。

《魏氏乐谱》中《关雎》一曲译谱如下：

关 雎

词：《诗经·周南》
曲：《魏氏乐谱》译编

$1=C$ $\frac{2}{4}$

| 6 6 | 1 6 | 5 3 5 | 6 5 3 | 5 6 5 | 2 | 5 3 5 6 1 | 6 · 6 5 |

关 关 雎 鸠， 在 河 之 洲。 窈 窕 淑 女， 君
参 差 荇 菜， 左 右 流 之。 窈 窕 淑 女， 寤
求 之 不 得， 寤 寐 思 服。 悠 哉 悠 哉， 辗
参 差 荇 菜， 左 右 采 之。 窈 窕 淑 女， 琴
参 差 荇 菜， 左 右 芼 之。 窈 窕 淑 女， 钟

| 3 5 6 | 5 2 | 2 — ‖

子 好 逑。
寐 求 之。
转 反 侧。
瑟 友 之。
鼓 乐 之。

这个乐谱是四二拍，即以四分音符为一拍，每小节二拍。乐谱中一共只有两个乐句。第一个乐句由第 1~3 小节构成，也就是歌词中每一段的前两句：

```
6  6  1̂6̂ | 5̂3̂5̂  6̂5̂3̂ | 5̂6̂5̂  2  |
```
关 关 雎 鸠， 在 河 之 洲。
参 差 荇 菜， 左 右 流 之。
求 之 不 得， 寤 寐 思 服。
参 差 荇 菜， 左 右 采 之。
参 差 荇 菜， 左 右 芼 之。

第二个乐句由第4~7小节构成，也就是歌词中每一段的后两句：

```
5̂3̂  5̂6̂1̂ | 6.  6̂5̂ | 3̂5̂6̂  5̂2̂ | 2  — ‖
```
窈 窕 淑 女， 君 子 好 逑。
窈 窕 淑 女， 寤 寐 求 之。
悠 哉 悠 哉， 辗 转 反 侧。
窈 窕 淑 女， 琴 瑟 友 之。
窈 窕 淑 女， 钟 鼓 乐 之。

从乐谱中能看出，虽然只有短短两个乐句，但这首歌旋律与节奏变化丰富，因此简短而不单调，还有一种摇曳生姿的美感。先来分析音符，它由中国传统音乐惯用的五声音阶构成，即宫、商、角、徵、羽，也就是简谱中的 **1 2 3 5 6**。虽然只有这五个音符，但这首曲子却有着丰富的节奏变化：四分之一拍、二分之一拍、一拍、一拍半、两拍。因此，在吟唱的时候一定要把握好音准与节奏的变化。

每一段歌词中的第二句与第四句的旋律基本相同，这段旋律是歌曲的主旋律。唱好了这段旋律，整首歌就学会一半了。每一段开头第一句的第四个字，以第一段"关关雎鸠"的"鸠"为例，唱作 **5̂3̂5̂**，一个字要唱三个音，第一个 **5** 唱半拍，后面的 **3 5** 唱半拍。旋律中还有几处也是一字唱多音，唱起来有一点难度。此外，它不像《蒹葭》的旋律与歌词对应得那么工整，每一句刚好构成一个小节，而是两个四字句之间的旋律连绵不断。例如，第一句的结尾"关关雎鸠"的"鸠"，与第二句的开头"在河"两个字就在乐谱的同一小节之中：

```
5̂3̂5̂  6̂5̂3̂ |
```
鸠， 在 河

这是吟唱的第二个难点。但也正是因为一字多音与两句之间的旋律的连绵不断，才赋予整首歌摇曳多姿的美态。多多聆听，多多练习，便能很好地掌握了。

第四节 《丰年》赏析与吟唱

一、《丰年》赏析

《丰年》出自《周颂》，《周颂》收录的是周王室的宗庙祭祀诗，除了单纯歌颂祖先功德外，还有一部分于春夏之际向神祈求丰年或秋冬之际酬谢神的乐歌，从中可以看到西周初期农业生产的情况。

那么《丰年》是春夏之际求神的诗，还是秋冬之际谢神的诗呢？我们先来朗诵全诗：

> 丰年多黍多稌，亦有高廪，万亿及秭。
> 为酒为醴，烝畀祖妣。
> 以洽百礼，降福孔皆。

这首颂歌非常简短。对于它的内涵，《毛诗序》里是这样解释的："《丰年》，秋冬报也。"因为丰收在秋天，所以秋末至冬初举行一系列的庆祝活动（即诗中所云"以洽百礼"）是很自然的。因此，《周颂·丰年》应当是遇上丰收的好年成时举行庆祝祭祀的颂歌。

《颂》诗的语言通常典雅精炼，离生活较远。我们先来扫清字词障碍："黍"是小米；"稌"是水稻；"廪"是粮仓；"秭"是数量词，表示十亿。所以前三句的意思是：丰收的年成啊，满满的小米与稻谷，堆满了高高的谷仓，数也数不清。

"醴"是甜酒；"烝畀祖妣"，是献给父辈母辈的先祖们；"降福孔皆"，指祖先的福气会降临在每一个家庭成员身上。因此，后四句的意思是：多余的粮食酿作了醇厚的美酒，献给我们的先祖们。我们以各种恭敬的礼仪来祭奠先祖，先祖也一定会将幸福降临在每一个人身上。

人类古文明中唯一没有中断延续至今的，只有中华文明。中华文明为什么会拥有如此绵延不绝的生命力？我们或许可以从《丰年》这首诗歌里寻找答案——从三千多年前周朝建立伊始，中华民族就开始"敬鬼神而远之"，不再把那些虚无缥缈的神灵当作最高信仰来崇拜。

因此，与一些古老文明的"神灵崇拜"迥异，中华文明建立了一种"祖先崇拜"体系。祖先崇拜让中华儿女注重血脉传承，因为每一个人都是生生不息的生命之流的一部分，所以我们知道自己从哪儿来，到哪儿去，知道自己身上肩负的责任和使命。我们既是儿子、女儿，也是父亲、母亲，我们是先祖的后人，也是后人的先祖。因此，我们要从先人身上汲取榜样的力量，同时自己也要努力成为后人的榜样。这就是家的传承，国的延续，中华文明的川流不息！

有了对《丰年》背后文化意义的深刻理解，我们在朗诵或吟唱它时，就更能理解诗歌中所传达的情感。

二、《丰年》吟唱

赏析过后，又到了吟唱时间了。这首诗歌的乐谱如下：

丰 年

词：《诗经·周颂》
曲：传统吟诵调
整理：何洋

$1=D\ \frac{3}{4}$

6 | 6̂ - - | 6 3 1̂7 | 6 - - | 7 2 5̂#4 | 3 - - |
丰　年　　　多黍多　稌，　　　亦有高　廪，

6 3̂2 1̂3 | 2 - - | 2 2̂3 5̂7 | 6̣ - - | 6 3̂2 1̂3 |
万亿及　稌。　　为酒为　醴，　　烝畀祖

2 - - | 2 2̂3 5̂7 | 6 - - | 6 3 1̂7 | 6 - - | 7 2 5̂#4 |
妣。　　以洽百　礼，　　多黍多　稌，　　亦有高

3 - - | 6 3̂2 1̂3 | 2 - - | 2 2̂3 5̂7 | 6 - - |
廪，　　万亿及　稌。　　为酒为　醴，

6 3̂2 1̂3 | 2 - - | 2 2̂3 5̂7 | 6 - - | 7 7 5 | 6̂ - - ‖
烝畀祖　妣。　　以洽百　礼，　　降福孔　皆。

你可能发现这首歌的音乐风格和前面已学过的《关雎》和《蒹葭》不同。那么，有什么不一样呢？如果说《蒹葭》是轻柔舒缓的，《关雎》是摇曳多姿的，那么这首《丰年》的音乐风格是庄严肃穆的。这

种风格是如何实现的呢？首先在它非常均衡的节拍。这首歌是四三拍，除了"丰年"二字以外，后面接着 7 个四字句，每一句各两小节，其中前 3 个字为一小节（三拍），第 4 个字则单独为一小节（三拍）。7 个小节都是如此，因此它在旋律的节奏上非常均衡。正是这种均衡，带来了庄重的美感。这正是《诗经》中"颂歌"的音乐特色。虽然据说《诗经》中歌曲的曲调在战国以后就失传了，但后人在吟唱其中的作品时，还是保留着《风》《雅》《颂》这三类作品不同的音乐特点。其次，与均衡的节拍相应，这首歌中的转音较少，多是一字一音或一字两音。此外，它还有一个特点：它的旋律不是由中国古代音乐常见的"五声音阶（宫、商、角、徵、羽）构成，而是由"七声音阶"构成，即：宫、商、角、清角、徵、羽、变宫，也就是简谱中的 **1 2 3 4 5 6 7**。其中"清角"与"变宫"是两个半音（半音：音乐术语，两个半音合为一个全音），其余 5 个音是全音。

从乐谱能看出，旋律中重复次数最多的是这一句：

6 32 13 | 2 - - | 2 23 57 | 6 - - |

这段旋律只是在最后两次重复时，结尾的三个音都提高了一个八度，也就是由 57 | 6 - - | 变为了 57 | 6 - - |。在唱 57 | 6 - - | 时，应该气沉丹田，找到腹腔共鸣，声音低沉浑厚，表达出对先祖深沉的缅怀之情。在唱 57 | 6 - - | 时，则应该将气息往上顶，冲到头腔，声音高亢明亮，满怀激情，表达出对先祖无尽的感激。比如唱第二个"为酒为醴"句，要想象自己高举酒杯敬献给祖先。

在吟唱《丰年》时，一定要怀着虔诚恭敬的心情、怀着对中华先贤们的敬慕来吟唱。

第五节　《子衿》赏析与吟唱

在这一小节，我们将一起走进《诗经》中的《郑风》，并吟唱其中

的代表作：《子衿》。

一、《郑风》简介

《郑风》，也就是郑国的民歌，一共有二十一篇，数量位居十五国风之冠。这是不是意味着郑国的民歌在当时特别受欢迎呢？是的，"郑声"，也就是郑国的歌曲，是当时新兴的一种曲调。第一章第二节中曾讲到过孔子等先贤对"郑声""郑卫之音"的排斥及其原因。但通俗艺术毕竟在各个时代都是主流文化，所以"郑声"的风靡贯穿整个春秋战国时代。比如春秋时的魏文侯就曾经对孔子的学生子夏说：

> 吾端冕而听古乐，则唯恐卧；听郑卫之音，则不知倦。敢问古乐之如彼何也？新乐之如此何也？"①

"古乐"主要是指《诗经》中《颂》与《大雅》的音乐。魏文侯知道这些音乐是严肃庄重的，他作为国君应该喜欢这样的音乐，所以每次都正襟危坐着倾听，但每次一听到就昏昏欲睡。与此相反，他听郑国和卫国的歌曲却不知疲倦。于是就问子夏："为什么古乐会有这种效果？而新乐的效果就刚好相反呢？"其实原因很简单，古乐风格严肃、单调、呆板，而以郑声为代表的新乐，热情、丰富、活泼，受欢迎是理所当然的。到了战国时代，另一位国君——齐宣王也向孟子坦白：

> 寡人非能好先王之乐也，直好世俗之乐耳。②

"对于先王之乐我敬而远之，世俗之乐才是我的所爱呀！"可见，古人（哪怕是君王）也喜欢那些带着浓厚人间烟火气的作品。下面，我们就一起来走进充满的人间烟火气的《郑风》。

《郑风》里最多的是恋歌，二十一首歌谣中恋歌占了大半，如《将仲子》《有女同车》《山有扶苏》《狡童》《褰裳》《风雨》《野有蔓草》

---

① 胡平生，张萌译注：《礼记（中华经典名著全本全注全译）（下）》，中华书局，2022年版。

② 孟子：《孟子》，江西人民出版社，2017年版。

《子衿》等。这源于郑国的国风与习俗。郑国在当时已经十分繁荣，在男女婚恋方面也比较开放，民间一直流行着男女在"溱洧"等地游春的习俗。"溱"是溱河，"洧"是洧河。下面这首《溱洧》所描述的，就是三月上旬的上巳节青年男女自由约会的情景：

> 女曰"观乎？"士曰"既且。""且往观乎！"洧之外，洵訏且乐。维士与女，伊其相谑，赠之以勺药。

这个对话与场景描写都特别有意思：
女孩说："咱们去看看？"
男孩说："我都去过了。"
女孩又说："陪我再去又何妨！"（于是他们就手牵手去到河边。）
洧水河岸旁，好玩又宽敞。男孩与女孩，调笑心花放，互赠芍药情意长。

《郑风》里的恋歌不仅数量多，质量也高。比如下面这首《女曰鸡鸣》，既是一对恩爱夫妇的对唱，也像是一出鲜活的生活情景剧。《女曰鸡鸣》共三个小节，第一小节如下：

> 女曰鸡鸣，士曰昧旦。
> 子兴视夜，明星有烂。
> 将翱将翔，弋凫与雁。

妻子说："鸡叫了。"潜台词是咱们该起床劳作了。丈夫同样回了两个字："昧旦。"旦是日出，昧是昏暗。你听懂了吗？在这首歌里，撒娇的不是妻子，是丈夫。也许他还留恋着温暖的被窝、妻子的怀抱，赖床不想起呢，因此才说："天还没亮呢。"紧接着他又对妻子说："不信你起来看看，夜空里星星多亮呀！"如果你是妻子，是不是就和丈夫一起数星星了呢？可是诗歌里的这位妻子，并没有被丈夫的浪漫剧本打动，而是提醒他：鸟儿们都起来准备飞翔了，你快去射野鸭和大雁。第二小节讲的是丈夫把射中的野味拿回家，做成了佳肴和妻子边喝酒

边品尝。不仅有美酒佳肴，还有琴瑟和鸣。最后一小节是丈夫对妻子诉衷肠：

知子之来之，杂佩以赠之。
知子之顺之，杂佩以问之。
知子之好之，杂佩以报之。

丈夫买了一块玉佩来送给妻子，对她说："你的体贴我知道，所以把它赠予你；你的温顺我知道，所以用它慰藉你；你的爱恋我也知道，所以拿它来酬报你。"

另有一首《风雨》歌咏的是妻子与丈夫久别重逢时的甜蜜，共有三个小节，其中第三小节最为著名：

风雨如晦，鸡鸣不已。
既见君子，云胡不喜！

还有一首《出其东门》，也非常有名，它表达的是丈夫对妻子的忠贞不贰。举这首诗的第一小节为例：

出其东门，有女如云。
虽则如云，匪我思存。
缟衣綦巾，聊乐我员。

虽然一出东门女子便多如云，但你放心，她们都不在我的心里。我的心里，唯有白衣素服的你。

以上这三首歌谣，写的都是夫妻之间的故事，还有两首有趣的歌谣，是少男少女的恋歌，先来看这首《狡童》：

彼狡童兮，不与我言兮。维子之故，使我不能餐兮。
彼狡童兮，不与我食兮。维子之故，使我不能息兮。

你这个狡童呀，为什么不和我说话，都是因为你呀，害我饭也吃不下。你这个狡童呀，为什么不和我共餐，都是因为你呀，害我觉也睡不着。

这首歌谣非常通俗，其中"狡童"的"狡"字可以作两种解释：一是狡猾，滑头的意思；二是通"姣"，美好的意思。你觉得哪种解释更合适？在这个姑娘眼中，她的情郎到底是个小滑头，还是个小帅哥？

还有一首《山有扶苏》，里面再一次出现了"狡童"一词：

山有扶苏，隰有荷华。不见子都，乃见狂且。
山有桥松，隰有游龙。不见子充，乃见狡童。

"子都"，是古代著名的美男子。孟子曾说："至于子都，天下莫不知其姣者也。""子充"，据《毛传》解释："子充，良人也。""扶苏"是形容词，形容大树枝叶茂盛的样子。"游龙"不是水中游走的龙，而是指枝叶舒展的荭花。所以这首歌谣可以这样翻译：

山上面有大树，低洼里有荷花。不见美男子都，却见你这狂徒。
山上面有青松，低洼地有荭花。不见良人子充，却见你这狡童。

你听出来了吗？这个姑娘对她的情郎到底是真嫌弃，还是口嫌心爱呢？我想，在首歌谣里"狡童"兼有这两重意思。在姑娘眼中，她的情郎既是美少年，又是个小顽童。

二、《子衿》赏析

这一章我们要重点赏析的是《郑风》中一首经典作品：《子衿》。先来朗读一遍这首诗歌：

青青子衿，悠悠我心。纵我不往，子宁不嗣音？
青青子佩，悠悠我思。纵我不往，子宁不来？
挑兮达兮，在城阙兮。一日不见，如三月兮！

大家可能都读过曹操《短歌行》里面的这四句：

青青子衿，悠悠我心。但为君故，沉吟至今。

是的，这四句里的前八个字出处就是这首《子衿》。曹操在《短歌行》里表达的是求贤若渴的思想和统一天下的大志，而《子衿》这首小诗写的却是恋爱那件小事。

诗歌一共三小节。第一小节：

青青子衿，悠悠我心。纵我不往，子宁不嗣音？

其中"宁"要读作第四声。"嗣"是接续、继续的意思；"嗣音"，就是保持音信，保持联系的意思。所以这四句可以这样翻译：

青青的是你的衣领，悠悠的是我的心绪。

纵然我不去看你，难道你就杳无音讯？

第二小节：

青青子佩，悠悠我思。纵我不往，子宁不来？

"佩"指男子戴的玉佩。这一节的意思是：

青青的是你的玉佩，悠悠的是我的思念。

纵然我没主动去看你，难道你就不能先来看我吗？

第三小节：

挑兮达兮，在城阙兮。一日不见，如三月兮！

"达"在这里要读作 tà。"挑达"有两个意思，一是独自徘徊，二是轻佻放纵。你觉得哪种解释放在这里更合理呢？我认为第一种解释更合理，因为诗歌中的女子是独自在城阙（城门两边的观楼上）思念心上人，最后甚至不禁发出了"一日不见，如三月兮"这样强烈而夸张的感叹。

三、《子衿》吟唱

赏析过后，又到了吟唱时间了。这首歌的曲子同样来自于传统的吟诵调，由何洋老师整理制谱。曲调整体轻快活泼而婉转缠绵，就像诗里这位少女的情思一样。乐谱如下：

子 衿

词：《诗经·郑风》
曲：传统吟诵调
整理：何洋

1=D 2/4

6 5 3	5 —	6 5 6	1 —	2 1 2 1	6 1 ·	6 3
青青子 衿，	悠悠我 心。	纵我不 往，			子 宁	

3 3 6	1 —	1 0	6 5 3	6 5 ·	6 5 6	1 —
不 嗣 音？			青青子 佩，		悠悠我 思。	

2 1 2 1	6 1 ·	6 3 3 6	1 —	6 3 3	2 —	3 5 3
纵我不 往，		子宁不 来？		挑兮达兮，		在城阙

2 —	3 2 3	3 2 ·	5 5	5 6 ·	1 —	1 0
兮。	一日不 见，		如三	月 兮！		

在前面说过，郑风是当时的流行音乐，不止在当时流行，对后世的影响也很大。这首曲调虽然不是当时的原调，但还是保留了郑风轻快活泼的特点。比如开头前两句：

6 5 3	5 —	6 5 6	1 —
青青子 衿，		悠悠我 心。	

一个个清脆的音符仿佛一串风铃迎风奏响，声声敲击在你的心坎上。这两句共四个小节，演唱时要注意第三小节从"悠"到"我"，音符有一个七度的下行，表达出"我"内心隐藏着的无限深情。与三段歌词相适应，乐谱也划分为三段。第二段开头与第一段相似而又有细微变化：

6 5 3	6 5 ·	6 5 6	1 —
青青子 佩，		悠悠我 思。	

"佩"字这个明亮的转音唱起来，仿佛胸前玉佩那清脆的响声。

到了第三段，歌曲在旋律上有了较大的变化，这一变化也照应着这一段歌词的变化。因此，不同于第一段与第二段以明亮的中音 **6** 启腔，第三段的第一个音直接降了一个八度，以一个低沉的低音 **6** 启腔，既表达出女子独自在城楼上等待时焦灼的心情，又让旋律高低起伏，更添风情。

第六节　《蜉蝣》赏析与吟唱

一、《曹风》简介

曹国位于今山东省西部，是一个夹在齐、晋两个大国之间的小国。《曹风》中一共只有四首诗歌，第一首《蜉蝣》的主题是悲叹生命的短暂，其他三首都是政治诗。

在这三首政治主题的诗歌中，《候人》是一首讽刺诗，《毛诗序》认为这首作品"刺近小人也。共公远君子而好近小人也。"关于曹共公远君子近小人，《左传》与《史记》中都有记载。

《左传·僖公二十八年》中对晋文公伐曹的记载中有这样一段话：

> 三月丙午，入曹。数之，以其不用僖负羁而乘轩者三百人也。

"乘轩者三百"，指的是在曹国朝中，享受"乘轩"待遇的大夫共有三百之多。

司马迁在《史记·管蔡世家》中也记载了这件事，并对曹共公有如下评价：

> 余寻曹共公之不用僖负羁，乃乘轩者三百人，知唯德之不建。

意思是我从曹共公不重用像僖负羁那样有才能的人，却任命了三百个大夫这一点，就知道这是个无德的国君。

《候人》用对比手法，以"候人"（掌管送迎宾客的小官吏、小士卒）工作的辛苦与生活的清贫，对比大夫的德不配位。诗中提到了"三百赤芾"，其实和史书中所提到的"乘轩者三百"指代的是同一件事。"赤芾"是红色皮制的蔽膝。古代大夫以上的官才能穿红皮蔽膝，坐轩车。

第三首《鸤鸠》从表面看，是在赞美淑人君子——品德高尚的君子。然而，结合曹国的历史与《毛诗序》中的解读可以知道，这首诗实际上是在讽刺当时曹国没有真正的君子。诗的开头用鸤鸠（布谷鸟）来起兴：

> 鸤鸠在桑，其子七兮。淑人君子，其仪一兮。其仪一兮，心如结兮。

这是诗的第一小节。传说布谷鸟喂养所有幼鸟都一视同仁，所以诗中用鸤鸠的这一特性来比拟淑人君子，认为真君子应该言行一致，坚若磐石。

第四首是《下泉》。下面是这首诗的第一小节：

> 冽彼下泉，浸彼苞稂。忾我寤叹，念彼周京。

清凉的下泉水呀，浸泡着丛丛莠草。一睁眼便长叹息，不知京都可安好。

《下泉》涉及春秋末期一个重要的历史事件：周敬王继位。因为周敬王继位是在公元前519年，因此《下泉》也被认为是《诗经》中时间最晚的一首诗。周敬王姬匄，原本居住于狄泉（也叫"翟泉"，在今河南省洛阳市），也就是诗中的"下泉"。公元前520年，周景王死后，周悼王继位。王子朝攻击并杀害周悼王。后来姬匄被晋文公拥立为王。关于《下泉》的主题，《毛诗序》是这样解读的：

> 《下泉》，思治也。曹人疾共公侵刻下民，不得其所，忧而思明王贤伯也。

《下泉》的主题，是期盼贤君来治理国家。曹国人痛恨曹共公治国无方，民不聊生，忧虑国家的前途，追思贤德的君王。整首诗像一曲哀婉的咏叹调，充满着对周王室的无限忧思与怀想。

二、《蜉蝣》赏析

《蜉蝣》是《曹风》中的名篇。前面简介中提到，曹国是一个夹在齐、晋两个大国之间的小国。《毛诗序》是这样解读《蜉蝣》创作的历史背景与诗歌主题的：

> 《蜉蝣》，刺奢也。昭公国小而迫，无法以自守，好奢而任小人，将无所依焉。

曹国国家小，被周遭大国压迫着，但国君昭公不仅不能修明法度，守好国家，反而奢华度日，任用小人，将来必然无所依靠。由此可知，这里的国民，尤其是其中的有识之士，常常被一种朝不保夕的焦虑所围绕，因此《曹风》的第一首诗，便用朝生暮死的蜉蝣来类比人生的短促无常。全诗如下：

> 蜉蝣之羽，衣裳楚楚。心之忧矣，於我归处。
> 蜉蝣之翼，采采衣服。心之忧矣，於我归息。
> 蜉蝣掘阅，麻衣如雪。心之忧矣，於我归说。

蜉蝣这种生物非常漂亮，有着纤巧的身躯，长长的触角与尾巴，一对透明的、在阳光下闪闪发亮的大翅膀。它的幼虫生活在水里，要经过长达一年左右的时间和多达数十次的蜕皮，才能蜕变为翩翩飞舞的成虫。但成虫仅能存活数小时，它将几乎所有的精力都用于交配与繁衍后代，而后死去。《蜉蝣》这首诗歌共三个小节，反复吟咏着蜉蝣的美丽与生命的短促。其中，每一小节的第四句中的"於"要读作 wū，通"乌"，表示哪里、何处的意思。"於我归处"就是"哪里才是我的归处"。诗歌的作者由蜉蝣美丽的翅膀，联想到女性美丽的衣裳；

又从蜉蝣的朝生暮死，联想到人生的无所依。因此一唱三叹，吟成了这首美而哀婉的小诗。这首诗大意如下：

蜉蝣美丽的翅膀，犹如漂亮的衣裳。我心充满了忧伤，哪里是我的归宿。蜉蝣展翅在飞翔，衣服华丽真漂亮。我心充满了忧伤，我将在哪里安息。蜉蝣破土翩飞来，透明羽翼白如雪。我心充满了忧伤，我将归向何方。

三、《蜉蝣》吟唱

这首《蜉蝣》乐谱同样来自传统吟诵调，乐谱如下：

蜉 蝣

词：《诗经·曹风》
曲：传统吟诵调
整理：何洋

1=C 4/4

| 5 5 6̂5 3̂ 5·| 6 6 6̂ 5 3 | ³⁄₂5 - - - | 2 3 2̂3 2 6 |
蜉蝣 之 羽， 衣裳 楚 楚。 心之 忧

| ⁶⁄₂2 - - 3 | 5 6 2 - | ⁶⁄₂1 - - - | 5 5 6̂5 3̂ 5· |
矣， 於我归 处。 蜉蝣 之翼，

| 1 6̂ 5 3̂2 | ⁶⁄₂1 - - - | 2 3 2̂3 2 6 | ⁶⁄₂2 - - 3 |
采采 衣 服。 心之 忧 矣，

| 5 6 2 - | ²⁄₂1 - - - | 5 5 6̂5 3̂ 5· | 1 1 1 2 1 0 |
於我归 息。 蜉蝣 掘阅， 麻衣 如雪。

| 2 3 2̂3 2 6 | ⁶⁄₂2 - - 3 | 5 6 2 - | ²⁄₂1 - 0 0 ‖
心之 忧 矣， 於我归 说。

这首乐谱是C大调，四四拍，节奏舒缓，有较多的转音、滑音和长拍，契合诗歌的主题，一唱三叹。由于三段音乐结构相似，这里主要讲解歌曲第一段的吟唱：

| 5 5 6̂5 3̂ 5·| 6 6 6̂ 5 3 | ³⁄₂5 - - - |
蜉蝣 之 羽， 衣裳 楚 楚。

第一句"蜉蝣之羽"的旋律非常悦耳，重点是要唱出蜉蝣羽翼的透明感来。"衣裳楚楚"四个字，"衣裳"二字都唱作四分音符**6**，各一

拍。第一个"楚"字除一个四分音符 6 之外，还有两个转音，分别是八分音符 5 和 3，各半拍。第二个"楚"字，从一个短暂的 3 上滑至 5，而后延长至四拍。演唱时可以想象着蜉蝣扇动着羽翼在翩翩起舞，或是年轻的自己穿着华美的衣裳款款走来。

```
2  3  2 3  2 6 | ⁶⁄ₓ 2  -  -  3 |
心 之 忧            矣,
```

"心之忧矣"这一句中，"忧"字要唱四个音，恰似心中起伏的忧思。"矣"字同样从一个短暂的低音 6 上滑至中音 2，延长至三拍，第四拍再上滑至 3，恰似一声长长的叹息。叹的是什么呢？就是第一段最后一句"於我归处"。

```
5  6  2  - | ⁶⁄ₓ 1  -  -  - |
於 我 归    处。
```

从"於"的中音 5 下滑七度到"我"的低音 6，仿佛从心里发出的一声低沉的叹息。这样的设计，让第一段的吟唱缓慢而富于变化，从而表达出诗句中所蕴含的无尽的忧思。

第二段与第三段的旋律与第一段大体相同，变化主要在每一段乐谱的第二小节。相信对照着乐谱，加以演唱练习，你就能唱出歌曲中无尽的韵味来了。

第三章
《楚辞》赏析与吟唱

第一节　走进浪漫奇诡的《楚辞》世界

一、《楚辞》简介

楚辞是屈原创作的一种崭新的诗歌体裁。到了西汉末年，刘向将战国时期屈原、宋玉及汉代淮南小山、东方朔等人的作品汇编成集，题作《楚辞》。全书以屈原作品为主，其余各篇也是承袭屈赋的形式。这些作品运用楚地的文学样式、方言声韵，歌咏楚地的风土物产等，具有浓厚的地方色彩。《楚辞》中屈原的作品包括：《离骚》《九歌》《天问》《九章》《远游》《卜居》《渔父》《招魂》（《招魂》一说作者为宋玉）。此外，《楚辞》中还有《大招》《惜誓》《招隐士》《七谏》《哀时命》《九怀》等其他作者的作品。

《楚辞》对中国后世的文学产生了深远影响，这一影响不仅体现在诗歌创作上，也体现在散文、小说、戏剧的创作上。

《楚辞》对中国诗歌的影响，主要表现在两个方面：首先，在诗歌形式上，它打破了《诗经》四言为主，重章叠韵的形式；其次，在内容上，它丰富了诗歌的题材，开拓了诗歌新的表现领域，如招隐诗、游仙诗等；最后但同样重要的是，《楚辞》开创了中国古典诗歌浪漫主

义的传统。

除了诗歌,《楚辞》对散文创作也影响深远:第一,《楚辞》具备散文因素,如句式上长短不齐,有散文化倾向;第二,它开创的写法如问对、铺陈及谋篇构思的方法,为散文所汲取;第三,是骚体句入散文。汉魏六朝散文称为"赋","赋"这一文学体裁,便是在《楚辞》的孕育下产生的。

此外,《楚辞》也影响了后世的戏剧、小说创作。《楚辞》中的某些作品本身就包含了一些戏剧成分,最典型者如屈原的《九歌》组诗,本身就是迎神娱神的歌舞表演,是戏曲的萌芽。

二、屈原简介

从《诗经》中有姓名可考的诗人算起,在长达三千多年的中国古典诗歌银河里,有无数颗熠熠生辉的星,而屈原,就是那颗"众星共之"的北辰。是他,让中国诗歌从集体歌唱跨入个人独唱的时代;是他,用瑰丽奇幻的诗篇开创了浪漫主义的文学传统;是他,用以身殉国的抉择成为爱国忠君的楷模;也是他,以对真善美的执着追寻成为君子人格的典范。总之,不论在文学创作上,还是在人格品质上,屈原都堪称后辈文人墨客的"万世师表"。今天,被列为中华人民共和国法定节假日的传统节日有春节、清明节、端午节、中秋节,其中端午节就是为了纪念屈原。

屈原(约公元前340—前278),战国时期楚国诗人、政治家。他出生于楚国秭归(今湖北省宜昌市),芈姓,屈氏,名平,字原,又自云名正则,字灵均。早年他深受楚怀王信任,任左徒、三闾大夫,兼管内政外交大事。他提倡"美政",主张对内举贤任能,修明法度,对外力主联齐抗秦。然而屈原的美政触犯了当时楚国贵族阶层的利益,所以后来他因遭贵族排挤诽谤,先后两次被流放至汉北和沅湘流域。公元前278年,楚国郢都被秦国将领白起攻破后,屈原怀石自沉于汨罗江,以身殉楚国。

屈原既是楚辞这一崭新诗歌体裁的开创者,也是《楚辞》中最重要的作者。屈原的作品,根据刘向、刘歆父子的校订和王逸的注本,共计二十五篇:《离骚》一篇,《九歌》十一篇,《天问》一篇,《九章》

九篇，《远游》《卜居》《渔父》各一篇。又据《史记·屈原列传》作者司马迁语，屈原的作品还有《招魂》一篇，即共计二十六篇。

根据内容与风格的不同，学术界一般将屈原的作品分为三组。第一组包括《离骚》《九章》《远游》《卜居》《渔父》《招魂》，这些作品大都有事可据，可以在屈原的生平中找到相关的记载，但重点在于表达诗人内心的情愫与志向。《天问》是第二组，这是屈原根据上古神话、传说等创作的诗篇，长诗通篇都是对于天地、自然、人世等一切事物与现象提出的疑问，表达了诗人大胆质疑传统观念与追求真理的质疑精神。《九歌》是第三组，是诗人深入民间学习民歌后所结出的硕果。

三、《九歌》简介与赏析

这一单元的诗词吟唱环节会学习《九歌》中的两首。我们先来了解什么是《九歌》。

《九歌》是屈原根据楚国民间祭祀的乐歌加工创作而成的。标题袭用古题。

在《尚书》《左传》《山海经》等作品里，都提到了《九歌》，可证明《九歌》是传说中古老的乐章。

屈原的《九歌》一共有十一篇，包括《东皇太一》《云中君》《湘君》《湘夫人》《大司命》《少司命》《东君》《河伯》《山鬼》《国殇》《礼魂》。现代研究者多认为《九歌》作于屈原放逐之前，仅供祭祀之用。其中《东皇太一》是祭祀天神的乐歌，《云中君》是祭祀云神的乐歌，《湘君》《湘夫人》是祭祀湘水男神和女神的乐歌，《大司命》是祭祀寿夭之神的乐歌，《少司命》是祭祀子嗣之神的乐歌，《东君》是祭祀日神的乐歌，《河伯》是祭祀河神的乐歌，《山鬼》是祭祀山神的乐歌，《国殇》是祭祀为国阵亡的将士的乐歌，《礼魂》是送神曲。

《九歌》既是祭神的宗教乐歌，同时也创造了许多动人的戏剧场面，是中国古代戏剧的起源之一。接下来，我们一起看看《九歌》里的篇章的具体内容。

（一）《东皇太一》

《东皇太一》是《九歌》中的首篇，是楚人祭祀天神中最尊贵的神——东皇太一的乐歌。全诗着力描写了祭神的热烈场面，表达出楚

人对天神的虔诚和尊敬。先来看《东皇太一》前六句：

> 吉日兮辰良，穆将愉兮上皇。
> 抚长剑兮玉珥，璆锵鸣兮琳琅。
> 瑶席兮玉瑱，盍将把兮琼芳。

在这吉日良辰里，恭敬地愉悦上皇。
手抚长剑上的玉环，佩玉声铿锵明亮。
美玉压在瑶席上，满室鲜花吐芬芳。
紧接着，乐奏起，歌唱起，舞跳起，这场盛大的祭神演出开场了：

> 扬枹兮拊鼓，疏缓节兮安歌，陈竽瑟兮浩倡。
> 灵偃蹇兮姣服，芳菲菲兮满堂。
> 五音纷兮繁会，君欣欣兮乐康。

高举鼓槌把鼓敲，节拍舒缓歌悠长，吹竽鼓瑟声悠扬。
群巫华服舞翩翩，满堂芳菲香飘飘。
五音纷繁齐奏响，上皇欢欣乐安康。

（二）《云中君》

《云中君》是《九歌》中的第二篇。云中君到底是掌管什么的神灵？学界对此一直有争议，比较通行的说法是掌管风云，我个人也比较认可，所以在本书里就把云中君理解为云神。这首诗歌表达的是云神的潇洒不羁以及祭巫对云神的向往与怀念。在本章第二节中将学习《云中君》的吟唱。

（三）《湘君》

《湘君》与下篇《湘夫人》同是祭祀湘水神的乐歌。
本篇以湘夫人的口气表现这位湘水女神对湘君的怀恋，对爱情的大胆追求。全诗共四个小节，文笔细腻，情韵悠长。且看诗歌启首的八句：

> 君不行兮夷犹，蹇谁留兮中洲？

> 美要眇兮宜修，沛吾乘兮桂舟。
> 令沅湘兮无波，使江水兮安流。
> 望夫君兮未来，吹参差兮谁思？

为何迟疑逗留，因谁而留在中洲？
我为你精心梳妆，风浪中驾起桂舟。
下令沅湘平静无波，让长江水缓缓而流。
盼着你啊你却未来，我吹起排箫相思向谁诉？
这八句奠定了全诗朦胧、诗意的浪漫情调。再看结尾的几句：

> 捐余玦兮江中，遗余佩兮醴浦。
> 采芳洲兮杜若，将以遗兮下女。
> 时不可兮再得，聊逍遥兮容与。

我将玉环抛掷江中，配饰也遗留在那醴水边。
在芬芳的沙洲采摘杜若，将它送给身边的侍女。
时光一逝将不再得，我且自在地安享当下。
　　虽然在等待的过程中，湘夫人对于湘君有抱怨和怀疑，但她依然珍惜着眼前景、身边人，这种不在爱情中迷失的人生态度让人欣赏。
　　（四）《湘夫人》
　　《湘夫人》是以湘君的口气描述这位湘水男神对湘夫人的怀恋，表现了他对爱情的忠贞。这一首比之《湘君》篇幅更长，想象力也更丰沛。开篇几句是写秋景的千古名句：

> 帝子降兮北渚，目眇眇兮愁予。
> 袅袅兮秋风，洞庭波兮木叶下。

　　"帝子"指代湘夫人。传说尧帝有两个女儿：娥皇与女英。尧帝将二人都嫁给了继位的舜帝。后来舜帝在沅湘一带遇难，娥皇、女英双双投水殉情，她们的魂灵便化作了湘水女神（湘夫人），而舜帝化身为

湘水男神（湘君）。这四句是说：

夫人您应该已经降临到北洲之上，但望而不见使我心忧愁。

绵绵不绝的秋风，让洞庭湖水起波，让树叶翩翩落下。

有研究者认为《湘君》《湘夫人》互相对映，实为一篇。诗人用"误会法"曲折地表现他们对纯真爱情的追求和对美好生活的向往。

(五)《大司命》

大司命是古人心目中掌管人类寿夭、生死的天神。作品以对话和独白的形式，成功地塑造了大司命和迎神女巫（追求者）的形象，同时也表达了当时的人们对于个人的生死命运与其善恶修为关系的认识及对大司命的敬畏之情。下面是开篇的八句：

广开兮天门，纷吾乘兮玄云。
令飘风兮先驱，使涷雨兮洒尘。
君回翔兮以下，逾空桑兮从女。
纷总总兮九州，何寿夭兮在予。

开篇的八句，前四句为大司命的扮演者演唱：

快把天门大大敞开，我要乘着浓浓的黑云下来。

我令旋风在前面开路，又令暴雨洗涤空中尘埃。

大司命这口气是不是非常霸气？接下来的四句，前两句为迎神女巫所唱，后两句为大司命所唱：

您盘旋着已临下界，我越过空桑山随您而来。

九州里人群千千万万，谁寿谁夭由我主宰。

这位天神不仅能命令天门敞开、旋风开路、暴雨涤尘，还能主宰人类死生，不愧是"大司命"啊！

(六)《少司命》

少司命是掌管人的子嗣后代的天神，她与大司命是一对配偶。此篇由扮演少司命的女巫与男巫（以大司命的口吻）对唱，塑造了少司命这位人类守护神的形象。全诗起伏有致，气韵生动，且看中间这一小节：

> 满堂兮美人，忽独与余兮目成。
> 入不言兮出不辞，乘回风兮载云旗。

满堂都是美丽的人儿，你却忽然与我眉目传情。
但你来时无言别也无语，乘回风驾云旗翩然远去。
这几句是不是把相恋的瞬间描摹得生动传神？接下来少司命感叹道：

> 悲莫悲兮生别离，乐莫乐兮新相知。

人生最大的悲伤莫过于生时别离，最大的快乐莫过于新有相知。
结尾处则为少司命画了一幅凛然的肖像：

> 竦长剑兮拥幼艾，荪独宜兮为民正。

一手高举长剑一手拥抱孩童，唯有你才是人命的主宰。

（七）《东君》

本篇是祭祀日神的乐歌。全诗分三部分，开头十句为巫者扮东君的唱词；中间八句为娱乐东君的女巫的唱词，正面叙写祭祀日神歌舞场面的盛大，表现了人们对日神的爱慕和期望；结尾六句仍为巫者扮东君的唱词，写太阳神的自述，描写东君除暴诛恶的义举，以及表达成功后的喜悦。在诗歌的结尾处，在热闹繁盛的祭祀东君的场面之后，只见东君：

> 青云衣兮白霓裳，举长矢兮射天狼。
> 操余弧兮反沦降，援北斗兮酌桂浆。
> 撰余辔兮高驰翔，杳冥冥兮以东行。

我把青云当作上衣白霓作下裳，举起长箭射向那天狼。
抓起天弓阻止灾祸下降，又拿起北斗斟满桂花酒浆。
最后我轻拉缰绳在高空翱翔，在昏暗的夜空中又奔向东方。

相传天狼星是主侵掠之兆的恶星，这里指东君为民除害。苏轼在词中写到"会挽雕弓如满月，西北望，射天狼。"另一位宋代豪放词人张孝祥也在词中表达"尽挹西江，细斟北斗"的豪兴。他们的这份豪情与想象力，都来自屈原，来自这首《东君》。

（八）《河伯》

《河伯》祭祀的是黄河水神。这首诗歌用浪漫主义手法描写了河伯与恋人的一次美妙出游。具体内容将在本章第三节中详细解读。

（九）《山鬼》

本篇为祭祀山神的乐歌，山神因非正神，故称鬼。古今许多学者认为诗中所写的山中女神就是传说中的巫山神女瑶姬。诗中山鬼是一位多情的女神，全诗细致地表现了山中女神对美好爱情的向往和失恋后的忧伤凄苦情态。在本节的第四部分，将对《山鬼》进行全面细致的介绍与赏析。

（十）《国殇》

《国殇》是祭祀为国牺牲的将士的乐歌。楚怀王时楚国多次和秦国交战，几乎每次都遭到惨重的打击。楚国人民为了保卫国家、抗击强秦，从而英勇杀敌，前赴后继。这首诗歌与前面的九首浪漫绮丽的作品风格迥异，它有一种悲怆、凛然、阳刚之美。从形式上看，它非常工整，由十八句七言诗歌组成。此诗分为两小节，第一小节描写在一场短兵相接的战斗中，楚国将士奋死抗敌的壮烈场面；第二小节颂悼楚国将士为国捐躯的高尚志节，歌颂了他们的英雄气概和爱国精神。试看本诗结尾四句：

诚既勇兮又以武，终刚强兮不可凌。
身既死兮神以灵，子魂魄兮为鬼雄！

（将士们）真是勇敢又英武，始终刚强不屈不可凌辱。
肉体虽死亡精神却永存，你们的魂魄为鬼中英雄！

（十一）《礼魂》

本篇是礼成送神之辞。魂，也就是神，它包括《九歌》前十篇所

祭祀的天地神祇和人鬼。《礼魂》是《九歌》中最简短的一篇,犹如这部宏大戏剧的一个尾声:

> 成礼兮会鼓,传芭兮代舞。
> 姱女倡兮容与。
> 春兰兮秋菊,长无绝兮终古。

祀礼已成急急敲响大鼓,传递鲜花,交替起舞。
貌美的女子歌声从容自如。
春有兰兮秋有菊,长此以往不绝直至终古。
以上就是对《九歌》中的十一首作品的简介与赏析。

四、《山鬼》赏析

《山鬼》是屈原《九歌》里流传最广的一篇作品。记得我高中时,语文课本里《山鬼》是必读篇目。为什么《九歌》中唯独它的流传度最广、知名度最高呢?首先,屈原在这首诗歌中绘声绘色地创造了一个动人的戏剧场景。其次,诗歌中所表达的情感、情绪具有超越时空的永恒性,今天依然能让你为之感动,产生共鸣。全诗如下:

> 若有人兮山之阿,被薜荔兮带女萝。
> 既含睇兮又宜笑,子慕予兮善窈窕。
> 乘赤豹兮从文狸,辛夷车兮结桂旗。
> 被石兰兮带杜衡,折芳馨兮遗所思。
> 余处幽篁兮终不见天,路险难兮独后来。
> 表独立兮山之上,云容容兮而在下。
> 杳冥冥兮羌昼晦,东风飘兮神灵雨。
> 留灵修兮憺忘归,岁既晏兮孰华予?
> 采三秀兮于山间,石磊磊兮葛蔓蔓。
> 怨公子兮怅忘归,君思我兮不得闲。
> 山中人兮芳杜若,饮石泉兮荫松柏。
> 君思我兮然疑作。

雷填填兮雨冥冥，猨啾啾兮狖夜鸣。
风飒飒兮木萧萧，思公子兮徒离忧。

这首诗歌中的第一个字——"若"用得特别好。"若有人兮山之阿"，好像有这么一个人在山脚下，若有若无，充满一种朦胧、不确定的美感，正是这种美感产生了诗意。比如《蒹葭》中的"所谓伊人，在水一方"，诗中的伊人象征着可望而不可即的美好。又比如《红楼梦》中的林黛玉，作者是如何塑造她的诗意形象的呢？给了她"两弯似蹙非蹙罥烟眉，一双似泣非泣含露目"。正是这种在"是"与"不是"之间的摆荡，才生了朦胧的诗意美。

一开头，山鬼就若隐若现地在山脚下，那么她是什么模样呢？首先，她身上披着薜荔腰间束着女萝——薜荔与女萝是两种藤蔓植物。其次，她双目含情，笑颜如花。因此，像"我"这样美好的女子，"我"的他怎能不心生爱慕！（全诗屈原都是用第一人称角度写的，所以后面讲解中"我"指的就是山鬼。）

"我"要出发去与心上人见面，赤豹为"我"拉车，身后跟随着文狸。"我"以辛夷木为车身，上面插着桂枝做成的旗杆。"我"又把石兰披在身上，杜衡束在腰间，让心上人一见到我就能闻到"我"身上的芬芳！

通过前八句，屈原塑造了一个美得自然而又野性，爱得热烈而坦荡的可爱女子。这是全诗的第一小节。那么这个赶着要去与恋人见面的女子如愿了吗？她接着说：

余处幽篁兮终不见天，路险难兮独后来。

一个"独"字，告诉我们当她赶到约定的地点时，那里却只有她一个人。她想：或许因为我住在幽深的竹林里不见天日，道路艰险难行所以我到得太晚了吧，因此没有见到我的心上人。

那时候没有钟表，约会也没法像今天的我们这样定在几点几分。但她依然站在山顶上继续等待，此时她眼前的景象是一片云海就在脚下。突然之间天气变了：天昏地暗仿佛黑夜降临，东风飘荡神灵降下雨滴。天黑了，风雨来了，她该回去了吧。不，她依然选择继续等待。这份爱的执着，想必每一个爱过的人都能体会。

> 留灵修兮憺忘归，岁既晏兮孰华予？

"晏"就是"晚"的意思；"灵修"在《楚辞》里一般指神灵，在这里指的应该是山鬼的心上人。这两句的意思是：我思念着你的好而憺然忘归，但我害怕岁月易逝红颜易老。这两句也特别触动人心，有着既突然又自然的情绪转折，前一秒还回味着恋爱中的美好，后一秒就想到失恋后的悲伤。记得少年时听过一首歌，歌名是"等待是一生中最初的苍老"，这不就是此时此刻山鬼的感受吗？《牡丹亭》里也说"如花美眷，似水流年"，谁都希望在最美的年华里能遇到那个最爱的人。谁都害怕在孤独的等待中，在失恋的苦涩中耗尽青春。

> 采三秀兮于山间，石磊磊兮葛蔓蔓。
> 怨公子兮怅忘归，君思我兮不得闲。

"三秀"指的是灵芝草．这四句的意思是：

在漫长的等待时光中，我在石磊磊葛蔓蔓的山间寻觅采摘灵芝仙草，你知道吗？我已经从思念你变成了怨念你，我满腔惆怅而忘记归去。你呀你，为何还不来？想必你也在思念着我，只是你太忙了实在没有空闲的时间。

如果你和伴侣约会，对方迟迟不来，或者你发个信息，但没收到回复，我想你也会和山鬼一样，为对方找各种理由吧。但你也许念头一转又会这样想：也许他（她）根本就没有想我，他（她）不来就只代表他（她）不想来，我为什么要自作多情！恋爱中人的各种小心思真是太多了，屈原笔下的山鬼也是如此，因此她又想：

> 君思我兮然疑作。

你真的在思念我吗？还是这只是我的幻想？

下面来看结尾的四句，在一首风雨雷电声兼猿唳的自然交响曲中，这一出"戏剧"落下了帷幕：

> 雷填填兮雨冥冥，猨啾啾兮狖夜鸣。
> 风飒飒兮木萧萧，思公子兮徒离忧。

雷声滚滚雨声阵阵，猿啼啾啾狖鸣凄凄，风声嗖嗖落叶萧萧，思念你啊只是徒增忧伤。

前面讲过山鬼是尧帝小女儿瑶姬，根据北魏郦道元《水经注·江水》记载："尧帝之女，名曰瑶姬，未嫁而死，葬于巫山之阳，精魂依草，实为灵芝。"[①] 所以，后世无数文人墨客笔下的巫山神女，其实就是屈原笔下的山鬼。屈原笔下的山鬼是一个在恋爱中多情的女神。后来，屈原的学生宋玉写作了两篇有名的辞赋：《高唐赋》和《神女赋》，描写了楚襄王与巫山神女之间一段缠绵的人神之恋，让巫山神女这一形象成为了爱情的象征。屈原、宋玉之后，李白、刘禹锡、元稹、苏轼、陆游等，都曾写诗来吟咏巫山神女，其中最知名的应该是元稹的那两句："曾经沧海难为水，除却巫山不是云。"在长江三峡的巫峡有一座神女峰，传说就是巫山神女的身躯幻化而成。如果你到了三峡，一定要好好看看这座神奇的神女峰。

第二节 《云中君》赏析与吟唱

一、《云中君》赏析

在这一节里，我们一起来赏析和吟唱屈原《九歌》里的作品：《云中君》。

如前所述，《九歌》是战国时代楚地人民祭祀神灵的一组乐歌。在

[①] 陈桥驿译注：《水经注》，中华书局，2022年版。

它流行的那个时代，它不仅是以歌曲的形式出现的，还是一种诗、乐、舞和角色扮演相结合的综合艺术形式。

《云中君》全诗如下：

> 浴兰汤兮沐芳，华采衣兮若英。
> 灵连蜷兮既留，烂昭昭兮未央。
> 蹇将憺兮寿宫，与日月兮齐光。
> 龙驾兮帝服，聊翱游兮周章。
> 灵皇皇兮既降，猋远举兮云中。
> 览冀州兮有余，横四海兮焉穷。
> 思夫君兮太息，极劳心兮忡忡。

看完之后是不是感觉像当初第一次读到屈原的《离骚》一样，不知道作者写了些什么？我们一句一句来看：

> 浴兰汤兮沐芳，华采衣兮若英。
> 沐浴着芳香四溢的兰汤，穿上那鲜艳华丽的衣裳。
> 灵连蜷兮既留，烂昭昭兮未央。
> 神灵啊回环降临我身上，闪耀无穷尽的灿烂光芒。
> 蹇将憺兮寿宫，与日月兮齐光。
> 我在寿宫逗留安乐宴享，璀璨的光辉与日月争光。
> 龙驾兮帝服，聊翱游兮周章。
> 乘驾龙车穿着天帝服装，我在天上翱翔周游四方。
> 灵皇皇兮既降，猋远举兮云中。
> 神灵啊光灿灿已经降临，忽然又远远地躲进云中。
> 览冀州兮有余，横四海兮焉穷。
> 我的光芒遍及九州有余，我的踪迹纵横四海无穷。
> 思夫君兮太息，极劳心兮忡忡。
> 思念你啊令人声声叹息，盼望你啊使人忧心忡忡！

逐句讲解完之后，你是不是还是不明白这首诗的意思？主要是因为这种原始的宗教信仰离我们今天的生活太遥远了。楚人在祭祀神灵的仪式中，会由女巫或男巫装扮成神灵的样子，他们相信唯有如此，神灵才会降临。这首诗中有两个角色：一个是等待神灵降临的女巫，一个是神灵，也就是云中君本人。角色唱词分配如下：

第一至四句为祭巫所唱，五至八句为扮云中君的巫所唱，九、十两句为祭巫所唱，十一、十二两句为扮云中君的巫所唱，结尾两句为祭巫所唱。

在《云中君》中，祭巫虔诚地沐浴、换上盛装，开始迎接神灵的歌舞表演，期待神灵降临。神灵在天上自在地遨游，在人间短暂地逗留后，又转身离去，留下独自伤感的祭巫。祭巫因此感叹道："思夫君兮太息，极劳心兮忡忡"。这里要特别注意："思夫君"不是思念丈夫，而是"思念你啊神灵"。"君"指云中君，而"夫"在这里是"此""彼"的意思。

虽然不是在思念自己的夫君，但你是不是仍感觉祭巫似乎爱恋着云中君，因此才对他的离去如此依依不舍？《九歌》里确实有很多篇章，写到了神与神或神与人之间那种似有若无、迷离恍惚的恋爱。比如《山鬼》"既含睇兮又宜笑，子慕予兮善窈窕"；《湘夫人》"沅有芷兮澧有兰，思公子兮未敢言"。这也是《九歌》在今天依然能打动我们的重要原因。

二、《云中君》吟唱

下面又到了我们的吟唱时间了。歌曲的曲调来自传统吟诵调，由何洋老师改编制谱。乐谱如下：

九歌·云中君

词：（战国）屈原
曲：传统吟诵调
整理：何洋

1=A 4/4

| 6̇ 6̇ | 6̇ 6̇ | 6̇7̇6̇ | 5̇ — | 6̇ 6̇ | 6̇ 1̇ | 3̇ 2̇ | 3̇ — | 6̇ 6̇ | 6̇ 6̇ | 6̇7̇6̇ | 5̇ — |
浴兰 场兮 沐 　 芳， 华采 衣兮 若 　 英。 灵连 蜷兮 既 　 留，
灵皇 皇兮 既 　 降， 猋远 举兮 云 　 中。 览冀 州兮 有 　 余，

$\underline{6}\ \underline{6}\ \underline{6}\ \underline{1}\ \widehat{\underline{3}\ \underline{2}}\ |\ 3\cdot\ |\ \frac{2}{4}\ 3\ -\ |\ \frac{4}{4}\ \underline{5}\ \underline{3}\ \underline{3}\ \underline{3}\ 3\cdot\underline{2}\ |\ 1\ |$

烂 昭 昭 兮 未　　 央。　　　　 謇 将 憺 兮 寿　宫，
横 四 海 兮 焉　　 穷。　　　　 思 夫 君 兮 太　息，

$\underline{2}\ \underline{2}\ \underline{2}\ \underline{3}\ \widehat{\underline{1}\ \underline{6}}\ 5\ |\ \underline{6}\ \underline{6}\ \underline{6}\ \underline{1}\ \widehat{\underline{3}\ \underline{5}}\ |\ \underline{6}\ \underline{6}\ \underline{6}\ \underline{1}\ \widehat{\underline{3}\ \underline{2}}\ |\ 3\ -\ -\ -\ ‖$

与 日 月 兮 齐　光。 龙 驾 兮　 帝 服， 聊 翱 游 兮 周　章。
极 劳 心 兮 忡　忡。 思 夫 君 兮 太 息， 极 劳 心 兮 忡　忡。

  这首歌虽然从谱子来看有很多低音，但由于它是 A 大调，比起 C 大调，每个音升了大致六度，所以唱起来并不低沉。歌曲中的主旋律就是第一与第二小节，第三、四小节是它的重复。所以只要唱好这两个小节，整首歌就学会一大半了。

  从乐谱的第五到第六小节，音符有一个从低音 **3** 到中音 **5** 的十度上跳，这是目前为止上跳幅度最大的一首歌曲，也是这首歌中的一个难点。所以在演唱"謇将憺兮寿宫"和"思夫君兮太息"这两句的开头时，一定要用上鼻腔与头腔共鸣，收紧腹肌，将气息往上顶。

  结尾的两个小节，旋律在主旋律的基础上有一些变化。看出来了吗？变化主要在第一小节。注意第二小节结尾的低音 **3** 要延长至四拍：

$\underline{6}\ \underline{6}\ \underline{6}\ \underline{1}\ \widehat{\underline{3}\ \underline{2}}\ |\ 3\ -\ -\ -\ ‖$

  在吟唱这首《云中君》时，首先要把每个小节的音准和节拍都掌握好，然后再带着我们对诗句和音乐的理解，唱出歌曲中的感情。

第三节　《河伯》赏析与吟唱

一、《河伯》赏析

  一般研究认为《河伯》是祭祀黄河水神的乐歌。河神在上古中国神谱中的地位大致可对应西方古希腊神话中的海神波塞冬。波塞冬手持三叉戟，神情凶恶，性情也像海上的波涛一样狂暴而反复无常。而在中国，河神的主流形象则比较复杂。

  他既有凶残的一面，比如民间有"河伯娶妻"的传说。《史记·滑

稽列传》中的《西门豹治邺》记载，邺县每年都会选出二三十个年轻漂亮的女子来献祭给河伯。那些有漂亮女子的人家，担心大巫祝替河伯娶她们去，因此大多带着自己的女儿远远地逃跑。因此城里越来越冷清，以致百姓更加贫困。直到西门豹到来，才改变了这一残酷的陋习。

而另一个民间传说中，河伯却成了帮助大禹治水的重要人物。河伯胸怀治理黄河的大志，在玉帝的指点下，他决意绘制一幅黄河河图：哪里深，哪里浅；哪里好冲堤，哪里易决口；哪里该挖，哪里该堵；哪里能断水，哪里可排洪，他都画得一清二楚。等他画好已年老体弱，无力治水了，于是他把河图献给了大禹。在这个故事里，河伯是个励精图治的好神灵。

而《九歌》中的河伯呢？浪漫的屈原赋予了他"多情公子"的形象。诗中以河伯恋人的视角，描写了她与河伯的一次美妙的出游，他们游河海，登昆仑，携手回到水底华美的宫殿，最后依依不舍地分别。《河伯》全诗如下：

> 与女游兮九河，冲风起兮横波。
> 乘水车兮荷盖，驾两龙兮骖螭。
> 登昆仑兮四望，心飞扬兮浩荡。
> 日将暮兮怅忘归，惟极浦兮寤怀。
> 鱼鳞屋兮龙堂，紫贝阙兮珠宫。
> 灵何为兮水中？乘白鼋兮逐文鱼，
> 与女游兮河之渚，流澌纷兮将来下。
> 子交手兮东行，送美人兮南浦。
> 波滔滔兮来迎，鱼鳞鳞兮媵予。

由于这首诗歌中的生僻字词较多，你可以结合下面的注解来阅读：

"九河"：黄河的总名。"冲风"：大风。"骖螭（cān chī）"：四匹马拉车时两旁的马叫"骖"；"螭"，一种无角龙；"骖螭"即龙车。"昆仑"：山名，黄河的发源地。"极浦"：水边尽头。"寤怀"：寤寐怀想，形容思念之极。"灵"：神灵，这里指河伯。"鼋（yuán）"：大鳖。"文鱼"：有斑纹的鲤鱼。"流澌（sī）"：古代词语，意思就是流水。"交手"：古人将分别时，则相执手表示不忍分离。"美人"：指与河伯同游的洛水女神。"南浦"：向阳的岸边。"鳞鳞"：如鱼鳞般密集排列的样子。"媵（yìng）"：原指随嫁或陪嫁的人，这里指护送陪伴。

相信结合注解，你已经能大致读懂这首诗歌了，下面我来试着把它翻译成一首优美的白话文诗歌：

河伯（白话文版）

我与你畅游在黄河之上，大风吹过河面扬起层层波浪。
随你乘着荷叶作盖的水车，以双龙为驾螭龙套在两旁。
我们登上昆仑山顶四处眺望，心绪飞扬如黄河水浩荡。
但恨暮色降临而忘了归去，惟河水尽处令我寤寐怀想。
鱼鳞盖屋顶堂上画蛟龙，紫贝砌城阙朱红涂满室宫。
河伯你为什么住在这水中？乘着大白鼋锦鲤追随身旁，
我随你一起游弋在河上，浩浩河水缓缓地向东流淌。
你握手道别将要远行东方，我送你送到这向阳的河旁。
波浪滔滔而来迎接河伯，为你护驾的鱼儿排列成行。

是不是一次特别甜蜜的出游？在朗读和后面的吟唱中，一定要想象仿佛是你和你的心上人携手遨游在天地之间。你们时而在黄河之上，时而在昆仑之巅，时而在水底宫殿，最后又骑在龟背上再度在河中游弋。

二、《河伯》吟唱

接下来让我们一起来吟唱这首动人的《河伯》。曲子同样来自传统吟诵调，由何洋老师改编制谱。乐谱如下：

河 伯

词：（战国）屈原
曲：传统吟诵调
整理：何洋

1=F 4/4

```
5 3 2 3 3 3. 2 | 3 1 - - | 1 1 1 2 5 6 6. 6 | 6 5 - - |
与女 游 兮    九 河,    冲风 起 兮    横 波。
登昆 仑 兮    四 望,    心飞 扬 兮    浩 荡。
鱼鳞 屋 兮    龙 堂,    紫贝 阙 兮    珠 宫。
与女 游 兮    河 之 渚,  流澌 纷 兮    将 来 下。
波滔 滔 兮    来 迎,    鱼鳞 鳞 兮    媵 予。

3 5 6 1 6 5. | 5 5 6 - - | 1 1 1 2 1 6 6. 6 | 6 5 - - ||
乘水 车 兮    荷 盖,    驾两 龙 兮    骖 螭。
日将 暮 兮    怅忘 归,    惟极 浦 兮    寤 怀。
灵何 为 兮    水 中？    乘白 鼋 兮    逐 文 鱼。
子交 手 兮    东 行,    送美 人 兮    南 浦。
子交 手 兮    东 行,    送美 人 兮    南 浦。
```

这首歌是F大调，四四拍。歌词由五段构成，每一段都是四个乐句。旋律既婉转多情，又开阔疏朗，既有入乎其中的深情，又有出乎其外的超脱。它有一个特点——请细看一遍乐谱，你发现了吗？整首歌的最高音是哪个音符？它出现在哪里？

是的，最高音是5，就是乐谱上的第一个音。这也是这首歌的一个难点。因为多数歌曲都是渐进式的，由低到高。而这首歌用一个明亮的高音开头，需要演唱者在一开始就进入一种高涨的情绪。为什么会做这样的设计呢？因为歌词的内容描述的是一位女子和她心中的男神出游，心里的喜悦与亢奋可想而知。所以你在唱的时候，也可以做出这样的想象，怀着同样的心情，来开始这首歌曲的吟唱：

```
5 3 2 3 3 3. 2 | 3 1 - - |
与女 游 兮    九 河,
```

这首歌还有一个难点在于音符的各种节拍变化较多，四个乐句中每一个都是如此。节拍的多变让歌曲婉转灵动，与歌词空灵跳跃的画面美正相吻合。以第二个乐句为例：

```
1 1  1 2 5 6  6· 6 | 6 5 - - |
冲风 起 兮      横    波。
```

"冲风起"三字节奏较快,到"兮"字节拍延长,"横"又加速至半拍,结尾"波"延长至四拍。其余三个乐句节奏大体相同。

第四章
汉代诗歌赏析与吟唱

第一节 走进诸体兼备的汉诗世界

西周初年到春秋中叶的五百年间诞生了《诗经》，此后两百多年的战国时期诞生了《楚辞》。但是在长达三百余年的大汉王朝这段时期，四言诗已衰落，五言诗刚刚兴起，因此诗歌创作相对而言不那么繁荣，最能代表这一时期的文学样式是辞赋。根据史料统计，仅西汉时期就有辞赋作家八十余人，作品一千余篇。汉代出现了如司马相如、杨雄、班固、张衡、蔡邕等辞赋大家，使辞赋成为汉代的"一代之文学"。

虽然放眼整个中国文学史，汉代的诗歌创作不算发达，但却是中国诗歌史上承上启下的一个重要时期。在这个时期，以《诗经》为代表的四言诗、以《楚辞》为代表的骚体杂言诗依旧流行，同时五言诗在这一时期完成了从诞生到成熟的历程，七言诗也开始出现。这一时期还诞生了"乐府歌诗"这一崭新的创作形式，它成为汉代诗歌的标志，并对后世的诗歌产生深远的影响。因此，可以用"诸体兼备"四字来描述汉代诗歌的情形。

一、何谓乐府

乐府是西汉一个官署的名称。从秦到西汉初年，都曾在太常（朝廷掌管宗庙礼仪的机构）设太乐令一职，掌管宗庙音乐。但因为汉高祖刘邦喜爱楚声，所以这一时期的宗庙音乐吸收了大量楚国的乐曲，如《安世房中歌》就用了楚声。又如汉高祖所作的《大风歌》，这是他在安定天下后，经过老家沛县，与父老乡亲同醉同乐之际吐出的肺腑之言：

> 大风起兮云飞扬。
> 威加海内兮归故乡。
> 安得猛士兮守四方！

据《汉书·礼乐志》记载："令沛中僮儿百二十人习而歌之。至孝惠时，以沛宫为原庙，皆令歌儿习吹以相和，常以百二十人为员。"当时，刘邦下令沛县里一百二十个男孩来齐声合唱这首歌；后来汉惠帝时期，以高祖在沛县的宫室为宗庙，又以一百二十人齐声吹奏的方式与歌者相和。

到了汉武帝时期，为了"定郊祀之礼"，也就是确定在郊外祭祀天地的礼仪，才在太乐令之外，另设立乐府，专门掌管宗庙祭祀之外的音乐。据《汉书·礼乐志》记载：

> 至武帝定郊祀之礼……乃立乐府，采诗夜诵，有赵、代、秦、楚之讴。以李延年为协律都尉，多举司马相如等数十人造为诗赋，略论律吕，以合八音之调，作十九章之歌。

根据这段记载可知，汉武帝时，从各地采来民间歌谣，由李延年来担任协律都尉，司马相如等几十人创作诗赋，大家简要地讨论音律，调和八类乐器的乐音，创作出了用于郊祀的《十九章之歌》。后来乐府的职能进一步拓展，它所采集的民间歌谣或文人诗，配乐后除了用于朝廷祭祀之外，也于宴会时使用。根据史书记载，汉哀帝时将乐府的职员从八百多人裁减到三百多人。可见在当时乐府是一个规模庞大的机构。

另外据《汉书·艺文志·诗赋略》著录，当时收集的各地民间歌诗共计一百三十八篇，采集地域有吴、楚、燕、代、齐、郑等地，几乎遍及全国。采集民间歌谣，既能为宫廷音乐注入民间气息，也有助于君王了解民间疾苦。《后汉书》中曾多次记录皇帝派遣使者四处采风：

（汉光武帝刘秀）广求民瘼，观纳风谣。（《后汉书·循吏传序》）

（汉和帝刘肇）分遣使者，皆微服单行，各至州县，观纳风谣。（《后汉书·李郃传》）

这一百三十八篇并未完全流传下来，根据宋朝郭茂倩《乐府诗集》统计，两汉时期的乐府民歌仅存六十首左右。汉代人称乐府诗为"歌诗"，因为是乐府采集，又可以入乐演唱。到了魏晋南北朝时期，就开始将这些歌诗称作"乐府"。因此，乐府就由官署的名称演变为一种诗歌的名称。后世的诗人也多沿用乐府旧题来写作，他们写作的这些诗不一定入乐歌唱，但都被称为乐府。唐朝许多大诗人都爱写乐府，其中的名作更是数不胜数，如李白的《将进酒》《行路难》《子夜吴歌》，高适的《燕歌行》，王维的《少年行》，李颀的《古从军行》，等等。

二、《乐府诗集》

现存收集乐府诗最完备的一部乐府诗作品集是北宋文学家郭茂倩编撰的《乐府诗集》，里面收录了从汉魏到唐代的乐府诗。根据音乐性质的不同，他将乐府诗分为郊庙歌辞、燕射歌辞、鼓吹曲辞、横吹曲辞、相和歌辞、清商曲辞、舞曲歌辞、琴曲歌辞、杂曲歌辞、近代曲辞、杂歌谣辞、新乐府辞十二大类。其中他对每一类都写有一篇总序，对每一曲目都有题解，对乐曲的起源、性质、演唱配器等均有详尽说明。

十二大类具体内容如下：

郊庙歌辞，共十二卷，为朝廷举行祭祀大典时所用。

燕射歌辞，共三卷，为朝廷宴饮宾客并举行射箭之礼时所用。

鼓吹曲辞，共五卷，最初为军乐，后来用于朝会、田猎、游行等场合，用短箫铙鼓等乐器伴奏。其中有多首乐府诗的上乘之作，比如《有所思》《上邪》《战城南》等。

横吹曲辞，共五卷，为军旅马上之乐，传自西域，西汉李延年创作了多首新曲。汉乐府《十五从军征》便是横吹曲辞中的名作。

相和歌辞，共十八卷。收录的作品最早是街头巷尾的歌谣，以无伴奏的徒歌形态演唱，后来渐渐有了丝竹等乐器伴奏相和，所谓"丝竹更相和，执节者歌"，所以这一类作品被称为"相和歌辞"。相和歌辞作品数量庞大，代表作也最多，比如《陌上桑》《白头吟》《江南》《长歌行》《短歌行》《东门行》《妇病行》《孤儿行》等。

清商曲辞，共八卷，收录的是江南吴歌、荆楚西声等民歌。

舞曲歌辞，共五卷，收录的是专门配合舞乐的作品，舞乐包括用于郊庙朝会的雅舞音乐，以及用于宴会游乐的杂舞音乐。

琴曲歌辞，共四卷。在古乐器中，古琴具有独特的地位，这一卷收录的是用古琴弹奏的乐府歌诗。

杂曲歌辞，共十八卷，收录的是未配乐或乐调难明的乐府歌诗，题材广泛。有"乐府双璧"美誉的《孔雀东南飞》便收录其中。

近代曲辞，共四卷，收录的是隋唐两代文人的乐府作品。

杂歌谣辞，共七卷，收录的是尧舜时代到隋唐的徒歌、谣、谶、谚语等。

新乐府辞，共十一卷，收录的是唐代的乐府新诗，多未配乐。

除了《乐府诗集》，由南朝徐陵编选、上至汉魏下迄梁代的诗歌总集《玉台新咏》里，也收录了不少汉魏乐府歌诗。

从主题内容来看，乐府歌诗主要可分为以下四类：

其一，描写妇女的反抗精神的歌诗。这一类作品以女性为叙事或抒情的主人公，代表作有《有所思》《白头吟》《陌上桑》《孔雀东南飞》等。《有所思》描写的是一位女子在得知爱人变心之后，决绝地与他一刀两断：

> 有所思，乃在大海南。
> 何用问遗君，双珠玳瑁簪。
> 用玉绍缭之。
> 闻君有他心，拉杂摧烧之。
> 摧烧之，当风扬其灰！
> 从今往后，勿复相思，相思与君绝！
> ……　……

我所思念的人，在大海的南方。拿什么赠给你呢？就拿这支我亲手制作的玳瑁簪吧。我把珍珠和美玉环绕在簪上，象征着爱情的坚贞。可是后来听说你变心了，那我就把这支簪子摧毁、烧掉。直到它化成灰。一阵风扬起，它消散在风里，就像我们烟消云散的爱情。从今往后，不再思念，与你断绝相思！

与《有所思》同样态度决绝，但女主人公对爱情的态度更成熟理性的是《白头吟》。这首诗的作者，一般认为是西汉才女卓文君。卓文君与司马相如的爱情故事已成千古流传的佳话。当初，年少的文君新寡，未娶的司马相如对她倾慕已久，于是与临邛的县令王吉共施一计，成功吸引了当地巨富——文君的父亲卓王孙的关注。卓家以贵客之礼宴请相如，席上相如自弹自唱《凤求凰》：

> 有一美人兮，见之不忘。
> 一日不见兮，思之如狂。
> 凤飞翱翔兮，四海求凰。
> 无奈佳人兮，不在东墙。
> 将琴代语兮，聊写衷肠。
> 何日见许兮，慰我彷徨。
> ……　……

闺中的文君听到相如的悠悠琴声与款款歌声，聪慧如她，完全明了了相如的心意，于是当晚便夜奔相如，与他私订终身，结为夫妻。

相如家境贫寒，后来得到汉武帝赏识，成了西汉辞赋大家。文君与他一路相伴，从四川到长安。人到中年、功成名就的司马相如有了二心，想纳一位茂陵女子为妾。知道丈夫有了新欢，文君便写下这首《白头吟》表明了自己的态度与心迹：

> 皑如山上雪，皎若云间月。
> 闻君有两意，故来相决绝。
> 今日斗酒会，明旦沟水头。
> 躞蹀御沟上，沟水东西流。
> 凄凄复凄凄，嫁娶不须啼。
> 愿得一心人，白头不相离。
> 竹竿何袅袅，鱼尾何簁簁。
> 男儿重意气，何用钱刀为！

我们的爱情曾经如山上白雪一般纯洁，如云间朗月一般皎洁。如今你的心已不再专一，所以我来与你决绝地分手。今日饮过这杯酒，明朝你我就各奔前程吧，如同这流经宫苑的河道一般，一条往东流，一条往西走。女孩子在出嫁时总会凄凄啼哭，然而在我看来本不该如此，因为如果能得到一个一心一意、白头偕老的爱人，正是人间最幸福的事啊！竹竿袅袅，鱼尾簁簁，曾经的你我，也是这般的缱绻相依。男儿本应重情重义，岂是金钱名利所能改变！

通过对这首诗的解读，你是不是特别钦佩卓文君？一个生活在两千多年前的女子，她的胸襟与见识，她对待爱情和婚姻的态度，即使放到现在，仍对我们有所启发。文君真乃千古奇女子！当初她果断地与相如私奔，一定是看到了对方的才华与人品，以及对爱情的真挚，绝不是一时冲动。而人到中年面对丈夫的变心，她以一首《白头吟》来回应。相如读到《白头吟》后，内心对自己的行为是又羞又愧，对文君则是又爱又敬。因为据史料记载，后来相如回心转意，并写了这封《报卓文君书》：

五味虽甘，宁先稻黍。五色有烂，而不掩韦布。惟此绿衣，将执子之釜。锦水有鸳，汉宫有木。诵子嘉吟，而回予故步。当不令负丹青，感白头也。

山珍海味虽让人向往，但我心中最重要的还是这碗米饭。五彩的颜色灿烂夺目，却掩不住粗布衣衫的质朴。唯有这绿绮琴，是当初你征服我的见证。锦江边有鸳鸯，汉宫里有乔木。读到你的好诗，我的心已回到过去。我一定不会让你辜负青春，感叹白头。

其二，是描写战争带来的生灵涂炭的歌诗。代表作如《战城南》《十五从军征》《东光》《古歌》等。《战城南》是为在战场上阵亡的将士而作，以下为开篇的几句：

战城南，死郭北，野死不葬乌可食。
为我谓乌："且为客豪！野死谅不葬，腐肉安能去子逃？"

"战城南，死郭北。"开篇高度凝练地写出了战事的残酷：城南城北一片混战，战事结束尸横遍野，无人安葬的尸体被乌鸦啄食。于是诗人展开诡谲的想象，以死尸的口吻对乌鸦说道："在吃之前且为我们这些战死的士兵悲鸣几声吧！我们死于荒野，无人安葬，哪能逃得过被你们啄食的命运啊！"读之令人泪下。

《十五从军征》写一位十五岁离家、八十岁才退伍的老兵回乡后的所见所感：

十五从军征，八十始得归。
道逢乡里人："家中有阿谁？"
"遥望是君家，松柏冢累累。"
兔从狗窦入，雉从梁上飞。
中庭生旅谷，井上生旅葵。
舂谷持作饭，采葵持作羹。
羹饭一时熟，不知饴阿谁。

出门东向看,泪落沾我衣。

八十岁老兵回到家乡,问同乡人"我的家中还有谁?"乡人指着远方对他说:"那就是您的家,现在已是松柏成林,坟茔累累了。"他走到家门前,只看到兔子从狗洞里出入,野鸡在房梁上扑棱。他进到院内,看见院子里长着野生的谷子,井台边长着野生的葵菜。饥肠辘辘的他捣掉野谷壳子来做饭,采摘野葵来熬汤。汤饭都做好了,却不知道端给谁吃,因为妻儿老小都不在了。他走出家门向东方望去,也许想看到一点希望,但显然看到的是更加凄凉的景象,所以他禁不住老泪纵横,泪沾湿了衣襟。整首歌诗虽纯是写实,似乎无一字在控诉,但从中能读出那个时代频繁的战乱、服役制度的严苛对百姓生活乃至生命的摧残。在战场上出生入死,但这位从军六十五年的老兵,竟是家中唯一的幸存者!可见那些没有服兵役的普通百姓,那些老弱妇孺,他们生前的生活是怎样一片凄风苦雨、愁云惨雾!

其三,是表现民生疾苦的歌诗。这一类的代表作有《东门行》《妇病行》《孤儿行》等。先看以夫妻对话写成的《东门行》:

出东门,不顾归。来入门,怅欲悲。盎中无斗米储,还视架上无悬衣。拔剑东门去,舍中儿母牵衣啼:"他家但愿富贵,贱妾与君共哺糜。上用仓浪天故,下当用此黄口儿。今非!""咄!行!吾去为迟!白发时下难久居。"

开篇四个三字句,营造出急促的氛围。为什么丈夫出了东门本"不顾归",但还是回来了?因为放不下妻儿,下不了决心。为什么进入家门惆怅得想要悲号?因为家中实在太穷了,米缸快没米了,衣架上一件衣服都没有。于是丈夫下定决心,拔剑准备再出东门,妻子拉住他的衣襟说道:"别人要的是富贵,而我宁愿和你一起喝粥。在上有青天,在下有年幼的孩子。你不能这样做!"根据家中的境况与妻子的反应,可推测丈夫拔剑出门是去为盗为贼。但丈夫还是坚决出走了,他对妻子说:"现在去已经太晚了!这样的日子谁知道还能活几天!"

《妇病行》是一个更让人触目惊心的底层悲剧：

> 妇病连年累岁，传呼丈人前一言。当言未及得言，不知泪下一何翩翩。"属累君两三孤子，莫我儿饥且寒，有过慎莫笞答，行当折摇，思复念之！"

妻子长年累月生病，临终前把丈夫唤到眼前，开口还未说话，已不禁泪水涟涟。边哭边嘱托丈夫："留下这两三个孤苦的孩儿，拖累你了。别让他们挨饿受冻，犯了错别打他们。我马上要离开人世了，请你一定要记住我的话。"妻子离开了人世，贫困交加的丈夫拿什么来养育孩子们？《妇病行》接着写道：

> 乱曰：抱时无衣，襦复无里。闭门塞牖，舍孤儿到市。道逢亲交，泣坐不能起。从乞求与孤儿买饵，对交啼泣，泪不可止："我欲不伤悲不能已。"探怀中钱持授交。入门见孤儿，啼索其母抱。徘徊空舍中，"行复尔耳，弃置勿复道。"

他想抱起孩子却没有长衣，短衣也破烂得没了衣里。只好关紧门窗，堵好缝隙，不让寒风吹进家里，然后舍下孩子们上市集。路上遇见亲友，他哭得坐在地上起不来。他请求亲友替他给孩子们买饼吃，对着亲友不停地哭泣，泪水根本止不住，说："我也不想这样，但控制不了自己。"说完将怀里的钱交给亲友。回到家，孩子们不住地啼哭，想要母亲温暖的怀抱。他独自徘徊在空荡荡的屋里，自言自语道："过不了多久，孩子们和我也同样会死去。"

汉魏乐府中这些反映民生疾苦的歌诗，创作者皆不可考，应该都是当时处于社会下层的百姓。这些歌诗被采诗官收集之后，部分可能经过宫廷文人的加工润色，但依旧保持着质朴、率真的民间本色。这些作品体现出普通劳动人民身上蓬勃的创造力；同时，这些作品极为鲜活地呈现出那个时代民生的艰难，它们在当时具有记录时代的意义，对后世来说，是珍贵的史料。数百年后，中唐诗人白居易、元稹等发起"新乐府运动",主张恢复古代的采诗制度,发扬《诗经》和汉魏乐府讽喻时事的传统,希望能使诗歌起到"上以补察时政""下以泄导人情"的作用,也就是上位者可以把诗歌当作观察时政的辅助方式,普通人则能通过诗歌来尽情抒发内心的情感。

其四,是感叹生命短促的歌诗。这一类的代表作有《薤露》《西门行》《怨歌行》《长歌行》《短歌行》等。《薤露》全诗如下:

薤上露,何易晞。露晞明朝更复落,人死一去何时归?

"薤"是一种植物,叶子细长且中空,花为紫色。诗人用薤露易干来比喻生命的短促。薤上的露干了,明朝还会有露水,而人一旦死去,却无法再回来。据《乐府诗集》记载,《薤露》和《蒿里》原本是一首诗,汉武帝时宫廷乐师李延年将原诗分成了这两首。后来《薤露》成为专用来为王公贵人送葬的挽歌,而《蒿里》则是为士大夫和庶人送葬的挽歌。

《西门行》的主题是"人生苦短、及时行乐",全诗如下:

出西门,步念之,今日不作乐,当待何时!
逮为乐,逮为乐,当及时。
何能愁怫郁,当复待来兹!
酿美酒,炙肥牛,请呼心所欢,可用解忧愁。
人生不满百,常怀千岁忧。
昼短苦夜长,何不秉烛游?
游行去去如云除,弊车羸马为自储。

这首乐府歌诗最大的特点是节奏的缓急多变与句式的错落有致,读起来充满韵律美。它的句式由三言、四言、五言、七言构成,虽已无法听到当初歌唱时的旋律,但想必一定是时急时缓,富有音律变化之美的。从内容上看,虽然本诗主题是享乐,而不是追求奋斗,但这种尽情享受美酒佳肴,不去抱怨长夜漫漫,而是秉烛夜游的人生态度,

不也是值得赞赏的吗？在我看来人生有两种成功，第一种是尽情发挥自己的才能，功成名就；第二种是尽情享受人生的美好，怡然自得。这首来自民间的歌诗对后世的文人五言诗影响很大，第一部文人五言诗集是《古诗十九首》，一般认为其收录的主要是东汉末年的作品，其中有一首《生年不满百》，前六句就出自这首《西门行》：

生年不满百，常怀千岁忧。
昼短苦夜长，何不秉烛游？
为乐当及时，何能待来兹？

民间的乐府歌诗对文人诗歌创作的影响，由此可见一斑。

三、蔡文姬与《胡笳十八拍》

你可曾听说过"文姬归汉"的故事？你是否知道在两千年前的中国，曾经有过一位传奇女性，她既是杰出的诗人，又是卓越的音乐家。此时此刻，请随我一起走进她的人生与诗歌。

（一）蔡文姬的人生

蔡文姬，名琰，字文姬，陈留郡圉县（今河南省杞县西南）人，东汉末年文学家、音乐家，生卒年月不详。她的父亲是著名文学家、书法家、音乐家蔡邕。蔡邕，字伯喈，书法中著名的"飞白体"与古代四大名琴之一的"焦尾琴"，都是他艺术创造力结出的硕果。

文姬很好地继承了父亲的天赋才华，据《后汉书·列女传》记载，她少年时便博学，机智而善言辞，且精通音律。《幼童学》与《三字经》这两部古代童蒙教材都记载了她的音乐天赋：

邕夜鼓琴，弦绝。琰曰："第二弦。"邕曰："偶得之耳。"故断一弦问之，琰曰："第四弦。"并不差谬。（《幼童学》）

蔡文姬，能辨琴。谢道韫，能咏吟。彼女子，且聪敏。尔男子，当自警。（"三字经"）

蔡文姬九岁时，有一天父亲在夜里弹琴，突然断了一根弦，文姬说:"是第二根弦断了。"父亲不以为意,说:"你这不过是偶然说中了。"于是又故意弄断一根弦来考验她,文姬答道:"这是第四根。"听到女儿又一次答对,父亲这才确信了她的音乐天赋。

文姬长大后,早年嫁给了河东人士卫仲道,但卫仲道早亡,两人没有孩子,于是文姬回到了自己家中。约在195年,先后有董卓、李傕等作乱关中,属国南匈奴趁机叛乱劫掠,文姬被南匈奴左贤王掳走。文姬在南匈奴生活了有十二年之久,并生下两个孩子。后来,曹操统一了北方,他与蔡邕素来交好,非常赏识他在文学、书法等领域的才华,又痛惜他死后无子嗣,于是命使臣用金璧将文姬从南匈奴赎回。文姬归汉后,再嫁董祀。

再嫁之后,据《后汉书》记载:

> 祀为屯田都尉,犯法当死,文姬诣曹操请之。时公卿名士及远方使驿坐者满堂,操谓宾客曰:"蔡伯喈之女在外,今为诸君见之。"及文姬进,蓬首徒行,叩头请罪,音辞清辩,旨甚酸哀,众皆为改容。操曰:"诚实相矜,然文状已去,奈何?"文姬曰:"明公厩马万匹,虎士成林,何惜疾足一骑,而不济垂死之命乎!"操感其言,乃追原祀罪。①

这一则是讲"文姬救夫"的故事。董祀犯了死罪,文姬拜访曹操请求赦免他。当时曹操府中高朋满座,群贤汇集。曹操对宾客说:"蔡伯喈的女儿在外面,诸君今日有缘一见。"随后文姬便走了进来,众人只见她头发凌乱,光脚走路,向曹操磕头请罪,一开口条分缕析,语意酸楚哀凄,都被她感动了。曹操说:"对你的遭际我深表同情,但是降罪的文书已经发下去了,怎么办呢?"一言既出,驷马难追,看来曹操并未心软。文姬随后的应对充分体现出了她随机应变的能力。她不卑不亢地对曹操说:"明公您府上良马万匹,猛士如林,又何至于为了爱惜一匹马一猛士,而不愿去救助一条垂死的生命!"曹操终于被文姬

---

① 赵玉敏译注:《后汉书》,吉林大学出版社,2021年版,第305页。

感动了，于是派一快骑追回文书，赦免了董祀。

除了用勇气与智慧拯救丈夫，关于文姬，史书中还记载了她的博学强记：

> 时且寒，赐以头巾履袜。操因问曰："闻夫人家先多坟籍，犹能忆识之不？"文姬曰："昔亡父赐书四千许卷，流离涂炭，罔有存者。今所诵忆，裁四百余篇耳。"操曰："今当使十吏就夫人写之。"文姬曰："妾闻男女之别，礼不亲授。乞给纸笔，真草唯命。"于是缮书送之，文无遗误。

文姬在为丈夫求情时天气寒冷，曹操于是赐给她头巾和鞋袜御寒，然后又问她："听说夫人您家中原本有很多古籍，您还能记起多少呢？"文姬回答道："昔日先父留给我书籍四千多卷，我因为战乱流离失所，这些书几乎流失殆尽了。我默记在心的，只有其中的四百多篇而已。"曹操马上说："您说，我马上命十个人来记录。"文姬答道："我听闻男女有别，按礼我不宜亲自口授。请您给我纸笔，我遵命全部写下来就是。"于是文姬就将自己所记诵的文章全部写了出来，没有一点错漏。

虽然史书中对蔡文姬这位女性文学家着墨不多，但从仅有的这几段故事中，能窥见她卓绝的才华、坚贞的品格与不凡的智慧。这位杰出的女性，一生留下的作品有长诗两首：一是《悲愤诗》，一是《胡笳十八拍》。

（二）《悲愤诗》赏析

《悲愤诗》是五言古体，共计一百零八句，五百四十个字，是中国文学史上由文人创作的第一首自传体长篇叙事诗。全诗以悲愤为主基调，写出了东汉末年这一衰颓乱世带给百姓的无尽苦难，其中既有作为主角的诗人自己，也有她所见所遇的芸芸众生的遭际。

全诗以"汉季失权柄，董卓乱天常。志欲图篡弑，先害诸贤良"为开篇，写董卓谋逆，汉室衰颓，董卓麾下的胡人、羌人趁机在中原烧杀抢掠，无恶不作。后面写道：

> 猎野围城邑，所向悉破亡。斩截无孑遗，尸骸相撑拒。

他们砍下男人的头悬挂在马上，又把女人抢劫到马背，对俘虏他们任意打骂折磨。就这样，文姬和她的同胞们被劫持到了匈奴。

在诗歌的中段，文姬写了母子诀别的惨痛场景：

> 儿前抱我颈，问母欲何之。
> 人言母当去，岂复有还时。
> 阿母常仁恻，今何更不慈。
> 我尚未成人，奈何不顾思。
> 见此崩五内，恍惚生狂痴。
> 号泣手抚摩，当发复回疑。
> 兼有同时辈，相送告离别。
> 慕我独得归，哀叫声摧裂。

儿子用双手抱住文姬的脖子，问她要到哪里去，什么时候回来。旁人告诉她的孩子们："你们的母亲要回她的家了，哪里还会有回来的时候啊！"孩子们哭着说："妈妈您向来慈爱，今天怎么不爱我们了！我们还没成年，您怎么忍心抛下我们不管了！"见到这样的场景，文姬心痛得五脏都碎裂了，神思恍惚如痴如狂。文姬号哭着，用手爱抚着孩子们，她应该出发了，又迟疑着迈不开脚步。与她同时被劫持到匈奴来的同胞们，一一来与她道别，她们羡慕独独文姬得归故土，听着她们哀痛的哭声，文姬再一次肝肠寸断。

后面的内容，写的是回家的途中以及回家之后的遭遇。尤其回家后对周遭环境的描绘，真是令人触目惊心：

> 既至家人尽，又复无中外。
> 城廓为山林，庭宇生荆艾。
> 白骨不知谁，纵横莫覆盖。
> 出门无人声，豺狼号且吠。

回到家中，一个活着的人也没有了，连亲属都无一生还。城市成了山林，房屋上长满野草。纵横的白骨就这样暴露在荒野，却无人知道死者是谁。出门听不到一点人声，只闻得豺狼嚎叫。

奄若寿命尽，旁人相宽大。
为复强视息，虽生何聊赖。

文姬感到自己已奄奄一息，仿佛走到生命的尽头，旁人过来宽慰，她也唯有勉强支撑着苟活下去。

最后的六句，提到了她再嫁董祀：

托命于新人，竭心自勖励。
流离成鄙贱，常恐复捐废。
人生几何时，怀忧终年岁。

如今文姬只能把她余下的生命，交给再嫁的夫君，尽心尽力地活下去。但历经了这十几年流离生涯的摧残，她已从当初的天之骄女沦为低贱卑微之人，常常担心会被夫君鄙视、抛弃。不知人生何时才是终点，她唯有怀着忧思度过剩下的岁月。

（三）《胡笳十八拍》赏析

蔡文姬的另一首代表作《胡笳十八拍》篇幅更长，共计十八段，一千二百九十七字，是一首以七言为主的骚体杂言诗。内容与《悲愤诗》相近，但写作的侧重点有所不同。《悲愤诗》更为全面地叙述了文姬的后半生，《胡笳十八拍》侧重于抒情，尤其是抒发文姬对孩子们刻骨铭心的思念之情。从诗中文字可知，文姬当初是边弹边唱写成了这部作品。胡笳，是我国古代北方民族的一种乐器，形似笛子，是富有浓郁民族色彩的吹奏乐器。蔡文姬所创作的曲目《胡笳十八拍》，是中国古代十大名曲之一，是蔡文姬将胡笳的音调翻入古琴中而创作的风格新颖的音乐作品。诗中有"胡笳本自出胡中，缘琴翻出音律同""笳一会兮琴一拍"等句，便是汉胡音乐融为一体的证明。下面请跟随我一起来赏析其中的一些篇章。

第一拍：

> 我生之初尚无为，我生之后汉祚衰。天不仁兮降乱离，地不仁兮使我逢此时。干戈日寻兮道路危，民卒流亡兮共哀悲。烟尘蔽野兮胡虏盛，志意乖兮节义亏。对殊俗兮非我宜，遭恶辱兮当告谁？笳一会兮琴一拍，心愤怨兮无人知。

第一拍中，蔡文姬描绘出东汉末年的乱世烽烟：天地不仁，战争不断，烟尘蔽野，民众流离。正是在这样的时代背景中，她被匈奴人掳走，遭受凌辱，失去节义。她有满腔怨愤却无人可倾诉，唯有寄托于手中的笳与琴。

第二拍：

> 戎羯逼我兮为室家，将我行兮向天涯。云山万重兮归路遐，疾风千里兮扬尘沙。人多暴猛兮如虺蛇，控弦被甲兮为骄奢。两拍张弦兮弦欲绝，志摧心折兮自悲嗟。

第二拍她诉说着被劫持途中的辛酸。其中既有自然的凌厉：疾风千里、黄沙漫漫、云山万重、归路迢迢。又有人性的凶残：匈奴人暴猛如毒蛇，在匈奴王的逼迫下，她无奈失身。

第三拍依然写的是在路上的情景与心境。她离开了国境，进入了胡地，亡家失身的双重痛苦让她宁可死去。她无奈换上胡人的衣裳，咽着胡人膻腥的饮食，伤今感昔，衔悲蓄恨。

从第四拍开始直到第十拍，倾诉的是她在匈奴度日如年的痛苦。她无日无夜不在思念着故土，秋天看着大雁南飞，她渴望它将自己的音讯带到故土；春天望着大雁北归，她又渴望它传回故国的讯息。然而这不过是她美好的想象，她双眉紧锁，唯有用激越的琴声诉说着无法言喻的心声。她禁不住胡地的风霜严寒，咽不下胡人的膻腥之味，

也接受不了胡人歧视老弱的文化习俗，一切都与她的生长环境相悖。她质问苍天：你若有眼为何独不见我飘零异乡？她质问神灵：你若有灵为何置我于这天地尽头？

第十拍的前四句已是成熟的七言体诗歌：

> 城头烽火不曾灭，疆场征战何时歇？杀气朝朝冲塞门，胡风夜夜吹边月。

这四句犹如一首绝句，又像是七律中的颔联与颈联，两两对仗；描写了战事不断，烽火不灭，杀气肃肃，胡风萧萧的场景。

第十一拍是一个过渡性段落。在这一拍里，首次出现了后半段的主题——蔡文姬对孩子们的深情。文姬在胡地十二年，唯一的情感慰藉便是她与胡人所生育的两个孩子。孩子们虽有一半胡人血统，但她并不以此为耻，她写道："鞠之育之兮不羞耻，愍之念之兮生长边鄙"。她悉心地抚育着他们，怜惜他们生长在蛮荒。

从第十二拍开始，进入了长歌的第二部分：文姬归汉。东风应律，春回大地，战争结束，胡汉交欢。汉朝使臣称皇上下诏，要以千金赎回文姬。此时文姬的心情是悲喜参半：喜遇明君，终得归国；悲别稚子，再会无因。

接下来的三拍是长歌中感情最浓烈的段落。第十三拍唱的是母子永诀的悲情：

> 不谓残生兮却得旋归，抚抱胡儿兮泣下沾衣。汉使迎我兮四牡𬴊𬴊，胡儿号兮谁得知？与我生死兮逢此时，愁为子兮日无光辉，焉得羽翼兮将汝归。一步一远兮足难移，魂消影绝兮恩爱遗。十有三拍兮弦急调悲，肝肠搅刺兮人莫我知。

这一拍运用对比手法：一边是隆重的迎归场面——四匹雄壮的骏马向文姬飞驰而来；一边是惨痛的母子诀别——文姬只恨不能生出翅膀来带着孩子们一同归去。她应该快快登上归去的马车了，可是脚下却像绑着铅块般难以移动，因为每走一步，都让她与孩子们离的更远，直至最后魂消影绝，唯有一片挚爱留在她的心田。第十三拍的曲调急切悲伤，有谁知她肝肠寸断？

第十四拍，写她在梦中终于与孩子们相聚，梦醒后却是加倍的痛彻心扉。

第十五至第十七拍，写她在归途中的所见、所感、所思，核心依然是对孩子刻骨铭心的思念，如：

……子母分离兮意难任，同天隔越兮如商参，生死不相知兮何处寻！

十六拍兮思茫茫，我与儿兮各一方。日东月西兮徒相望，不得相随兮空断肠。……

十七拍兮心鼻酸，关山阻修兮行路难。去时怀土兮心无绪，来时别儿兮思漫漫。……

是啊，做母亲的人都知道，对一个母亲而言，世上没有比让她与孩子永别更残酷的刑罚。更何况，文姬在被虏之前虽有过一段短暂的婚姻，但未曾孕育过生命，是这两个孩子让她尝到了为人母的幸福，可偏偏他们却属于胡人，不属于她。在"国"与"子"中，她只能选择国。于是她踏上了归国的旅程，理智一遍遍告诉她：我应该为得以生还故国而喜悦庆幸；但情感的浪涛却又一次次地拍击着她：我怎能忍受永失我儿的痛楚。从诗歌中我们看到了一个撕裂的蔡文姬。

第十八拍是尾声，也是对这首长歌的总结。"胡笳本自出胡中，缘琴翻出音律同"，胡笳这种乐器虽然出自胡地，但我用琴演奏胡笳曲音律却也相同。由此可见胡文化与汉文化虽是两种文化，它们在音乐上却有共通之处。

在音乐上，《胡笳十八拍》具有浓郁的抒情气息。旋律富于高低起伏，高亢处如鹤唳长空，穿云裂石，低沉处如呜咽流水，冷泉凝弦。

例如，第一拍中，最低音到最高音跨越了两个八度。

若以一句歌词为一个乐句，每个乐句结束前常有同音重复。试举第十三拍乐谱为例：

$1=D \quad \frac{2}{4}$

3· 5	6 1	1	3 3 5	6·	6· —	5· 6·	1 1 2 3
不 谓	残 生	兮	却 得 旋	归，		抚 抱	胡 儿 兮

2 7 6	6·	6· —	1· 2	2 2 3	5 5 6 5 3
泣 下 沾	衣。		汉 使	迎 我 兮	四 牡 骓

6 —	3· 2	1 2 1 1 6 5	3· 5·	6·	6· —
骓，	号 失	声 兮	谁 得	知？	

第一个乐句以同音的"旋归"结束，第二个乐句以同音的"沾衣"结束，第四个乐句又以同音的"得知"结束。全篇的十八拍都维持着这种结构，因此虽然音调高低起伏大，但节奏较稳定。此外，全曲没有长的拖腔与转音，与古代歌曲一字一音的质朴风格相符。总之，乐曲与诗句珠联璧合，韵味无穷。

第二节 《长歌行》赏析与吟唱

一、《长歌行》与《短歌行》

本章第一小节对《乐府诗集》作了较为详尽的介绍，接下来将对两首汉魏乐府名作进行赏析，分别是《长歌行》与《燕歌行》。与曹操著名的《短歌行》一样，这两首诗在乐府歌诗中都属于《相和歌辞》。所谓相和歌辞，就是乐府相和歌的演唱文本。根据《宋书·乐志》记载，相和歌的演唱方式是"丝竹更相和，执节者歌"，也就是以丝竹等乐器为伴奏，歌者打着拍子唱歌。

宋郭茂倩《乐府诗集·卷二十六相和歌辞一》中引用《晋书·乐志》中的记载："凡乐章古辞存者，并汉世街陌讴谣，《江南可采莲》

《乌生十五子》《白头吟》之属。"① 由此可知，汉乐府中的相和歌辞，本来都是街头巷尾百姓所唱的民歌，所谓"讴谣"，即指没有器乐伴奏，带徒歌的形式。后来"渐被于管弦"，指这些歌谣被官府采集后，经过乐师加工，有了乐谱，有了器乐演奏，于是成为"相和歌"。

《乐府诗集》里有《长歌行》，也有《短歌行》。《短歌行》是汉乐府的旧题，属于《相和歌辞·平调曲》，它本来是一个乐曲的名称，最初的古辞已经失传。乐府里收集的同名诗歌有二十四首，最早的是曹操的《短歌行》。那么，《短歌行》与《长歌行》，"短歌"与"长歌"之间有什么关联？曹丕在《燕歌行》中写"短歌微吟不能长"；晋代傅玄在《艳歌行》里也有"咄来长歌续短歌"这样的诗句；唐代吴兢在《乐府诗古题要解》中引证古诗"长歌正激烈"。从这些有限的资料中，可猜测"短歌"可能以"微吟"的方式来演唱，而"长歌"需要放声高歌；"短歌"节奏较为短促，"长歌"节奏悠长。

从现存的诗歌内容来看，以《短歌行》与《长歌行》为题的诗歌，主题主要是感叹生命短暂、青春易逝。如曹操《短歌行》中的"对酒当歌，人生几何？譬如朝露，去日苦多。慨当以慷，忧思难忘。何以解忧？唯有杜康"。李白的《短歌行》："白日何短短，百年苦易满。"白居易的《短歌行》："少壮与荣华，相避如寒燠。青云去地远，白日终天速。从古无奈何，短歌听一曲。"《长歌行》如汉乐府《长歌行·青青园中葵》："常恐秋节至，焜黄华叶衰。百川东到海，何时复西归？"西晋陆机的"但恨功名薄，竹帛无所宣"。唐代王昌龄的"人生须达命，有酒且长歌"。

下面，我们就来赏析这首无数人的童年启蒙诗歌：《长歌行·青青园中葵》。

青青园中葵，朝露待日晞。
阳春布德泽，万物生光辉。
常恐秋节至，焜黄华叶衰。

---

① （宋）郭茂倩编撰：《乐府诗集（上）》，上海古籍出版社2022年版，第353页。

百川东到海，何时复西归？
少壮不努力，老大徒伤悲！

"葵"，曾是古代民间最主要的一种蔬菜，大致相当于今天大白菜在北方的地位。"晞"，有两种解释，一是"干，干燥"，二是"破晓、天亮"。在诗中哪种解释更合适呢？如前所述，汉乐府中有名为《薤露》的挽歌：

薤上露，何易晞。
露晞明朝更复落，人死一去何时归？

同样是描写朝露，在《薤露》里"晞"明显应作第一种解释。那么"朝露待日晞"呢？是朝露等待太阳把它晒干，还是朝露在等待日出呢？我们用结合上下文的方式来理解。这首歌诗从一个春日的清晨唱起，园中青青的葵菜上缀满露珠，春光泽被大地，万物熠熠生辉。而在阳光的照耀下，有了朝露，青青的葵菜才分外熠熠生辉。所以我认为这里"晞"字，应作第二种解释。紧接着，第五、六两句一下子从春过渡到秋："常恐秋节至，焜黄华叶衰。"从协韵的角度，"衰"应念作"cuī"。时光匆匆、由春到秋，恰如流水滚滚，从西往东，一样的一去不复返。因此第九、十两句自然而然地总结出这样的人生哲理：

少壮不努力，老大徒伤悲！

这十个字是"诗眼"，是全诗的主题。高明之处是作者并未说教，而是由身边最熟悉的食物葵菜写起：这等待着春日阳光的青青葵菜，就像是等待着长大的孩子。然后写万物沐浴春光之美，在这最美的时刻，突然悲从中来：秋天一到，万物凋零，时光一去不复返，恰似百川汇入东海，不复西归。因此，孩子们啊，你们一定要珍惜时光，少壮不努力，老大徒伤悲。

二、《长歌行》吟唱

《长歌行》的曲调来自明代的《魏氏乐谱》。乐谱如下：

长 歌 行

词：（汉）无名氏
曲：《魏氏乐谱》卷一

1=D 2/4

（乐谱）

青青园中葵，朝露待日晞。阳春布德泽，万物生光辉。常恐秋节至，焜黄华叶衰。百川东到海，何时复西归？少壮不努力，老大徒伤悲！

这首歌曲是四二拍，整体曲调既轻快明朗，又婉转抒情，非常贴合歌词的意境。

（乐谱：青青园中葵,）

第一句共四个小节，其中"青青"二字各唱两拍，"园中"二字各唱一拍，最后一个"葵"字唱两拍。有的歌曲最高音出现在旋律中段，有的在结尾，也有的在开头。前面学习过的《九歌·河伯》就是第三

种情形，这首歌也同样如此。第一句是全曲的起调，奠定了整首歌曲的节拍与旋律的调性。所以在演唱时可以深吸一口气，同时把情绪调动起来，对照着乐谱，明亮地唱出高亢的第一句："青青园中葵。"

```
6  6̂1̂ | 2̂  1 | 6̂5̂  5̂3̂ | 2  - |
阳   春     布  德      泽，

1̂2̂  3 | 3  3̂5̂ | 6  6̂5̂ | 6  - |
万   物     生   光     辉。
```

第三句"阳春布德泽"，音调在升高后又逐渐降低。在演唱时可以做这样的想象——神圣而温暖的阳光由上而下布满了大地，接下来第四句"万物生光辉"与前一句相反，音调逐渐升高，这时我们又仿佛看到大地上的万物在沐浴阳光之后蓬勃地向上生长着。用心去感受它的旋律与歌词，特别美。

从"青青园中葵"到"焜黄华叶衰"的前六句有一个规律：每一句都是第一、二、五字唱两拍，第三、四两个字各唱一拍。到第七句"百川东到海"节拍有了变化：除了"百"唱一拍，其余四个字都各唱两拍。

```
2   3̂2̂2̂1̂ | 3̂2̂  2 | 1̂6̂  5̇ | 3̂5̂6̂  3 |
百    川       东      到    海，
```

这一句比较难唱，练习时可以边打拍子边演唱，把节奏与音准都唱好。根据教学经验，结尾两句是整首歌的难点所在：

```
6̂5̂  3̂2̂1̂ | 1̂  6̂6̂ | 5̂6̂  5̂ |
少    壮     不  努

3  2̂1̂ | 6̂5̂  6̂5̂ | 6̂  5̂3̂ | 5̂6̂  5̂3̂ | 2  - |
力，   老    大     徒   伤     悲！
```

"少"字要唱作从 **6** 到 **1** 的快速下滑音，唱两拍，这是一个难点。第二小节的两拍里，"壮"唱一拍半，"不"只唱半拍，"努力"两字各唱两拍，这是第二个难点。最后一句"老大徒伤悲"，又回复到了前六句的节拍，这是结尾对开头的呼应。

第三节 《秋风辞》赏析与吟唱

一、《秋风辞》赏析

楚辞体诗歌又称作"骚体诗",它影响深远,直到西汉时期,依然是最流行的诗歌题材,直到后来五言、七言诗歌兴起,骚体诗才不再是诗坛主流。汉高祖刘邦那首著名的《大风歌》就是一首骚体诗:

大风起兮云飞扬,
威加海内兮归故乡,
安得猛士兮守四方!

这首诗是当时的一首流行歌曲,汉高祖一写出来便广为传唱。汉高祖刘邦的曾孙——汉武帝刘彻也喜爱写作骚体诗文,这一小节请跟随我一起走近汉武帝刘彻和他的诗歌代表作《秋风辞》。

我想通过各种历史书籍、影视作品,你对汉武帝一定不陌生吧?作为一位杰出帝王,他的文韬武略想必你早已有所耳闻。然而今天介绍的重点,将会放在他的文学创作上。

汉武帝刘彻,生于公元前 156 年,卒于公元前 87 年,是西汉第七位皇帝,杰出的政治家、战略家、文学家。他是汉景帝刘启的儿子,最初被封为"胶东王",七岁被立为太子,十六岁继承皇位,在位时间长达五十四年。

汉武帝不仅在位时间长,而且富有雄才大略,他在位期间,大汉帝国空前强大。对内,他首先加强了中央集权。汉武帝登基后,严禁诸侯王参与政事,平息了淮南王刘安与衡山王刘赐的叛乱。其次,他不拘一格录用人才。汉初,朝廷里的要职被列候垄断,并通过"任子"的方式世代为官。汉武帝虽未想到后世"科举取士"的方法,但他深刻认识到了世袭制对国家的危害,倡导唯才是举,不拘出身。这一用人思路与方针最完整地体现在公元前 106 年颁布的《武帝求茂材异等诏》。他提拔任用了一大批出身寒微的有识之士,比如拜寒门出身的公孙

弘为丞相，打破非列候不得为丞相的惯例。再次，在思想文化领域，实行尊崇儒术的文化政策。董仲舒提出"罢黜百家、独尊儒术"，汉武帝在具体的实践中，逐渐树立起以儒家为官方主流的意识形态，同时兼及百家的文化策略。此外，汉武帝特别重视法家，这种"儒法并重"的治国之道对此后近两千年的中国帝王政治影响深远。重视儒家势必重视教育，汉武帝设五经博士，在长安兴建太学，又命令郡国都设立学官。在经济上，他改革币制，禁止郡国制钱，将铸币权完全收归中央，又实行盐铁官营、均输平准等制度。这几项举措极大地增加了朝廷的收入。

对外方面，汉武帝一改汉初的战略防御政策，积极进取，征伐四方。西、北方向，他派卫青、霍去病多次出击匈奴，最终迫使匈奴远迁漠北。命张骞出使西域，开辟了陆上丝绸之路。东、南方向，汉武帝征服了闽越、东瓯、南越、卫氏朝鲜，又经营西南夷，在当地设置郡县。在汉武帝统治时期，大汉疆域空前辽阔。

汉武帝是位雄才大略、功勋卓著的帝王，文治与武功都堪称彪炳千秋。但他几十年中征伐四方，给国与民带来沉重的负担。而且，到了统治后期他日益迷信神仙之说，热衷于封禅与郊祀，劳民伤财。因此他在位后期，社会矛盾日益尖锐。

除了是杰出的帝王，汉武帝还颇具诗才，在他留下的诗篇中，最为人所称道的便是《秋风辞》。诗歌写于公元前113年，汉武帝祭祀后土结束后返程途中。后土祠位于山西万荣县黄河边上，那么后土又是哪位神祇？

传说后土是盘古后第三位诞生的大神，是大地之神，也就是地母。传说轩辕黄帝平定天下后，在汾阴（汾河北面）扫地设坛，祭祀后土地母。尧、舜之时，夏、商、周三代，都在这里举行祭祀活动。汉武帝于公元前113年扩建汾阴后土祠，定为国家祠庙，作为巡行之地。这首著名的《秋风辞》，就是写于此次祭祀后土的旅途之中。全诗如下：

  上行幸河东，祠后土，顾视帝京欣然，中流与群臣饮燕，上欢甚，乃自作《秋风辞》曰：

  秋风起兮白云飞，

> 草木黄落兮雁南归。
> 兰有秀兮菊有芳,
> 怀佳人兮不能忘。
> 泛楼船兮济汾河,
> 横中流兮扬素波。
> 箫鼓鸣兮发棹歌,
> 欢乐极兮哀情多。
> 少壮几时兮奈老何!

题记这几句话,应是当时随行的官员所写的,从中可知汉武帝这首诗是他乘船在汾河之上与群臣宴饮时的即兴之作。秋风起,白云飞,草木黄落,雁南归,这几个景象勾勒出一片既辽阔又凄清的秋景。看着草木的凋零,不禁想到人生易老、红颜易逝,兰的秀美与菊的芬芳,不正如那位我难以忘怀的佳人吗?乘着楼船行驶在汾河之上,在河流中扬起白色波浪,吹箫击鼓,船歌唱响,欢乐之极时禁不住涌起悲伤:少壮能几时?奈何老之将至!

权倾天下的汉武帝,有着超人的能力与魄力,但也有着凡人难逃的宿命:失去的佳人难再得,失去的青春也不会重现。

那么,诗歌中这位"佳人"到底是谁呢?有一种解释,认为"佳人"指的是想求得的贤才。中国古典诗歌中的确有用佳人代指贤才的传统,但我认为在这首诗中把"佳人"理解为"贤才",与整首诗所表达的情感与情调并不吻合。诗歌开头从草木黄落、北雁南飞过渡到怀念佳人是非常自然的,结尾也是从怀念佳人的伤感自然深化为对人生易老的伤感。如果把"怀佳人兮不能忘"理解为求贤若渴,实在生硬,诗歌其他地方也没有表露出求贤的渴望,因此,我认为"佳人"在此处并没有什么象征含义,指的就是汉武帝难以忘怀的心上人。那么,这位心上人到底是谁呢?

汉武帝这一生曾拥有过佳人无数。他的第一位皇后陈阿娇是他的姑母——馆陶公主刘嫖之女。刘嫖将女儿嫁给了刘彻。刘彻被立为太子与刘嫖的助力关系很大,因此他登基后如约立陈阿娇为后。后来汉

武帝在姐姐平阳公主家认识了歌女卫子夫,一见倾心,十年后卫子夫生下儿子刘据,陈阿娇被废,卫子夫成为第二任皇后。除了这二位著名的皇后,汉武帝的其他妃嫔中,最传奇的便是李夫人。

有一首《佳人歌》,我想很多人都读到过:

> 北方有佳人,
> 绝世而独立,
> 一顾倾人城,
> 再顾倾人国。
> 宁不知倾城与倾国,
> 佳人难再得。

诗歌中所描述的这位绝世独立、倾城倾国的佳人,便是李夫人。李夫人的兄长李延年是汉武帝朝著名的宫廷艺人,有一次他唱了这首《佳人歌》给汉武帝听,歌词引起了汉武帝极大的好奇:世上真有这样的佳人吗?李延年于是将自己的妹妹李氏进献给了汉武帝。李家世代以歌舞为业,李氏因此也能歌善舞,再加上绝色姿容,很快便受到汉武帝的宠爱,并封她为"夫人"。白居易的《长恨歌》开头两句是"汉皇重色思倾国,御宇多年求不得"。虽然以汉代唐是唐诗中的惯用手法,但唐明皇与汉武帝,杨贵妃与李夫人,也的确有相似之处,想必白居易构思时也想到了汉武帝与李夫人的故事吧。李氏受宠后,她的二哥李延年被封为"协律都尉",负责管理皇宫的乐器;大哥李广利也受到重用,成为汉武帝麾下猛将。但遗憾的是李夫人生下儿子后不久便离开了人世。在临终前汉武帝去探望她,而她用被衾遮住容颜,不愿相见,只恳求汉武帝善待她的儿子和兄弟。汉武帝执意要见她最后一面,甚至许诺加赠千金的赏赐并赐予她兄弟要职,但李夫人仍不肯与汉武帝相见。李夫人的姐姐问她:"你为何不肯面见陛下呢?"李夫人回答:"以色事人者,色衰而爱驰。陛下之所以对我念念不忘,正因为我美丽的容颜。如果看到我容颜不再,一定会厌弃我,又怎么会因为思念我而善待我的儿子兄弟呢!"

李夫人对兄弟之情让人感动，但这番话更让人心酸。在她看来，像她这样的女子不过是以色侍人，君王宠爱她们仅仅是因为她们的美色，因此绝不能让君王看到自己"色衰"的时候。虽然身为现代女性，我不认同李夫人的观念，但以她当时的处境，她决绝的态度是有智慧的体现。虽然当时汉武帝因她执意不肯相见而生气，但在李夫人逝世后，汉武帝以皇后的礼仪安葬了她，并重用了她的兄弟们。更因为常常思念她以至魂牵梦绕，于是写下了《李夫人歌》与《李夫人赋》等作品来悼念她。《李夫人歌》全诗如下：

是邪非邪。
立而望之。
偏何姗姗其来迟。

汉武帝在寝宫中挂着李夫人的画像，期待着能与她再次相见，便请来方士作法。汉武帝在帐帷里看到烛影摇晃，隐约见一身影翩然而至，却又徐徐离去，便凄然写下了上面这首《李夫人歌》，"姗姗来迟"这个成语，正是从诗中而来。写完诗，仍觉不能尽诉相思，于是又写下了长文《李夫人赋》。这是中国文学史上的第一篇悼亡赋，也是汉代重要的抒情体赋作：

神煢煢以遥思兮，精浮游而出畺。托沈阴以圹久兮，惜蕃华之未央。念穷极之不还兮，惟幼眇之相羊。（《李夫人赋》节选）

这几句可以这样理解：孤独的我思念着遥远的你啊，灵魂脱离躯体漫游四方。旷日寄情于地下的你啊，痛惜你花容如早逝的繁花。我无穷极的思念也无法将你招还啊，唯见你袅袅身姿翩翩徜徉。截取的这短短几句，已可见这篇赋的一腔深情。

后来，在汉武帝去世，汉昭帝继位后，大将军霍光辅佐朝政。霍光照汉武帝的平素意愿，在宗庙中以李夫人配享祭祀，并追加尊号为孝武皇后。种种证据都可见汉武帝对李夫人爱之切、念之深。因此

《秋风辞》中不能忘怀的佳人，极有可能就是李夫人。

除了《李夫人歌》《李夫人赋》，还有一首《落叶哀蝉曲》，据传也是汉武帝为李夫人所作。这首作品出自《拾遗记》，这是一部由东晋时代的王嘉编写的古代中国神话志怪小说集，书中写汉武帝"思李夫人，因赋落叶哀蝉之曲"。但由于该书并非史料，而是小说，因此它说诗歌是汉武帝为李夫人所作的可信度不高。但诗中的内容、情绪，的确与彼时的汉武帝是吻合的，形式上也采用了楚辞体，文字与意象也很美。全诗如下：

> 罗袂兮无声，
> 玉墀兮尘生。
> 虚房冷而寂寞，
> 落叶依于重扃。
> 望彼美之女兮，
> 安得感余心之未宁？

"玉墀（chí）"，指宫殿前的台阶。"重（zhòng）扃"，指关闭着的重重门户。

李夫人生前，长长的衣袖常在空中舞动，而今人已去，罗袂已悄然无声。唯有级级玉阶上落满尘埃，清冷寂寂的气息弥漫在空房，飘零的落叶落在紧闭的门环上。凝视着画中的你啊，你是否知道我为你而心神不宁？

这首动人的小诗，在二十世纪初还促成了一段中美诗坛的佳话。美国意象派诗人庞德读到这首诗后，用自己的理解写作了一个英文版，题目就叫"刘彻"，诗歌如下：

《Liu Ch'e》

Ezra Pound

The rustling of the silk is discontinued,

Dust drifts over the court-yard,

There is no sound of foot-fall, and the leaves

Scurry into heaps and lie still,

And she the rejoicer of the heart is beneath them:

A wet leaf that clings to the threshold.

《落叶哀蝉曲》由此就从中国古诗被翻译为 20 世纪的西方现代诗歌，后来，此诗又被翻译成了中文。下面是著名诗人赵毅衡所译的版本：

刘彻

赵毅衡 译

绸裙的窸瑟再不复闻，

灰尘飘落在宫院里，

听不到脚步声，乱叶

飞旋着，静静地堆积，

她，我心中的欢乐，睡在下面。

一片潮湿的树叶粘在门槛上。

二、《秋风辞》吟唱

古乐谱版中《秋风辞》有几个版本，我选择了《魏氏乐谱》中所记载的版本。乐谱如下：

秋 风 辞

词：（汉）刘彻
曲：《魏氏乐谱》译编

$1={^\flat}B \quad \frac{2}{4}$

| 6 5̂3̂5 | 6· 3 | 2 - | 1 - | 6̂5 6̂5 | 2̇1̂ 6 | 2̇1̂ 6 |

秋 风起 兮 白云 　　飞， 草木 黄落 兮 　雁 南

```
6 - | 2̇ 3̇ 2̇ 1̇ | 2̇ 1̇ 6 5 | 6 - | 6 - | 6 1̇ 6 |
```
归。 兰 有 秀 兮 菊 有 芳, 怀 佳 人

```
5 . 1̇ 2̇ | 3̇ . 2̇ | 1̇ - | 6 1̇ 6 | 5 - | 3 3 |
```
兮 不 能 忘。   泛 楼 船 兮 济 汾

```
3̇ - | 3̇ 0 | 2̇ 3̇ 2̇ 1̇ | 2̇ - | 1̇ 6 | 6 - | 2̇ 3̇ 2̇ 1̇ |
```
河,   横 中 流 兮 扬 素 波。 箫 鼓 鸣

```
2̇ - | 1̇ 6 | 6 - | 6 5 6 5 | 2̇ 2̇ |
```
兮 发 棹 歌,   欢 乐 极 兮 哀 情

```
2̇ - | 1̇ 2̇ 3̇ 2̇ 1̇ 6 5 | 6 - | 6 . 5 6 5 | 6 - | 6 0 |
```
多。 少 壮 几 时 兮 奈 老 何!

整首歌的曲调跌宕开阔、铿锵有力。因此在演唱这首歌时,一定要拿出睥睨天下的豪气来,想象自己就是那位文韬武略、开疆拓土的一代帝王。下面,我就歌曲中的一些心得和要点与大家分享:

```
6 5 3 5 | 6 . 3 | 2 - | 1 - |
```
秋 风 起 兮 白 云   飞,

"秋风"两字既突出了诗歌的主题——秋风,同时也奠定了整首歌曲的基调。一字一拍,需要唱得铿锵有力。不要绵软无力。"白云飞"三个字节奏逐渐变慢,仿佛碧空中白云在悠悠地飘飞。

```
6 5 6 5 | 2̇ 1̇ 6 | 2̇ 1̇ 6 | 6 - |
```
草 木 黄 落 兮 雁 南 归。

与第一句相比,第二句节奏加快。连续的六个八分音符,流露出时光飞逝的紧迫之感。结尾"雁南归"三字为这一句做了一个高亢有力的收束。

```
2̇ 3̇ 2̇ 1̇ | 2̇ 1̇ 6 5 | 6 - | 6 - | 6 1̇ 6 | 5 . 1̇ 2̇ |
```
兰 有 秀 兮 菊 有 芳, 怀 佳 人 兮 不

```
3 . 2 | 1 - |
```
能 忘。

接下来的两句"兰有秀兮菊有芳，怀佳人兮不能忘"，曲调整体由高亢逐渐走低，从四时代谢、好物不长联想到佳人不再，所以"不能忘"这三个字要唱出对心上人无法释怀的深情来，低回曲折的曲调表达的是萦萦于心的哀痛。

接下来就到了歌中最难唱的一句：

$$\underline{6\,\dot{1}}\ 6\ |\ 5\ -\ |\ 3\ \underline{3}\ |\ \overset{\frown}{3}\ -\ |\ 3\ 0\ |$$
泛 楼 船 兮　　济 汾　河，

"济汾河"三字有一个八度的跳跃，在演唱时可以想象自己就是泛舟中流的汉武帝，打开你的心胸与歌喉，豪情万丈地放声高唱出来吧！

$$\underline{\dot{2}\dot{3}}\ \underline{\dot{2}\dot{1}}\ |\ \dot{2}\ -\ |\ \underline{\dot{1}\ 6}\ 6\ -\ |\ \underline{\dot{2}\dot{3}}\ \underline{\dot{2}\dot{1}}\ |\ \dot{2}\ -\ |\ \underline{\dot{1}\ 6}\ 6\ -\ |$$
横 中 流 兮　扬 素 波。　箫 鼓 鸣 兮　发 棹 歌，

这两句乐谱相同，连续的高音考验着歌唱者的气息，在演唱时要保持激情与气势。最后来看结尾的两句：

$$\underline{6\ 5}\ \underline{\overset{\frown}{6\ 5}}\ |\ 6\ -\ |\ \dot{2}\ \dot{2}\ |\ \dot{2}\ -\ |\ \underline{\dot{1}\dot{2}\dot{3}}\ \underline{\dot{2}\dot{1}\,6\,5}\ |$$
欢 乐 极 兮　　哀 情 多。　少 壮 几 时

$$6\ -\ |\ \underline{\overset{\frown}{6\cdot 5}\ 6\ 5}\ |\ 6\ -\ |\ 6\ 0\ |$$
兮　奈 老 何！

"欢乐极兮哀情多"曲调有变化，但仍与前两句保持着相同的节奏。最后一句"少壮几时兮奈老何"，节奏变快，尤其"少壮几时"四字的乐谱出现了六个快速的十六分音符，作曲者在体会着汉武帝写诗时对生命短促的焦虑。然后，歌曲在结尾处节奏又逐渐放缓——"奈老何"，任再伟大的个体，也无法抗拒衰老与死亡。

第四节　《燕歌行》赏析与吟唱

接下来我们将要赏析和演唱的，是魏文帝曹丕的名作《燕歌行》。在讲《燕歌行》之前，先来重点了解汉魏时期的曹氏父子在诗歌创作领域，尤其是乐府歌诗创作领域的贡献。

一、曹氏父子与乐府诗歌

曹操（155—220）的诗歌留存至今的只有 20 多首，数量虽少，却有着独特的成就，并开创了一代诗风。他的成就首先体现在他善于向《诗经》学习，将四言诗的艺术水平提升到一个新的境界，如著名的《观沧海》：

东临碣石，以观沧海。
水何澹澹，山岛竦峙。
树木丛生，百草丰茂。
秋风萧瑟，洪波涌起。
日月之行，若出其中；
星汉灿烂，若出其里。
幸甚至哉，歌以咏志。

语言之凝练，境界之博大，为四言诗歌之所未有。

其次，曹操首开向汉乐府民歌学习的风气。沈德潜说："借古乐府写时事，始于曹公。"（《古诗源》）曹操的诗几乎都是乐府诗，共同特点是用乐府旧题来写时下发生的事。如《蒿里行》，本为汉乐府旧题，属于《相和歌·相和曲》，是当时人们送葬所唱的挽歌。曹操用它来记述汉末军阀混战的现实：

关东有义士，兴兵讨群凶。
初期会盟津，乃心在咸阳。
军合力不齐，踌躇而雁行。
势利使人争，嗣还自相戕。
淮南弟称号，刻玺于北方。
铠甲生虮虱，万姓以死亡。
白骨露于野，千里无鸡鸣。
生民百遗一，念之断人肠。

关东群雄会盟，誓言兴兵讨伐逆贼董卓。但结果却各有算盘、相互观望，谁也不肯率先发兵。权势与利益使人相争相斗、自相残杀。有人在淮南称帝，有人在北方刻下玉玺。由于长年征战，将士们铠甲上生满虱子，死亡的百姓不计其数。最后四句是全诗的精华所在：累累白骨堆积在荒野，千里内荒无人烟，不闻鸡鸣。一百个百姓仅有一个存活下来，一想到此怎不让人肝肠寸断！作为杰出的政治家，曹操渴望天下太平，百姓安居乐业，所以他痛恨混战的局面，誓要以一己之力一统天下。

因他位高权重、喜好音律，所以他的诗"被之管弦，皆成乐章"（《魏志·武帝纪》），许多诗歌都被谱成了乐章来演奏歌唱。建安作家的诗歌几乎没有不受汉乐府民歌影响的，比如他的两个儿子：曹丕与曹植。

曹植（192—232），字子建，是建安文学的代表人物与集大成者。受到父亲影响，曹植大量写作乐府歌诗，在他现存的数十首诗歌中，有一半以上为乐府诗体，如《箜篌引》《升天行》《薤露行》《白马篇》等。

曹丕（187—226）诗歌的整体特色与父亲曹操相比，显得婉转细腻，题材也多为游子思妇。《燕歌行》是乐府相和歌辞平调曲曲目之一，由曹丕创制，并作为俗乐在魏国传唱。郭茂倩《乐府诗集·相和歌辞七》记载：

《乐府解题》曰："晋乐奏魏文帝'秋风''别日'二曲，言时序迁换，行役不归，妇人怨旷无所诉也。"《广题》曰："燕，地名也，言良人从役于燕，而为此曲。"

由此可知，在古代，《燕歌行》的音乐主题与曹丕的诗歌主题一致，表达的都是季节变换时独在家中的妻子对远在北方服役的丈夫的思念之情。这两首诗是中国文学史上现存最早的完整七言诗，在中国诗歌发展史上占有重要地位。先来看其中的第一首：

秋风萧瑟天气凉，草木摇落露为霜。
群雁辞旧鹄南翔，念君客游思断肠。
慊慊思归恋故乡，何为淹留寄他方。
贱妾茕茕守空房，忧来思君不敢忘，不觉泪下沾衣裳。
援琴鸣弦发清商，短歌微吟不能长。
明月皎皎照我床，星汉西流夜未央。
牵牛织女遥相望，尔独何辜限河梁。

战国时楚国诗人宋玉在《九辩》中写："悲哉，秋之为气也！萧瑟兮草木摇落而变衰。"《诗经》里有"蒹葭苍苍，白露为霜"。曹丕灵活化用前人名句，写成"草木摇落露为霜"，意象清冷，音节婉转，同样成为为后世所称道的咏秋名句。望着天空南飞的鸿雁与天鹅，想到客游他方的丈夫，思妇不禁相思断肠。"慊慊"二字，表示心里空虚的样子。这两句转换视角，思妇模拟游子的口吻，想象独在异乡的他心中空荡荡的，多么渴望回到思念依旧的故乡。从下一句"贱妾茕茕守空房"直到结尾，又转换回思妇视角，精心描述着她的漫漫相思夜。思妇形只影单守着空房，思念之情无以排遣，泪下沾襟，于是援琴鸣弦，发出哀婉的清商之音。但即便如此，也无法尽诉心中情，此时皎皎明月照临床前，她举头望向明月，望向银河，星斗西转，长夜未央。她想象着此刻天上的牵牛星与织女星应该也在遥遥相望吧，不禁感叹道：你们犯了什么错？竟被天河阻隔，就像我和我的爱人一样。

下面我们再来看看第二首：

别日何易会日难，山川悠远路漫漫。
郁陶思君未敢言，寄声浮云往不还。
涕零雨面毁形颜，谁能怀忧独不叹。
展诗清歌仰自宽，乐往哀来摧肺肝。
耿耿伏枕不能眠，披衣出户步东西。
仰看星月观云间，飞鸧晨鸣声可怜，留连顾怀不能存。

写的依然是同一主题，描写的场景与表达的情绪也与上一首大致相同。但从意境的营造、音韵的和谐上，比起第一首稍显逊色。因此在后世的流传度也就不及第一首了。

后世许多著名诗人都创作过《燕歌行》，而这些诗作也大多继承了这一"思妇与役夫"的主题与"悲秋伤怀"的风格。如西晋陆机的《燕歌行》：

> 四时代序逝不追，寒风习习落叶飞。
> 蟋蟀在堂露盈墀，念君远游常苦悲。（节选）

东晋谢灵运的《燕歌行》：

> 孟冬初寒节气成，悲风入闺霜依庭。
> 秋蝉噪柳燕辞楹，念君行役怨边城。（节选）

到了南北朝时期著名诗人王褒与庾信笔下，《燕歌行》虽然仍是思妇役夫的主题，但开始具有边塞诗歌舒朗壮阔的美。如王褒《燕歌行》中有这样的诗句：

> 无复汉地关山月，唯有漠北蓟城云。
> 淮南桂中明月影，流黄机上织成文。（节选）

庾信笔下的景象更开阔雄浑：

> 代北云气昼昏昏，千里飞蓬无复根。
> 寒雁丁丁渡辽水，桑叶纷纷落蓟门。（节选）

而诸多《燕歌行》中最脍炙人口、彪炳千古的一首，当属盛唐诗人高适所作的。其诗如下：

汉家烟尘在东北，汉将辞家破残贼。
男儿本自重横行，天子非常赐颜色。
摐金伐鼓下榆关，旌旆逶迤碣石间。
校尉羽书飞瀚海，单于猎火照狼山。
山川萧条极边土，胡骑凭陵杂风雨。
战士军前半死生，美人帐下犹歌舞。
大漠穷秋塞草腓，孤城落日斗兵稀。
身当恩遇常轻敌，力尽关山未解围。
铁衣远戍辛勤久，玉箸应啼别离后。
少妇城南欲断肠，征人蓟北空回首。
边庭飘飖那可度，绝域苍茫无所有。
杀气三时作阵云，寒声一夜传刁斗。
相看白刃血纷纷，死节从来岂顾勋！
君不见沙场征战苦，至今犹忆李将军。

唐诗中有"以汉代唐"的传统，如白居易《长恨歌》写"汉皇重色思倾国，御宇多年求不得"。李白《清平调》写"借问汉宫谁得似？可怜飞燕倚新妆"。高适这首诗也以"汉家""汉将"来起头。烟尘在东北，指当时东北方的少数民族奚族与契丹出兵来犯。于是天子赐予"辞家破残贼"的将领破格的荣耀。从"摐金伐鼓下榆关"到"力尽关山未解围"，写的是两军战事的胶着，同时也写出了战士的勇猛顽强与将帅的骄奢轻敌——"战士军前半死生，美人帐下犹歌舞"，这一对比使此句成为千古传诵的名句。而后四句水到渠成地呼应了《燕歌行》"思妇役夫"的主题：少妇与征人遥相思念。结尾一句"君不见沙场征战苦，至今犹忆李将军"，"李将军"指的是汉代的李广，在他守右北平时，匈奴畏之不敢南侵，因此他被称为"飞将军"。他不仅善于用兵，而且爱护士卒，这与高适其时出兵东北的将领安禄山、乌知义形成鲜明对比。虽有士卒奋勇杀敌，怎奈统帅骄奢轻敌！上下一心方能克敌制胜啊。可大唐的李将军在哪里？

二、《燕歌行》吟唱

这首古乐谱版的《燕歌行》依旧出自明代的《魏氏乐谱》。乐谱如下：

燕 歌 行

词：（三国·魏）曹丕
曲：《魏氏乐谱》卷三

1=D 2/4

1̲6̲ 5̲6̲ | 1 1 | 1 2 | 2 - | 3̲5̲ 6̲5̲ | 6 - |
秋 风 萧 瑟 天 气 凉， 草 木 摇 落

6 5 | 5 - | 2̲2̲ 2 | 2 - | 3̲5̲ 6̲6̲ | 6· 5 |
露 为 霜。 群 雁 辞 旧 鹄 南 翔，

6̲6̲ 6̲5̲ | 3 - | 2̲2̲2̲ | 1 - | 3̲2̲ 2̲2̲ | 2 3 |
念 君 客 游 思 断 肠。 慊 慊 思 归

3̲5̲ 6 | 6̲ 6̲5̲ | 6̲6̲ | 3̲3̲ 3 | 5 3 | 3 2̲1̲ |
恋 故 乡， 何 为 淹 留 寄 他 方。

2̲2̲ 2̲2̲ | 1 - | 1̲6̲ 5̲6̲ | 1̲3̲ 2 | 2̲2̲ 1̲6̲ | 2̲2̲ 2 |
贱 妾 茕 茕 守 空 房， 忧 来 思 君

3̲2̲ 2̲1̲ | 1 - | 6̲5̲ 6̲1̲1̲ | 2 - | 2 2̲3̲ | 5 - |
不 敢 忘， 不 觉 泪 下 沾 衣 裳。

6 6 | 5 5 | 6̲1̲ 6̲5̲ | 3 - | 3̲2̲ 2 | 2̲2̲ 2 |
援 琴 鸣 弦 发 清 商， 短 歌 微 吟

2 1 | 2 - | 6̲6̲5̲ | 5 - | 3̲2̲ 1̲6̲5̲ | 6 - |
不 能 长。 明 月 皎 皎 照 我 床，

6̲5̲ 6̲1̲ | 2 - | 3 2̲1̲ | 2 3̲5̲ | 6̲6̲ 6̲5̲ | 6̲6̲ 6 |
星 汉 西 流 夜 未 央。 牵 牛 织 女

5 5̲3̲ | 5 - | 5̲3̲ 2 | 2 - | 3̲2̲1̲ | 1 - ‖
遥 相 望， 尔 独 何 辜 限 河 梁。

这是本书到目前为止学习的最长的一首歌。每首歌曲的第一句，通常有着奠定整首歌曲基调的作用，所以歌词虽同以"秋风"二字起头，乐谱也出自《魏氏乐谱》，但汉武帝的《秋风辞》的第一句便铿锵有力，以一个明亮而稳定的四分音符 **6**（羽音）起调，然后音高逐渐走低，节拍逐渐放缓：

$$6 \quad \underline{5\,3\,5} \mid 6 \cdot \underline{3} \quad 2 \; — \mid 1 \; — \mid$$
秋　风起　兮　白云　　　　飞，

曹丕《燕歌行》的第一句，却是低沉的，奠定的是全曲哀婉低回的风格。

$$\underline{1\,6} \quad \underline{5\,6} \mid 1 \quad 1 \mid 1 \quad 2 \mid 2 \; — \mid$$
秋风　萧瑟　天气　凉，

这首歌曲虽然长，但音区一直在我们的嗓音特别舒适的区域游走，所以唱起来并不费力，重点是情感的投入。比如这一句：

$$\underline{6\,6} \quad \underline{6\,5} \mid 3 \; — \mid 2 \quad \underline{2\,2} \mid 1 \; — \mid$$
念君　客游　　　思　断肠。

"念君客游"四字音调稍高，仿佛思妇一颗悬吊着无法放下的心。"思断肠"三字，音调逐渐降低，唱出思妇的肝肠寸断，这种痛不是撕心裂肺的，而是深沉哀婉的。

$$6 \quad 6 \mid 5 \quad 5 \mid \underline{6\,\dot{1}} \quad \underline{6\,5} \mid 3 \; — \mid$$
援　琴　鸣　弦　发清　商，

整首歌曲的最高音就出现在这一句"援琴鸣弦发清商"里，所以这一句是一个高潮，闺中思妇在用自己的琴声、歌声来抒发心中无法排遣的思念。"援—琴—鸣—弦"，四字一字一拍，仿佛诵读中的一字一顿，节奏均匀而有力。又如"明月皎皎照我床"这一句：

$$\underline{6\,6} \quad 6 \mid 5 \; — \mid \underline{3\,2} \quad \underline{\dot{1}\,6\,5} \mid 6 \; — \mid$$
明月　皎　皎　　　照我　床，

声调从高到低，就像月光从天而下。"床"一字多腔，唱时可以想象着月光仿佛在床前流动。

倒数第二句"牵牛织女遥相望"是歌中的第二个高潮：

```
6̂6 65 | 6̂6 6 | 5 5̂3 | 5 - |
牵牛    织女   遥 相   望,
```

　　唱这一句时情绪一定要饱满，满含激情。因为遥遥相望的既是被天河阻隔的牛郎与织女，同时也是地上的思妇与游子，这是双重的相思。

第五章
唐代诗词赏析与吟唱

第一节　走进气象万千的唐诗世界

一、唐诗概貌

这一章，我们将进行唐代诗歌赏析与吟唱的学习。你记忆深处的唐诗有哪些？我想，一定有孟浩然那首恬然自适的《春晓》：

春眠不觉晓，处处闻啼鸟。夜来风雨声，花落知多少？

也一定有李白这首奔腾澎湃的《将进酒》：

君不见黄河之水天上来，奔流到海不复回。君不见高堂明镜悲白发，朝如青丝暮成雪。

有杜甫的晚年力作《登高》：

风急天高猿啸哀，渚清沙白鸟飞回。无边落木萧萧下，不尽长江滚滚来。

抑或是王昌龄的边塞诗《出塞》：

秦时明月汉时关，万里长征人未还。但使龙城飞将在，不教胡马度阴山。

你记忆中的唐诗一定还有很多很多，因为唐代就是一个诗的时代。唐代的诗歌创作是"中华诗歌"这项王冠上那颗最绚烂夺目的明珠。那么多天赋异禀、风采卓绝的诗人汇聚于这个时代，李白、杜甫、王维、孟浩然、王勃、白居易、杜牧、李商隐等等，每一个名字都是一颗永恒的星辰，一段不朽的传奇。

清代人编撰的《全唐诗》中，共收录了诗歌四万余首，有名有姓的诗人共计两千余人。除了数量多、诗人多，唐诗的类型也十分丰富。根据《唐诗三百首》的分类法，可分为五言古诗、七言古诗、乐府诗、五言绝句、五言律诗、七言绝句和七言律诗。前三类统称为古体诗，后四类统称为近体诗。

五言古诗和七言古诗没有一定的格律，不限长短，不讲平仄，用韵也相当自由。五言全篇每句五字；七言全篇每句七字，或以七字为主。

如前所述，"乐府"本是汉武帝设立的音乐机构，用来训练乐工，制定乐谱和采集歌词，采集了大量民歌，后来，"乐府"成为一种带有音乐性的诗体名称。汉魏六朝以乐府民歌闻名。唐代的乐府诗，是唐代诗人沿用乐府旧题的全新创作。《长干行》《长相思》《行路难》《关山月》《子夜四时歌》等绝句和律诗被称为近体诗，因为这是唐代的新诗歌体裁。

与古诗和乐府诗不同，绝句和律诗对于平仄、对仗、押韵都有严格的规定。

以上是从体裁上划分。从题材上，唐人可谓无事不可入诗。他们会用诗来写信、写日记、写文学评论、作人物素描……但从创作的数量上来看，这四大类题材特别突出：边塞诗、送别诗、田园诗、咏史

诗。你能举出这四类诗歌的代表作吗？

第一类是边塞诗。唐代是一个武力强大的时代，许多诗人都有着一个策马疆场的报国梦，因此边塞诗特别流行。比如王昌龄、王之涣、高适、岑参、李颀等大诗人都是写作边塞诗的高手，李白、王维、杜甫也都写过边塞佳作。王之涣的《凉州词二首·其一》是边塞诗中最为人熟知的作品之一：

> 黄河远上白云间，一片孤城万仞山。羌笛何须怨杨柳，春风不度玉门关。

这首诗是许多评论家眼中的唐人七绝"压卷之作"。

第二类是送别诗。在古代，士人们宦海沉浮，不管升迁还是贬谪，总是在路上。再加上唐代许多诗人都是旅行家，他们"一生好入名山游"，因此送别诗也特别盛行。王勃的《送杜少府之任蜀州》里有千古名句："海内存知己，天涯若比邻。"而"浮云游子意，落日故人情"出自李白的送别之作《送友人》。王维的《送元二使安西》里有"劝君更尽一杯酒，西出阳关无故人"。杜甫在《赠卫八处士》中写"明日隔山岳，世事两茫茫"。

第三类是田园诗，也叫作山水田园诗。唐代许多诗人都挚爱自然，写下了无数脍炙人口的诗句，如李白的"暮从碧山下，山月随人归。却顾所来径，苍苍横翠微"。孟浩然的"开轩面场圃，把酒话桑麻。待到重阳日，还来就菊花"。王维的"空山新雨后，天气晚来秋。明月松间照，清泉石上流"。杜甫的"舍南舍北皆春水，但见群鸥日日来"。……

如果说边塞诗是英雄之梦，送别诗是挚友之情，田园诗是自然之爱，那么第四类咏史诗，则是历史之叹。咏史诗通过对历史事件与历史人物的歌咏，来表达诗人的理想抱负与胸襟气度。其中的代表作如杜甫写于成都武侯祠的七律《蜀相》：

> 丞相祠堂何处寻，锦官城外柏森森。

映阶碧草自春色，隔叶黄鹂空好音。
三顾频烦天下计，两朝开济老臣心。
出师未捷身先死，长使英雄泪满襟。

　　这首诗缅怀的是三国时的一代贤相诸葛亮。前两联写景，写出丞相祠堂周围庄严而冷清的氛围。后两联先是用概括性极强的二十一个字写出了诸葛亮的一生，最后一句表达的是后世英雄对诸葛丞相的崇敬、缅怀与精神共鸣。

　　同样是咏三国，刘禹锡的著名七律《西塞山怀古》选取了不同的人物与视角：

王濬楼船下益州，金陵王气黯然收。
千寻铁锁沉江底，一片降幡出石头。
人世几回伤往事，山形依旧枕寒流。
今逢四海为家日，故垒萧萧芦荻秋。

　　这首诗前两联记录的是西晋灭吴、三国归晋这一历史时刻。后两联将人世的沧桑巨变与自然的亘古不移做对比，表达出国家的统一是历史的必然趋势。

　　以上是唐代诗歌的四大题材。此外，唐代的人普遍崇拜诗人，比如盛唐时德高望重的三朝元老贺知章，因为读到了李白的《蜀道难》等诗而对这位比自己小四十岁的布衣后生青睐有加，主动请他喝酒，因为身上没带钱，留下了"金龟换酒"（金龟：唐代官员的一种配饰）这一千古佳话。开元初年的著名宰相张说，特别欣赏新科进士的王湾所写的《次北固山下》，甚至将其中的"海日生残夜，江春入旧年"一联悬挂在自己的办公地点——宰相政事堂上。布衣孟浩然因其诗才而在长安获得极高的声誉，而成为全国闻名的诗人……这样的故事还有很多。唐人还爱给著名诗人起雅号，你知道以下这些雅号指的各是哪位诗人吗？

诗杰　诗骨　诗狂　诗佛　诗仙　诗圣　诗豪　诗鬼

"诗杰"是王勃，因为他是初唐四杰之首。"诗骨"是陈子昂，因为他的诗有着魏晋风骨。"诗狂"是贺知章，因为他自号"四明狂客"。"诗佛"是王维，因为他笃信佛教，其诗歌也有空灵的禅意。"诗仙"当然是李白，贺知章赞美他是"谪仙人"。"诗圣"是杜甫，因为他在诗歌艺术成就与人格魅力上被人推崇。"诗豪"则是个性豪迈的刘禹锡。"诗鬼"是诗风奇诡的中唐诗人李贺。

二、唐诗与音乐

在唐代，诗歌与音乐之间有一个著名的故事——"旗亭画壁"，记载于唐代文人薛用弱的《集异记》中。

开元年间，诗人王昌龄、高适、王之涣齐名。有一天，下着小雪，他们三人一起来到了一个叫作旗亭的酒馆喝小酒。忽有十多位梨园乐工进来了，过了一会儿四位美丽的歌女也来了。三位诗人于是约定：我们之中谁的诗被歌女唱得最多，谁就是赢家。

第一位歌女击节而歌：

寒雨连江夜入吴，平明送客楚山孤。洛阳亲友如相问，一片冰心在玉壶。

这是王昌龄的七言绝句《芙蓉楼送辛渐》。他忙在墙壁上画下一横。

紧接着，第二位歌女唱道：

开箧泪沾臆，见君前日书。夜台今寂寞，犹是子云居。

出自高适的五言古诗《哭单父梁九少府》，于是高适也在墙上画下一横。

又过了一会儿，第三位歌女朱唇轻启：

奉帚平明金殿开，且将团扇共徘徊。玉颜不及寒鸦色，犹带昭阳日影来。

这又是王昌龄的诗，著名七言绝句《长信秋词五首·其三》。

只见墙壁上，王昌龄得意地画下第二笔。只剩最后一位歌女了，看来胜者不是王昌龄，就是高适，因为王之涣一票未得。写出过"欲穷千里目，更上一层楼"这样高远豪迈诗句的王之涣会心慌吗？当然不会。他不屑地说："她们唱的不过是下里巴人的曲调罢了。"然后指着最优雅美丽的第四位歌女说："如果她所唱的不是我的诗，我甘拜下风，终身不再与您二位竞争。如果她唱的是我的诗，你们当拜我为师。"

万众期待中，那位最美丽的歌女开嗓唱道：

黄河远上白云间，一片孤城万仞山。羌笛何须怨杨柳，春风不度玉门关。

果然，这是王之涣的《凉州词二首·其一》。歌女唱完，王之涣得意地笑道："我岂妄哉！"意思就是："我没信口胡言吧！"

这个有趣的故事到底是真是假，难以考证。但其中所反映的唐代文化却是真实的，那就是诗与歌的密不可分。唐代许多诗人的诗作，都是以歌曲的形式流传开来的，比如王之涣的《凉州词》本为唐声诗曲调名，是唐代大曲《梁州》（凉州）里的一段。王维的《送元二使安西》，谱曲演唱后，名为《渭城曲》。李白的《清平调》，是宫廷乐师李龟年依乐府旧题新谱的曲子。

历朝历代，"诗"与"乐"都密不可分。先秦时代，诗乐结合诞生了《诗经》《楚辞》；汉魏两晋南北朝，诗乐结合产生了影响深远的"乐府歌诗"；唐代以后，诗乐结合还产生了"宋词""元曲"等。那么在音乐歌舞文化最为繁荣的唐代，诗与乐结合的形式是什么呢？著名学者任中敏先生认为是"声诗"：

"唐声诗",指唐代结合声乐、舞蹈之齐言歌辞——五、六、七言之近体诗,及其少数之变体;在雅乐、雅舞之歌辞以外,在长短句歌辞以外,在大曲歌辞以外,不相混淆。①

以上是任中敏先生为唐代声诗下的严格定义,详见《唐声诗》一书。根据任先生多年以来对现存古文献资料的收集与考证,共整理出唐声诗156调,其中五言四句49调,五言六句7调,五言八句23调,五言十二句1调,五言十六句2调,五言二十句1调,共计83调。六言诗中,三句1调,四句5调,六句1调,八句3调,十句1调,共计11调。七言诗中,二句1调,四句49调,六句1调,八句9调,十句1调,十二句1调,共计62调。后世广为传唱的《凉州词》《竹枝词》《浪淘沙》《清平调》《浣溪沙》《生查子》《金缕衣》等都是唐代声诗的代表作。

除了"旗亭画壁",关于唐代诗歌与音乐的动人故事还有许多,在此选取其中两例与读者分享。

1. 《渭城曲》

这是一首唐代十分流行的歌曲。歌词是王维所作的一首七言绝句——《送元二使安西》,相信大家对这首诗都非常熟悉。后来它被谱成了曲,成了送别时的必唱歌曲,史料中留下了许多关于唐人吟唱《渭城曲》的诗句:

旧人唯有何戡在,更与殷勤唱《渭城》。(刘禹锡《与歌者何戡》)

高调管色吹银字,慢拽歌声唱《渭城》。(白居易《南园试小乐》)

从以上的诗句里,可推测唐代《渭城曲》必定是一首慢曲,节奏舒缓、深情哀婉,听之令人断肠。在本章第二节中,我们将一起来赏

---

① 任中敏:《唐声诗(上)》,凤凰出版社2019年版,第40页。

析和吟唱后人根据同一首诗谱写的著名琴歌《阳关三叠》。

2.《竹枝词》

《竹枝》本为巴渝一带的民间歌谣。中唐著名诗人刘禹锡喜爱音乐且擅长唱歌,他非常喜欢听当地人唱《竹枝》,在担任夔州刺史期间,根据当地《竹枝》曲调,创作了两组十一首《竹枝词》。下面是其中的两首:

山桃红花满上头,蜀江春水拍山流。花红易衰似郎意,水流无限似侬愁。

杨柳青青江水平,闻郎岸上踏歌声。东边日出西边雨,道是无晴却有晴。

刘禹锡不仅为《竹枝》谱写了新词,还亲自演唱。白居易在《忆梦得》(刘禹锡字梦得)一诗的序言里写道:"梦得能唱《竹枝》,听者愁绝。"由此可知刘禹锡的歌声感染力极强,而《竹枝》的曲调哀凄。《竹枝词》也因为这位文坛名宿的大力推广而广为传唱。

虽然唐代的音乐大多已失传,但后世的古乐谱中还是记载了不少唐代诗歌的演唱乐谱。从下一节开始,我们将正式开启唐诗吟唱。

第二节 《阳关三叠》赏析与吟唱

一、王维的诗歌与人生

在这一节,我们将走近王维的名作《送元二使安西》,以及根据这首诗改编的歌曲《阳关三叠》。

你对王维有着怎样的印象呢?上一节介绍过王维的雅号是"诗佛"。这一节,我将带领大家更深入地来了解王维。王维(701—761),字摩诘,号摩诘居士,河东蒲州(今山西永济)人,祖籍山西祁县,唐代诗人、画家。他的诗作风格多样,尤以山水田园诗闻名,与另一位盛唐山水田园诗人孟浩然并称"王孟"。又因他信奉佛教,擅长在诗作中参悟禅机,所以得了"诗佛"这一雅号。

王维在诗歌史上留下了无数不朽的诗篇，比如：

独坐幽篁里，弹琴复长啸。
深林人不知，明月来相照。（《竹里馆》）

又如：

空山新雨后，天气晚来秋，
明月松间照，清泉石上流。（《山居秋暝》）

再如：

人闲桂花落，夜静春山空。
月出惊山鸟，时鸣春涧中。（《鸟鸣涧》）

这些空灵澹远的山水田园诗歌，大都写于辋川别业——王维中年半隐居时的地方。而他少年时代的诗风与中年时有所不同，比如写于十七岁时的《九月九日忆山东兄弟》：

独在异乡为异客，每逢佳节倍思亲。
遥知兄弟登高处，遍插茱萸少一人。

一千多年来，每逢重阳，我们都会吟咏这首诗歌。王维为什么会在十七岁这一年写下这首诗？谜底稍后揭晓。王维少年时的诗作还有《少年行四首》，其一、其二如下：

新丰美酒斗十千，咸阳游侠多少年。
相逢意气为君饮，系马高楼垂柳边。（其一）
出身仕汉羽林郎，初随骠骑战渔阳。
孰知不向边庭苦，纵死犹闻侠骨香。（其二）

从这两首诗里，读者品出的是一个少年任侠、意气风发的王维。王维对塞外沙场与英雄豪杰的向往，并不仅限于少年时代，中年时期的两首代表作《观猎》与《使至塞上》，同样豪情满怀：

> 风劲角弓鸣，将军猎渭城。
> 草枯鹰眼疾，雪尽马蹄轻。
> 忽过新丰市，还归细柳营。
> 回看射雕处，千里暮云平。（《观猎》）

首联与颈联写狩猎，颔联与尾联写回营。巧妙的是前两联并未写将军狩猎射中了什么，只用"草枯鹰眼疾，雪尽马蹄轻"这两句，侧面写出将军射术的精湛与心情的放松。而尾联"回看射雕处"一句，才揭开谜底。结尾以"千里暮云平"这个极开阔疏朗的画面收束，达到言有尽而意无穷的境地。

《使至塞上》写于王维出使塞上途中，最为人称道的是其中的颈联：

> 大漠孤烟直，长河落日圆。

王维是杰出的画家。苏轼赞美他"诗中有画"，这两句便是典型。直直的一道孤烟伸向天空，圆圆的一轮落日沉入地面。而它们的背景，是广袤无垠的大漠与蜿蜒无尽的长河。今天的我们一想到大漠，便会想到这两句诗。

品了王维的诗歌，再来走近他的人生。前面讲到他十七岁时写下《九月九日忆山东兄弟》，为何年少时的他便"独在异乡为异客"了呢？据《王维年谱》记载，王维是家中长子，童年时父亲离开人世。在十五岁那年，他辞别家人，只身前往都城长安谋生，希望得到达官贵人的举荐。由于能写一手好诗，工书善画，而且还精于音律，所以他到京城后不久便成为王公贵族的座上宾。从他早年的诗歌中可以看出少

年王维经常出入侯门，参加王公们的各种活动。这一时期王维作过一首诗，名为《息夫人》，背后的故事如下：

　　唐玄宗的哥哥宁王李宪宅地左边住着一户卖饼人家，卖饼人的妻子特别漂亮。宁王花费重金把她买进王府，对她异常宠爱。一年后宁王问她：你还想念那个卖饼的师傅吗？她沉默了，无言以对。宁王把卖饼人召来与她相见，她注视着卖饼人，泪流满面，无限深情。面对此情此景，宁王令家中十多位宾客即兴赋诗，王维才思最敏，援笔写就这首《息夫人》：

　　莫以今时宠，能忘旧日恩。
　　看花满眼泪，不共楚王言。

　　息夫人是春秋时息侯的夫人。楚王灭息后，将息夫人纳入后宫。息夫人柔弱之躯虽未能抗拒楚王的强权淫威，但她多年以来却从未对楚王说过一句话。据说王维的诗写完后，在座宾客没人敢继续写了。而宁王也成人之美，把佳人送还。从这个故事里，可见王维的才华与人品。诗写得既快且好，这是才思敏捷；以古喻今，赞美贫贱不移的爱情，这是品德高尚。

　　王维二十岁便高中进士。根据元代辛文房编撰的《唐才子传》记载，王维是当年的状元。详情如下：

　　维将应举，岐王谓曰："子诗清越者，可录数篇，琵琶新声，能度一曲，同诣九公主第。"维如其言。是日，诸伶拥维独奏，主问何名，曰："《郁轮袍》。"因出诗卷。主曰："皆我习讽，谓是古作，乃子之佳制乎？"延于上座，曰："京兆得此生为解头，荣哉！"力荐之。开元十九年状元及第。[①]

　　岐王是唐玄宗的弟弟李范，本名李隆范，在玄宗登基后为避讳改

---

① （元）文辛房：《唐才子传》，中州古籍出版社2021年版，第64页。

名李范。九公主是指备受唐玄宗宠爱的妹妹玉真公主。在唐代的科举考试中，一些优秀的人才可以通过名人引荐的方式提高科考的成功率，当时称为"行卷"——应举者在考试前把所作诗文写成卷轴，投送朝中显贵以获得声誉。所以在科举考试前，岐王特地带领王维去拜会玉真公主，并嘱咐他带上自己写的数篇好诗和谱的琵琶曲一首。在玉真公主府邸，王维独奏一曲《郁轮袍》，后又拿出诗卷，公主果然为他的才华所倾倒，亲点他为"解头"——第一名。

少年成名、弱冠及第，这样的人生谁不艳羡！然而不久后挫折就来了。王维中进士后，在太常寺任太乐丞，负责音乐、舞蹈等教习，以供朝廷祭祀宴享之用。然而任职仅数月，就因属下伶人舞黄狮子的过失而受累被贬为济州司仓参军。当时黄狮子舞是专供皇帝观看享用的，故伶人私自舞黄狮子为不敬。726年，王维从济州司仓参军离任。728年，开始在淇上隐居，后跟从禅师学佛。在三十岁前后，其妻子去世，从此王维不再续娶，鳏居终生。735年，被朝廷起复，官拜右拾遗。744年，王维开始经营辋川别业，过着半官半隐的生活。在五十岁那年母亲去世，王维离朝屏居辋川。

756年，安史之乱爆发，叛军攻入长安，王维被俘。被俘后他服药称病，但终究因名气太大，安禄山派人逼迫他到洛阳，拘于菩提寺，硬塞给他给事中这一旧职。任职期间，安禄山在凝碧池大宴宾客，召集梨园乐工奏乐助兴。王维闻乐后哀痛于家国遭此劫难，于是写下《凝碧池》一诗：

> 万户伤心生野烟，百官何日再朝天。
> 秋槐花落空宫里，凝碧池头奏管弦。

平定叛乱后，其余担任伪职的官员都被定罪，王维因作有《凝碧池》一诗，又因其弟刑部侍郎王缙平叛有功请求削籍为兄赎罪，王维才得到宽宥。人生中的最后几年，王维官运亨通，一路升至尚书右丞，所以史称"王右丞"。在生命中的最后一年，预感到自己大限已近，王维上《责躬荐弟表》请求削去自己全部官职，放归田园，使弟弟王缙

得以还京师：

> 臣又逼近悬车，朝暮入地，阒然孤独，迥无子孙。弟之与臣，更相为命，两人又俱白首，一别恐隔黄泉。傥得同居，相视而没，泯灭之际，魂魄有依。伏乞尽削臣官，放归田里，赐弟散职，令在朝廷。

这封上表写得情真意切，一片挚情跃然纸上。王维与弟弟王缙之间的兄弟情感人至深，先有弟弟恳请削籍为兄长赎罪，后有哥哥祈求削官与弟弟重聚。临终前，王维写书信向亲友辞别，而后安然离世。

二、《阳关三叠》赏析

少年成名的王维还是著名的填词人，他的许多诗歌，在当时便被谱成了曲，成为广为传唱的流行歌曲，比如这首《相思》（又名《江上赠李龟年》）：

> 红豆生南国，春来发几枝。
> 愿君多采撷，此物最相思。

还有这一节我们将要重点赏析和吟唱的《送元二使安西》。诗云：

> 渭城朝雨浥轻尘，客舍青青柳色新。
> 劝君更尽一杯酒，西出阳关无故人。

这是一首送别诗，相信读者们在中小学阶段已会背诵。元二是王维的好朋友，他奉命出使安西（唐代的安西都护府，治所在龟兹城，也就是今天的新疆库车），王维在渭城（长安附近的咸阳城）的一家客栈里为他送行。"阳关"，在今天的甘肃敦煌西南，在唐代是去往西域的要道。一句"劝君更尽一杯酒，西出阳关无故人"道出了友人无尽的深情与西北边塞无尽的苍凉。

通过前面对王维人生的介绍，能看出他是个极重情义的人。比如好友孟浩然离世后，他因为公事路过孟浩然的故乡襄阳蔡州，提笔吟成一首五言绝句《哭孟浩然》，虽仅有简简单单二十个字，却纸短情长：

故人不可见，汉水日东流。
借问襄阳老，江山空蔡州。

结尾一句最妙，尤其这个"空"字。请设想，当你路远迢迢来到故人的故乡，可故人却再也不可见了。你是否会因为他的离去而感到整个空间都空空荡荡？王维一定感受到了，所以孟襄阳离世，他喟叹这千里江山，独独空了蔡州这一角。

回到正题。这首叫《送元二使安西》的七言绝句，是怎么演变成歌曲《阳关三叠》的呢？据考证，在唐代，王维的这首诗就被谱成了曲，更名为《阳关三叠》。白居易《对酒五首·其一》有"相逢且莫推辞醉，听唱阳关第四声"，且注明"第四声即'劝君更尽一杯酒'"。

首句不叠（也就是不重复），其他三句重叠，为之三叠。

《阳关三叠》是古琴十大名曲之一，是中国传统民乐的经典之作。但流传到今天的《阳关三叠》并非白居易诗歌中的《阳关三叠》。大约到了宋代，唐代的《阳关三叠》便失传了。今天我们听到的《阳关三叠》是由一首琴歌改编而成的。最早载有《阳关三叠》琴歌的是1491年（也就是明代中期）刊印的《浙音释字琴谱》。

这首《阳关三叠》共有三段，也就是三叠。每一叠开头四句是王维的原诗，后面的词为后人续写。全词如下：

初叠

清和节当春，渭城朝雨浥轻尘，客舍青青柳色新。
劝君更尽一杯酒，西出阳关无故人。
霜夜与霜晨，遄行，遄行，长途越度关津。惆怅役此身。
历苦辛，历苦辛，历历苦辛，宜自珍，宜自珍。

其中,"遄行"就是快速前行的意思。故人啊,你日夜兼程地赶路,骑马度过一个个关隘渡口,历尽艰辛却无人护持,定要自己多加珍重!

二叠

渭城朝雨浥轻尘,客舍青青柳色新。
劝君更尽一杯酒,西出阳关无故人。
依依顾恋不忍离,泪滴沾巾。
无复相辅仁,感怀,感怀,思君十二时辰,商参各一垠。
谁相因,谁相因,谁可相因。日驰神,日驰神。

"商"和"参"是星宿名,商星和参星永远不会相逢。填词人用此来形容自己与故人今后恐怕就如参商一般,从此天各一方,再见只有在梦里吧。

三叠

渭城朝雨浥轻尘,客舍青青柳色新。
劝君更尽一杯酒,西出阳关无故人。
芳草遍如茵,旨酒旨酒,未饮心已先醉。载驰骃,载驰骃,何日言旋轩辚。能酌几多巡。
千巡有尽,寸衷难泯。
无穷的伤感,楚天湘水隔远滨。
期早托鸿鳞,尺素申,尺素申,尺素频申,如相亲,如相亲。
噫,从今一别,两地相思入梦频,闻雁来宾。

第三叠的词最长,情最深。有好几处都需要注解才能理解。其中"旨酒"是美酒,"言旋"是回来的意思,"言"字在此是语首助词。"骃"是马,"轩辚"是马车。

三、《阳关三叠》吟唱

下面又到了吟唱学习时间了。乐谱如下:

阳关三叠

词：夏一锋 传谱
曲：古曲

$\frac{3}{4}$ 2 - 3̲3̲ | $\frac{4}{4}$ 1 2 6̇·5̲̇ | 6 - 6̲5̲ | $\frac{2}{4}$ 6 - | 6̇·1̲ 2̲1̲ |
　　因，谁可　相因。日驰神，日驰　神。渭城朝雨

$\frac{4}{4}$ 3 2 2 - | 5̲·̇6̲ 5 3̲5̲ 3̲·5̲3̲2̲ | 1 2̲3̲ 2 - |
　　浥轻尘，客　舍青青　　柳色新。

1̲2̲ 1 6̲7̲6̲5̲4̲ | $\frac{3}{4}$ 5̲6̲ 5 - | 1̲·2̲ 3̲5̲ 3̲·5̲3̲2̲ | $\frac{4}{4}$ 1 2̲3̲ 2 - |
劝君更尽一　杯酒，西出阳关　　　无故人。

$\frac{3}{4}$ 2̇·1̲ 6̲1̲ 1 | $\frac{4}{4}$ 6̇· 6̲̇ 6̇· 6̲̇ | $\frac{3}{4}$ 6̲·5̲ 6̲5̲6̲ 3 |
芳草遍如茵，旨酒　旨酒，　未饮心已先

$\frac{4}{4}$ 3 5̲6̲1̲ 6 5̲6̲1̲ | $\frac{2}{4}$ 6̲5̲ 3̲·5̲5̲3̲2̲ | $\frac{3}{4}$ 1 1· 3̲·5̲5̲3̲2̲ |
醇。载驰　骃，载驰　骃，何日　言旋　轩辚。能　酌几

$\frac{4}{4}$ 2 2· 1̲1̲ 6̲6̲ | 1̲1̲ 2̲2̲ 3̲3̲·6̲ 3̲2̲2̲ | $\frac{3}{4}$ 2 - 3̲2̲ |
多巡。千巡　有尽，寸衷　难泯。无穷　　的伤　感，楚

$\frac{3}{4}$ 2 3̲2̲ 3̲2̲ | 2 2̇·1̲ 6̲1̲ | $\frac{4}{4}$ 1 - 3̲·1̲ | 2 - 3̲·1̲ |
天　湘水　隔远　滨。期早　托鸿　鳞，尺　素　申，尺　素

2 - 3̲5̲ 3̲1̲ | $\frac{3}{4}$ 2 6̇·5̲̇ | $\frac{4}{4}$ 6 - 6̲5̲ | $\frac{2}{4}$ 6 - | 3̲2̲1̲ |
申，尺　素频　申，如相　亲，如相　亲。噫，从今

$\frac{3}{4}$ 6̇·6̲̇ 6̲̇1̲ 2̲1̲ | $\frac{4}{4}$ 3 2 2 - | 3 3 3 - | $\frac{2}{4}$ 2 - ‖
一别，两地相思　　入梦频，　闻雁来　宾。

　　《阳关三叠》是一首特别深情而伤感的歌曲，所以唱的时候首先要投入；其次要把握住整首歌的感情基调：哀婉、深情。三叠中每一叠都以王维的诗开头，但旋律却有着微妙的变化。整体而言，"渭城朝雨浥轻尘"这一句，第二与第三叠在演唱时由于转音的增多与唱腔的拉长，比之第一叠依依惜别之情更深一层。接下来的讲解中，我会试着对比乐谱中"客舍青青柳色青""劝君更尽一杯酒"两句的不同。先来

看"客舍青青柳色新"：

第一叠：

$\stackrel{\frown}{5\cdot 6}$ 5 $\stackrel{\frown}{3\cdot 5}$ $\stackrel{\frown}{3 2 1}$ | $\stackrel{\frown}{2 3}$ 2 - |

客　舍青　青柳色　新。

第二叠与第三叠：

$\stackrel{\frown}{5\cdot 6}$ 5 $\stackrel{\frown}{3 5}$ $\stackrel{\frown}{3\cdot 5 3 2}$ | 1 $\stackrel{\frown}{2 3}$ 2 - |

客　舍青　青　　柳色　新。

变化主要在第二个"青"字，从 **32** 变为 **3532**，转音的增加表达情感的递进。下面再看"劝君更尽一杯酒，西出阳关无故人"这两句的不同唱法：

第一叠：

1 $\stackrel{\frown}{6\cdot 6}$ 6· | 5 $\stackrel{\frown}{6}$ 6 $\stackrel{\frown}{6\cdot 1}$ 3 2 | 1 2 2 - |

劝君　更尽　　一杯酒,西出阳关　无故人。

第二与第三叠：

$\stackrel{\frown}{1 2}$ 1 $\stackrel{\frown}{6 7 6 5 4}$ | $\frac{3}{4}$ 5 $\stackrel{\frown}{6}$ 5 - | 1· $\stackrel{\frown}{2}$ 3 $\stackrel{\frown}{5}$ $\stackrel{\frown}{3\cdot 5 3 2}$ | $\frac{4}{4}$ 1 $\stackrel{\frown}{2 3}$ 1 - |

劝　君更尽一　杯　酒,　西出阳关　　　无故人。

乐谱的长度已让人一目了然：在二三叠中这两句曲调更悠长。在第一叠中，这两句歌词都是一字一音符；而二三叠中，一字多音大量出现：劝、更、尽、杯、阳、关、故这七个字都对应着两到四个音符。大量的转音增加了演唱的难度，同时也让曲调更优美，情感更绵长，体现出送行者离别之情的递进。

赏析时讲到第三叠最长，曲调、节奏的变化也最多，情感最充沛，曲调时高时低、时快时慢，在演唱时要把握住高低、轻重、缓急的变化。其中从"载驰骃"到"楚天湘水隔远滨"这部分，是第三叠中独有的乐段，直到"期早托鸿鳞"才又回到歌曲的主旋律上。先看"载驰骃"这句：

$\stackrel{\frown}{5 6 1}$ 6 $\stackrel{\frown}{5 6 1}$ | 6 |

载驰　骃,载驰　骃,

《阳关三叠》整体曲调是低沉的，以中低音为主，在这一句突然出

现了明亮的高音,是因为送行者看着挚友车马愈来愈遥远,非高音无以表达内心愈来愈炽烈的离愁别绪。后面"千巡有尽,寸衷难泯"两句:

$\underline{1\ 1}\ \underline{6\ 6}\ |\ \underline{1\ 1}\ \underline{2\ 2}\ \underline{3\ 3\cdot\ 5}\ |\ \underline{3\ 2\ 2}\ |\ 2\ -$
千巡 有尽, 寸衷 难泯。无穷　的伤　感,

连续八个快节奏的八分音符,表达出心绪的激越。紧接着"无穷的伤感"一句,曲调又由快渐缓,接着,就回到了歌曲的主旋律与节奏:低回、缓慢、悠长。

这首歌是整本书里最长的一首,但难度并不是最大。多听几遍示范演唱,在熟悉了歌词与曲调之后,可以看着乐谱,试着演唱。相信你一定可以学会的。

第三节　《三五七言》赏析与吟唱

一、诗仙李白

告别了王维与《阳关三叠》,今天我们来走近诗仙李白与他的一首小诗的吟唱,名字很特别,叫《三五七言》,也叫《秋风词》。

李白(701—762),字太白,号青莲居士。祖籍陇西成纪(今甘肃省秦安县),出生于绵州昌隆县青莲乡。他是中华诗史上最杰出的浪漫主义诗人,雅号"谪仙人"。李白擅长各种体裁的诗歌创作,尤以歌行体与七言绝句成就最高,冠绝唐代。

我先抛出一个问题:在你的想象中,李白是什么样的?他是高是矮?是胖是瘦?是个温柔的书生,还是豪迈的侠客?

我们先来看身高。据李白的自述,他"虽长不满七尺,而心雄万夫"。也就是说,李白自己也承认个子不高。但他虽然个子小,却才高八斗呀!

那么他的五官如何?他的头号粉丝唐代魏颢说他"眸子迥然,哆(chǐ)如饿虎,或时束带,风流蕴藉"。这是说他的双眸炯炯有神,有时眼睛一瞪,像只饿极了的猛虎;有时束着腰带,又像个书生般风流蕴藉。从外表可见,李白身上同时拥有着孑然不同的两种气质:豪侠气与书生气。难怪他写出的诗歌既能狂放豪迈,又能似水柔情。

了解了李白的外表,他的爱好与个性呢?

我想,你一定知道他特别爱喝酒。他说"三杯通大道,一斗合自然"。又说"天若不爱酒,酒星不在天。地若不爱酒,地应无酒泉"。他的好友兼知己杜甫说"李白一斗诗百篇"。

此外,他还爱旅游:"且放白鹿青崖间,须行即骑访名山!""五岳寻仙不辞远,一生好入名山游。"他也爱月亮,为月亮写下了许多诗句:

床前明月光,疑是地上霜。举头望明月,低头思故乡。(《静夜思》)

小时不识月,呼作白玉盘。(《古朗月行》)

花间一壶酒,独酌无相亲。举杯邀明月,对影成三人。(《月下独酌》)

峨眉山月半轮秋,影入平羌江水流。(《峨眉山月歌》)

青天有月来几时?我今停杯一问之。(《把酒问月》)

明月出天山,苍茫云海间。春风几万里,吹度玉门关。(《关山月》)

我寄愁心与明月,随风直到夜郎西。(《闻王昌龄左迁龙标遥有此寄》)

……

对李白而言,月亮是心心念念的故乡,是孤独时举杯邀约的挚友,是苍茫浩渺的宇宙,是向历史与天地发出的诘问,也是心底最深的柔情。

这个爱喝酒、爱旅游、爱月亮的李白,性格自信、狂傲又豪迈。

年轻时谒见渝州刺史李邕却遭遇冷眼,他提笔写下一首《上李邕》,表达对对方的不满与对自己的自信:

世人见我恒殊调,闻余大言皆冷笑。

宣父犹能畏后生，丈夫未可轻年少。

人到中年，终于等到皇帝召他的诏书，他欣喜若狂，想象着自己的政治理想马上要实现了，于是立刻回到家中，给妻儿写下《南陵别儿童入京》：

会稽愚妇轻买臣，余亦辞家西入秦。
仰天大笑出门去，我辈岂是蓬蒿人！

他用汉代名臣朱买臣的典故，来讥讽曾轻视自己的妻子。他"仰天大笑出门去"，将多年的憋屈郁闷一扫而空。然而到了长安，担任翰林待诏仅一年多，就被唐玄宗"赐金放还"，在长安的酒楼，他即席歌就一曲《将进酒》，一吐胸中愤懑，遂成千古绝唱：

天生我材必有用，千金散尽还复来。
烹羊宰牛且为乐，会须一饮三百杯。

好一句"天生我材必有用"！从此每一个逆境中的困顿者，都为这金玉之言激励着奋然前行。李白的好友——诗圣杜甫写过一首《饮中八仙歌》，鲜活地记录下了盛唐时代八位酒仙的风采。在诗中他是这样描摹李白的醉态的：

李白一斗诗百篇，长安市上酒家眠。
天子呼来不上船，自称臣是酒中仙。

你是天之子，我是酒中仙，我们没有谁高谁低。除了自信、狂傲与豪迈，李白的个性中还有着飘逸、潇洒、浪漫、柔情似水、放浪形骸……而他的诗歌，也如同他的外表与个性一样，不仅有着豪迈不羁、潇洒飘逸的一面，也有极为温柔细腻、含蓄蕴藉的一面。试读这一首《长相思·其二》

> 日色欲尽花含烟，月明如素愁不眠。
> 赵瑟初停凤凰柱，蜀琴欲奏鸳鸯弦。
> 此曲有意无人传，愿随春风寄燕然。
> 忆君迢迢隔青天。
> 昔日横波目，今作流泪泉。
> 不信妾肠断，归来看取明镜前。

起首两句从朦胧的黄昏写到失眠的深夜。琴与瑟是两种古老的乐器，"赵瑟"与"蜀琴"是两个典故：相传古时候赵国人善于弹瑟，而古人诗中常以蜀琴比喻好琴。琴瑟和鸣，指的是丈夫弹琴，妻子鼓瑟，夫妻二人共同奏出和谐的旋律，后来以此来比喻伉俪情深。瑟有柱，"凤凰柱"大概就是雕成凤凰样的瑟柱。"赵瑟初停凤凰柱"，这位深夜哀愁不眠的思妇停止了拨弦，因为那位能与她琴瑟和鸣的知心人远在燕北。她愿春风作信使，将她曲中的款款深情寄给北方的他。结尾四句，在七言中插入三句五言，让诗歌的节奏陡然改变。"昔日横波目，今作流泪泉。"曾经如水波荡漾的眼眸，今日却变作喷涌泪水的泉眼。这一今昔对比，鲜活地写出了思妇昔日的双眸之美与今日相思之深。同样是思妇征夫的主题，与曹丕的《燕歌行》相比，李白写的更含蓄委婉、典雅凝练，也更深情缱绻。

李白擅长写男女相思，代表作除了《长相思》，还有下面要赏析与吟唱的这首《三五七言》。

二、《三五七言》赏析与吟唱

《三五七言》，又名《秋风词》，词云：

> 秋风清，秋月明，
> 落叶聚还散，寒鸦栖复惊。
> 相思相见知何日？此时此夜难为情！
> 入我相思门，知我相思苦。
> 长相思兮长相忆，短相思兮无穷极。

早知如此绊人心，何如当初莫相识。

读完之后你明白为什么这首诗叫"三五七言"了吧。因为前半段由两个三字句、两个五字句和两个七字句组成。李白是一位创造力惊人的诗人，他不仅写诗兼擅各种体裁，还是倚声填词的先驱，他所填的《菩萨蛮》等数首词作，是现存最早文人词中的精品。而这一首《三五七言》是他所创造的一种新的诗歌体裁。但也有研究认为从"入我相思门"到结尾，并非李白的原作，而是后人续上去的。

这首诗像一首小词，句式长短参差、语意浅近、音乐性强，很可能是席间唱和之作。诗的前四句写景，用"秋风""秋月""落叶""寒鸦"勾勒出一幅凄清的秋景图。秋风清朗，秋月明明。风中的落叶聚了又散，已栖息的寒鸦又被月光惊起。后两句抒情：思念的人啊，我们何日才能相见？此时此夜，我难以言表的情思应向谁倾诉？

接下来，我们带着对诗中意境的想象，来吟唱这首《三五七言》。乐谱出自《梅庵琴谱》——民国年间保留下来的一本珍贵的古琴乐谱合集。乐谱如下：

三五七言

词：（唐）李白
曲：《梅庵琴谱》

$1=\flat E$ $\frac{2}{4}$

5 5 | 5 - | 1 6 | 5 - | 1 2 3 5 | 2 2 2 |
秋 风 清， 秋 月 明， 落 叶 聚 还 散，

5 1 3 5 3 2 | 1 1 1 | (5 1 3 5 3 2 | 1 1 1) | 6 5 6 | 1 2 3 |
寒 鸦 栖 复 惊。 相 思

6 1 6 5 | 5 5 | 5 - | 3 2 3 5 6 1 | 3 5 3 2 |
相 见 知 何 日？ 此 时 此 夜

1 1 1 | 1 - | 6 5 6 1 2 3 | 6 1 6 5 | 5 5 5 | 5 - |
难 为 情！ 相 思 相 见 知 何 日？

3 2 3 5 6 1 | 3 5 3 2 | 1 1 2 | 1 - | 1 0 ||
此 时 此 夜 难 为 情！

唱的时候首先要把每个小节的音准和节拍都掌握好,然后再带着我们对诗句和音乐的理解,唱出歌曲中的感情。歌中的几个难点摘录如下:

5̂1 3̂5̂3̂2 | 1 1 1 |
寒 鸦　　栖复惊。

其中"鸦"字有"**3532**"这四个音,唱的时可以想象这是寒鸦发出的"呀呀"的叫声。

6̂5̂6̂ 1̂2̂3̂ | 6̂1̂6̂ 5 |
相 思　　相 见

"相思相见知何日"一句,"相—思—相"这三个字,每个字三个音,且节奏相同,都是一个8分音符和两个16分音符。难点主要在接连三个字都有转音,要把它们连起来唱得顺滑、准确,的确需要多加练习。

3̂2̂3̂ 5̂6̂1̂ | 3̂5̂3̂ 2 | 1 1 1 | 1 - |
此 时 此 夜 难为 情!

同样,"此时此"这三个字也是如此,而且这一句的音调较高,唱起来难度较前一句难度更大一些。

这一小节到这里就结束了。你学会了吗?在演唱的时候,从你的歌声中要听到深秋的凄清,以及对远方人的缱绻思念。

第四节　《渔歌子》赏析与吟唱

一、人生比诗歌更动人——张志和

在这一小节中,我们将赏析并吟唱的是唐代中期著名诗人张志和的作品:《渔歌子》。

　　　西塞山前白鹭飞,
　　　桃花流水鳜鱼肥。
　　　青箬笠,绿蓑衣,
　　　斜风细雨不须归。

读完之后，你是不是感到欢快之情扑面而来？洁白的鹭鸶鸟在翠绿的西塞山前自由地飞翔。春日里，桃花盛放，流水潺潺，"鳜鱼肥"三个字，承上启下，引出了诗歌的主人公：渔夫。

只见渔夫头顶竹叶编的笠帽，身披草叶编的雨衣，在斜风细雨里悠哉地享受着这良辰美景。

接下来我将好好介绍一番写出这首千古名作的作者，他的人生比诗歌更动人。

张志和（732—774），不仅是唐代著名诗人，还是一位传奇人物。732年，张志和在京城长安行馆诞生——行馆就是官员出行在外的临时居所。据说他的母亲临盆前梦见有神仙献灵龟吞服，所以家人给他取名龟龄。因此他原名张龟龄。

张志和从小就是个神童，三岁能读书，六岁能作文章，且过目成诵。张志和的父亲在翰林院供职，张志和儿时便跟随父亲在翰林院游玩。翰林院并非正式的国家官署，而是唐代设置的一个宫廷供奉机构，安置文学、经术、卜、医、僧道、书画、弈棋等各类人才，陪侍皇帝游宴娱乐。这里汇集了全国各个领域的精英。当时，一位姓宋的学士拿出考题来逗弄小龟龄，发现他竟能过目成诵，一时在翰林院传为佳话，甚至传到了唐玄宗耳朵里。唐玄宗亲自出题考他，他照样对答如流，把唐玄宗惊呆了，于是特"赐优养翰林院"。张志和从小就是在翰林院这个荟萃了全国顶尖才子的地方长大的。

747年，张志和被太子李亨赏重，增补京兆户籍，游历太学（古代最高学府）。751年，弱冠之年的他在太学结业，太子李亨为他亲赐御名，改名志和。授左金吾卫录事参军，留在翰林待用，供奉东宫，享受八品（上）待遇。

752年，张志和获恩准回家省亲时，顺带协助地方官吏除奸灭盗，因功绩显著被誉为"神张"。753年，张志和被提拔为候补杭州刺史，在杭州期间他又除掉了当地土豪恶霸李保。从这两件事可以看出，二十多岁的张志和已智勇兼备。

755年，安禄山起兵反唐，攻陷洛阳。张志和随太子李亨转战灵武一带，被提拔为"除朔方招讨使"。第二年，年仅二十五岁的张志和便迎来了他仕途的高光时刻：太子李亨在灵武继位，是为唐肃宗。张志和与舅舅李泌时常给唐肃宗献计：征调回纥兵，谋"三地禁四将计"，最终败安禄山于河上，取得了平定"安史之乱"的战略性胜利。唐肃宗于是擢授张志和为左金吾卫大将军，享正三品待遇。二十五岁，正三品！在此不妨拿盛唐的几位大诗人来做个对比：李白一生没有被授予过正式的官阶；杜甫呢？一生当过最大的官是"左拾遗"，负责指出皇帝政策决策的失误，官阶七至八品；王维虽然二十岁成为进士头名，但直到"安史之乱"前，年过五十的他才升至官阶五品的吏部郎中，年近六十成为尚书右丞，官阶正四品（下）。张志和的成就，既是他个人的天赋与努力，也是时势与运势造就的。

但人生不可能永远一帆风顺，接下来的几年，打击接踵而至。757年，唐肃宗急于收复京师，掌控内外局势主动力，向回纥借兵，答应了回纥苛刻的条件。张志和力谏唐肃宗收回成命，纳陈时事，被唐肃宗"坐事贬南浦尉"。同年，他的父亲张游朝过世。758年，张志和以"亲丧"为由脱离官场，第二年他的母亲也离开人世。此时唐肃宗江山尚未坐稳，正需人才，于是他不仅赐给意欲归隐的张志和一奴一婢，还加封张志和母亲为秦国贤德夫人，赐白银二千四百两，让他风光地厚葬高堂，希望他因此顾念皇恩，在守孝三年期满后再回朝廷效力。

张志和守孝三周年期满之时，又逢妻子程氏过世，从此他便彻底了断了仕宦之意。只带了皇帝赐给他的一奴一婢渔童、樵青跟随身旁，告别亲朋好友，游黄山、绩溪等地。然后他又游历吴楚山水，最后来到湖州城西西塞山渔隐，自称"烟波钓徒"。

在湖州西塞山渔隐时，张志和结识了在苕溪隐居的茶圣陆羽、在与西塞山毗邻的杼山隐居的诗人皎然与时任湖州刺史的颜真卿等。几位文人雅士时常诗酒唱和、雅集燕游，他的《渔歌子》组诗就是写于这一时期。

人生的最后几年，张志和完成了《玄真子》《大易》两部道家学术著作的撰写。774年冬十二月，张志和在湖州东平望驿莺脰湖，因酒醉溺水而逝，年四十二岁。

二、《渔歌子》组诗赏析

《渔歌子》这个题目，又名《渔歌曲》《渔父》《渔父乐》《渔夫

辞》，原为唐教坊曲名，后来人们根据它填词，又成为词牌名。古人于宴会之上常用此调互相唱和。

张志和的《渔歌子》其实是一组诗歌，创作于772年。那年秋天颜真卿在湖州举办了一场大型文人集会，在这次集会上张志和写下了五首《渔歌子》，颜真卿、陆羽等人纷纷应和。张志和还即兴将《渔歌子》画成了画，颜真卿在《浪迹先生元真子张志和碑铭》中记载他作画时的盛况：

须臾之间，千变万化，蓬壶仿佛而隐见，天水微茫而昭合。观者如堵，轰然愕贻。

能得到书法大师如此盛赞，张志和的画工可谓出神入化。可惜他的画作未能流传，所幸《渔歌子》组诗传唱千古。后世乃至国外的名人们，比如南唐后主李煜、苏轼、黄庭坚、日本平安朝嵯峨天皇等都受其影响，写作了自己版本的《渔歌子》。

除第一首"西塞山前白鹭飞"外，张志和的其余四首如下：

钓台渔父褐为裘，两两三三舴艋舟。
能纵棹，惯乘流，长江白浪不曾忧。（其二）

霅溪湾里钓渔翁，舴艋为家西复东。
江上雪，浦边风，笑著荷衣不叹穷。（其三）

松江蟹舍主人欢，菰饭莼羹亦共餐。
枫叶落，荻花干，醉宿渔舟不觉寒。（其四）

青草湖中月正圆，巴陵渔父棹歌连。
钓车子，橛头船，乐在风波不用仙。（其五）

读完之后你发现了吗？诗中的渔父就是张志和本人的自画像。后面这四首《渔歌子》熟悉的人不多，不像第一首广为传唱，但写得同样出色。比如其二，描绘的重点是渔父高超的驾船技术。今天的赛车手爱飙车，而他爱"飙船"：驾驶小小的舴艋舟在长江里乘风破浪，悠哉快哉！其三重点是他悠闲自在的渔翁生活：终日以江上雪、岸边风为伴，生活清贫却笑对人生。第四首中的"蟹舍"就是"船舍"的美称，因为松江以蟹闻名。"菰饭"，指用茭白做成的饭。"莼羹"，是用莼菜熬成的汤羹。朋友来了，主人欢欣，他用简朴的菰饭莼羹来待客。虽然时节已是枫叶落荻花干的深秋，但醉宿渔舟却不觉寒冷。第五首诗里，"舴艋为家西复东"的渔父又来到了青草湖中。在月圆之夜，他棹歌连连，风波中自得其乐，赛过神仙。

三、《渔歌子》吟唱

赏析结束之后又到了我们的吟唱环节了。这首诗的吟唱版本比较特殊，它由两个部分组成。前一部分，歌词是《渔歌子·其一》，乐谱来自清代的《碎金词谱》，后一部分是张世彬老师新创作的词曲。因此这是一首古今交融与对话的歌曲。

《碎金词谱》系清代谢元淮主编，他从卷帙浩繁的《九宫大成南北词宫谱》里摘选出其中的所有词谱，辑录成书。

乐谱如下：

渔 歌 子

词：（唐）张志和
　　　张世彬(后段)
曲：《碎金词谱》
　　张世彬(后段)

$1=D \quad \frac{3}{4}$

$\underline{5\,3}\,5\,3 \mid \underline{3\,5}\,\underline{6\,5}\,3 \mid 5\,\underline{6\,6}\mid \underline{1\,6}\,- \mid 6\,\underline{2\,6}\mid \underline{2\,1}\,6\,-\mid$
西塞山前白鹭飞，桃花流水　　鳜鱼　肥。

$\underline{5\,6}\,\underline{5\,2}\,3\mid 6\,\underline{1}\,\underline{2\,1}\mid 6\,-\,-\mid \underline{6\,1}\,\underline{3\,5}\,\underline{1\,6}\mid 2\,\underline{2\,1}\,6\mid$
青　箬笠，绿蓑　衣，　　　斜风细雨　不须

$1\,6\,-\mid 6\,-\,0\mid \underline{6\,5}\,\underline{5\,3}\,\underline{2\,1}\mid 2\,-\,-\mid \underline{6\,5}\,\underline{5\,3}\,\underline{2\,1}\mid 1\,-\,-\mid$
归。　　　　轻轻 唱起 这首 歌，　微风 迎面 拂过，

```
3 5 6̇ 3 3 | 2 - - | 1̇ - - | 5 - - | 6̇5 53 21 | 2 - -|
水中 鱼儿 多快 活。   呜   呜，  一行 白鹭 正飞 过，

1̇ 6 1̇ 2̇ 3̇1̇ | 1̇ - - | 3 5 6̇ 3 3 | 2 - 1̇2̇ | 1̇ - - | 1̇ 0 0 ‖
桃花 片片 飘落，    无法 形容 这快  乐， 唱着 歌。
```

这首歌的开头，有点像前面《诗经》单元中的《子衿》，同样干脆的音符、欢快的旋律，配合着《渔歌子》的歌词，真让人瞬间神清气爽！在演唱时，脑中不自觉地就会浮现出一幅幅美妙的画面：青山、白鹭、绿水、桃花、鳜鱼，还有那个戴斗笠、穿蓑衣、悠闲自在的渔夫。

```
5 3 5 3 | 3 5 6 5 3 | 5̣ 6̣ 6̣ | 1̣ - | 6̣ 2 6̣ | 2 1 6̣ -|
西塞 山前  白鹭   飞，桃花 流水     鳜鱼   肥。
```

第一句音调高，因为视野聚焦在高山与空中的白鹭；第二句低，因为视野降低到岸边的桃花与水中的鳜鱼。这两句形成一高一低的鲜明对比。后两句"青箬笠，绿蓑衣"依然继续着这样的高低对比。

```
6̣ 1 3 5 1 6̣ | 2 2 1 6̣ | 1̣ - | 6̣ - 0 |
斜风 细 雨  不须  归。
```

这一句在演唱时一定要唱出渔父那份自在与潇洒来。到此第一部分结束，进入第二部分。这一部分相对简单，节奏轻快，几乎都是一个音符对应一个字，相信大家能够轻松掌握。较有难度的是最后两句：

```
1̇ 6 1̇ 2̇ 3̇1̇ | 1̇ - - | 3 5 6̇ 3 3 | 2 - 1̇2̇ | 1̇ - - | 1̇ 0 0 ‖
桃花 片片 飘落，    无法 形容 这快  乐， 唱着 歌。
```

"桃花片片飘落"——这一句音调很高，是这一段的高潮，表达的是歌者面对美景时的那份陶醉，在演唱时需要调动情绪、打开嗓音。当你外出旅游时，看到特别美的风景，会情不自禁地高呼"好美啊！"找到这种感觉，就能唱好这一句。然后从这句的尾音（高音 **1**），到下一句的头音（中音 **3**），音高一下降了 5 度，多听示范演唱，就能唱准了。

第六章
宋代诗词赏析与吟唱

第一节　走进浅斟低唱的宋词世界

一、词与词牌

今天我们将开始一个新的单元：宋代诗词赏析与吟唱。"词"这种文学体裁并非出现于宋代，也并不仅流行于宋代。但因为词在宋代最兴盛，成就也最高，因此成为宋代文学的代表。

你读过的宋词有哪些呢？我想一定有苏轼的"明月几时有，把酒问青天"，有辛弃疾的"落日楼头，断鸿声里，江南游子。把吴钩看了，栏杆拍遍，无人会，登临意"。有李清照的"寻寻觅觅，冷冷清清，凄凄惨惨戚戚"，还有李后主的"问君能有几多愁，恰似一江春水向东流"。

那么，究竟什么是词呢？

词是诗的别体，是在隋唐时期兴起的一种新的文学样式，到了宋代进入全盛时期。词最初称为"曲词""曲子词"，因为它是配合燕乐（宴乐）乐曲而填写的歌诗。词最初是伴曲而唱的，曲子都有一定的旋律、节奏。这些旋律、节奏的总和就是词调。词与调之间，或按词制调，或依调填词，曲调即称为词牌，也称作词调。不同的词牌在总句

数、字数，每句的字数、平仄上都有规定。

在词牌最初产生的时候，名称通常根据词的内容而定。如《菩萨蛮》，据说唐代大中初年，女蛮国使者进贡，她们梳着高髻，戴着金冠，满身璎珞，看上去像菩萨，《菩萨蛮》因此得名。当时教坊因此谱成《菩萨蛮》曲。又如《破阵子》这个词牌，源自唐代大曲《破阵乐》。唐代大曲是一种盛大的歌舞表演，《破阵乐》主题是歌颂唐太宗讨伐四方之功，《破阵子》是其中的一首曲子。

后来，词经过不断的发展产生变化，主要是根据曲调来填词，词牌与词的内容并不相关。当词完全脱离曲之后，词牌便仅作为文字、音韵结构的一种定式。据统计，宋代词人所填词牌总数超过一千个。这些词牌（词调）来自哪里呢？

教坊、大晟府等乐府机构，是词调，尤其唐五代词调的主要来源。

教坊是教习音乐歌舞技艺的场所。在唐代，雅乐一般归属太常寺管理。唐玄宗喜好俗乐，为了不受太常寺的礼乐制度限制，将俗乐引进宫廷，他在714年在宫中另设内外教坊，从此教坊与太常寺并行。太常寺是政府官署，主管郊庙乐舞；教坊是宫廷乐团，主管宴享乐舞。

唐玄宗本人是个杰出的音乐家。唐代作者南卓的《羯鼓录》中记载，他"洞晓音律，由之天纵。凡是丝管，必选其妙。若制作诸曲，随意而成"。教坊之外，他还亲自训练了另一个宫廷乐团，地点在长安西北禁苑内的梨园，在这里培养的音乐人才被称为"皇帝梨园弟子"。后世戏曲圈被称为梨园，唐玄宗也被尊为"梨园祖师爷"。内外教坊和梨园，是开元天宝年间真正的音乐中心。

唐代崔令钦《教坊记》中记载，开元天宝年间的教坊曲有324曲。这些曲目有的来自教坊新创，有的来自域外与边关地区，还有的来自民间里巷。其中用于歌唱的教坊曲歌词的形式有齐言声诗和长短句两种。根据吴雄和先生在《唐宋词通论》中的考证，其中演变为唐五代词调的共有七十九曲，包括《浣溪沙》《浪淘沙》《望江南》《定风波》《木兰花》《菩萨蛮》《临江仙》《虞美人》《长相思》《西江月》《鹊踏枝》《相见欢》《诉衷情》《天仙子》等唐宋词中常见的词牌。另外还有四十余曲，在入宋之后转为词调。唐五代时期的词调总数不过 180 个左右，因此可以认为教坊曲是唐五代词调主要的乐曲来源。

北宋同样设有教坊，由于史料中缺乏对其所有曲目的统计，因此到目前为止还无法计算出有多少词调来自于北宋教坊。在 1105 年又专门设立了大晟府来负责朝廷的音乐，它的地位位于教坊之上，由它来制定乐律、乐谱，交给教坊按习，并颁布天下。大晟府创制了不少曲调，其中一部分由于词人填词而转为词牌。

来自教坊、大晟府等机构的词调作者来源广泛，既有供职于其中的乐工、文人，也有帝王、妃子，以及许多民间作者。隋唐时期的教坊歌曲按歌辞分为齐言、长短句两类。部分长短句曲调后来转为词牌，而有部分齐言声诗曲调也成为了词牌。齐言声诗曲调如何转为词牌？由于流传至今的隋唐乐谱极少且多是零星片段，因此只能根据诗词的文字形式进行推测，大致可分为以下两类：

第一：保留了七言声诗的曲调，但字数有所增加，成为长短句。

这种情况多是填实了原曲调中的和声与泛声而成为长短句。举词牌《蝶恋花》为例：

蝶恋花

晏殊

槛菊愁烟兰泣露，罗幕轻寒，燕子双飞去。明月不谙离恨苦，斜光到晓穿朱户。

昨夜西风凋碧树，独上高楼，望尽天涯路。欲寄彩笺兼尺素，山长水阔知何处？

从形式来看，接近一首七言八句的七言诗，只是上下阕中各插入四言一句、五言一句，极有可能原是七言句，填实了原曲调中的泛声，所以变为四言一句、五言一句。所谓泛声，是指演奏时为使乐音和谐合于节奏，配衬轻弹缓奏的虚声，也叫散声或和声。

第二：可能重新创作了曲调，但沿用了原来的曲调名，在此举《浪淘沙》为例。先来看唐代齐言声诗《浪淘沙》，词作者是白居易：

白浪茫茫与海连，平沙浩浩四无边。

暮去朝来淘不住，遂令东海变桑田。

就史料所见，第一个填《浪淘沙》词的是南唐后主李煜，词如下：

帘外雨潺潺，春意阑珊。罗衾不耐五更寒。梦里不知身是客，一晌贪欢。

独自莫凭栏，无限江山，别时容易见时难。流水落花春去也，天上人间。

从形式上，很难看出两者在曲调上的关联。因此可推测部分词作只是沿用了齐言声诗的曲调名，而旋律极有可能是重新创作。

除了来自教坊、大晟府等机构之外，有的词牌创自乐工歌伎，有的是词人的自度曲。如《雨霖铃》是唐玄宗时期的乐工张野狐所谱写。根据段安节在《乐府杂录》一书中的记载："《雨霖铃》者，因唐明皇驾回至骆谷闻雨淋鸾铃，因令张野狐撰为曲名。"《念奴娇》传说是天宝时期的著名歌伎念奴的腔调。善于自度新曲的词人有北宋时期的柳永、周邦彦，南宋时期的姜夔、吴文英、周密等。

此外还有的词调来自琴曲、佛曲与道曲，如苏轼的《醉翁操》就来自琴曲。

二、词坛流派

在唐五代时期，词坛主要有两大流派：花间词派与南唐词派。

花间词派出现于晚唐五代时期，产生于西蜀，得名于赵崇祚编辑的《花间集》。这是奉晚唐温庭筠为鼻祖而进行词的创作的一个文人词派。整体而言，这一词派题材狭窄，情致单调，大都以婉约的表达手法，写女性的美貌和服饰以及她们的离愁别恨。代表词人有晚唐温庭筠和五代韦庄、牛希济等。温庭筠的《菩萨蛮》就是花间派风格的典型代表：

小山重叠金明灭，鬓云欲度香腮雪。懒起画蛾眉，弄妆梳洗迟。

　　照花前后镜，花面交相映。新帖绣罗襦，双双金鹧鸪。

　　南唐词派的代表人物是"二李一冯"：即南唐中主李璟、后主李煜和宰相冯延巳。他们的词作大都写得清丽自然，善用白描手法，突破花间词格局，开北宋士大夫词之先河。我们先来赏析李璟与冯延巳的词。

摊破浣溪沙
李璟

　　手卷真珠上玉钩，依前春恨锁重楼。风里落花谁是主？思悠悠。

　　青鸟不传云外信，丁香空结雨中愁。回首绿波三楚暮，接天流。

　　为什么叫《摊破浣溪沙》？《浣溪沙》这一词牌源自唐代齐言声诗，转为词牌后依然保留着七言六句的格式，上下阕各三句，非常工整。而《摊破浣溪沙》在上、下阕结尾各增加了三个字，可以想象为把浣洗好的薄纱摊开来，打破原有的格律。李璟的这首词，上阕依然带着浓郁的花间词风："真珠""玉钩""春恨""重楼""落花"，写的是闺阁的愁怨。但到了下阕，尤其结尾两句："回首绿波三楚暮，接天流。"眼界瞬间开阔疏朗起来，不同于此前花间词囿于一方闺阁狭窄天地。

　　再来看中主李璟时的宰相冯延巳的词，他的词作对北宋的晏殊、欧阳修都有很大的影响。据说欧阳修在学习填词时，启蒙老师就是冯延巳。他常常在稿纸的上方先抄上一首冯延巳的词，再在下方自填一首。以致后来欧阳修的家人整理他的遗稿时，搞不清楚到底哪些词是欧阳修的，哪些词是冯延巳的。冯延巳最爱的词调之一是《鹊踏枝》：

谁道闲情抛弃久？每到春来，惆怅还依旧。日日花前常病酒，不辞镜里朱颜瘦。

河畔青芜堤上柳。为问新愁，何事年年有？独立小桥风满袖，平林新月人归后。

这是一首伤春之词，但却一洗闺阁脂粉之气。词中主人公是谁？性别色彩并不明显。他为何忧愁为谁消瘦？也未见说明。但从头到尾诉说着的，是每逢春至便萦绕满怀的惆怅和悲哀。正因为它无所确指，所以无所不能指，这是一种属于生命底色的悲哀。春天美好而短暂，生命何尝不是如落花般脆弱易逝。结尾"独立小桥风满袖，平林新月人归后"中的遗世独立、思索着自然与人生的诗人形象，为后世词作开辟了新境界，比如"小园香径独徘徊"（晏殊《浣溪沙》），"伫倚危楼风细细"（柳永《蝶恋花》）。从李璟到冯延巳，我们看到词的风格与境界在逐渐改变。

宋代的词作在时间上分为北宋、南宋两个时期；在风格上，主要是婉约词派与豪放词派。

到了宋代，婉约词派依然是词坛主流，代表人物有北宋柳永、晏殊、秦观、晏几道、周邦彦等，南宋李清照、姜夔、吴文英、蒋捷等。

豪放词派的代表人物有北宋的苏轼、贺铸，南宋的辛弃疾、张孝祥、刘过等。

婉约词的名作，比如北宋初年宰相晏殊的这首《浣溪沙》，相信大家都很熟悉：

一曲新词酒一杯，去年天气旧亭台。夕阳西下几时回？
无可奈何花落去，似曾相识燕归来。小园香径独徘徊。

其中"无可奈何花落去，似曾相识燕归来"这两句，历来备受推崇，对仗工整却又浑然天成，晏殊自己也特别引以为豪。北宋前期文坛盟主欧阳修也擅长写词，词风也偏向婉约一派，比如这首《蝶恋花》：

庭院深深深几许，杨柳堆烟，帘幕无重数。玉勒雕鞍游冶处，楼高不见章台路。

　　雨横风狂三月暮，门掩黄昏，无计留春住。泪眼问花花不语，乱红飞过秋千去。

　　词中第一句里一连三个"深"字最为时人和后人所赞叹，前两个"深"字是形容词，第三个"深"字是名词。看似重复，却写出了高门大院深不见底的环境所带来的压抑感。李清照特别喜欢这一句，她有几首《蝶恋花》，都以"庭院深深深几许"开头。

　　苏轼、辛弃疾的豪放词，相信大家对其中的代表作都耳熟能详，比如苏轼的《江城子·密州出猎》《念奴娇·赤壁怀古》，辛弃疾的《破阵子·为陈同甫赋壮词以寄之》《水龙吟·登建康赏心亭》《永遇乐·京口北固亭怀古》等，都是十分经典的篇目。从苏轼到辛弃疾，大大地开拓了词的题材、词的意境与词的品格，让词在文学上具有了与诗、文同等的地位。

　　在这一小节的结尾，为大家带来南宋初年的豪放派词人张孝祥的代表作《念奴娇·过洞庭》：

　　洞庭青草，近中秋，更无一点风色。玉鉴琼田三万顷，着我扁舟一叶。素月分辉，明河共影，表里俱澄澈。悠然心会，妙处难与君说。

　　应念岭海经年，孤光自照，肝肺皆冰雪。短发萧骚襟袖冷，稳泛沧浪空阔。尽挹西江，细斟北斗，万象为宾客。扣舷独啸，不知今夕何夕！

　　在词史上，张孝祥是"苏辛"之间承上启下的关键人物。这首词写于1166年，这一年张孝祥因受政敌谗害而被免职。他从桂林北归，途经洞庭湖，触景生情写下这首词。虽然仕途失意，但他的词中却既无牢骚、也无怨艾，只有一片朗月、星辰、湖海，以及与朗月、星辰、

湖海一样澄澈而广阔的自我形象。上阕写湖、写月，写湖与月相互映照下天与水的一片澄净。下阕写人、写事，虽然历经沧桑磨难，但诗人的胸襟依旧宽广，虽然发短衣单，但诗人依旧不畏秋寒，稳泛沧浪。结尾处最为精彩，他要舀尽这西江水，细细地斟进北斗七星里，然后以天地万象为宾客，宾主共饮！苏轼说："人生如梦，一樽还酹江月。"李白说："举杯邀明月，对影成三人。"张孝祥的这份豪情不在谪仙与坡仙之下。

第二节　《浪淘沙令》赏析与吟唱

一、李煜与他的词

在这一小节里，我要带着大家一起来赏析和吟唱五代十国时期南唐后主李煜的词作《浪淘沙令》。

李煜的作品，你最熟悉的是哪一首？是不是以下这一首呢？

虞美人

春花秋月何时了？往事知多少。小楼昨夜又东风，故国不堪回首月明中。

雕阑玉砌应犹在，只是朱颜改。问君能有几多愁？恰似一江春水向东流。

我猜对了吗？这首《虞美人》不仅是李煜最广为流传的作品，还是他的"绝命词"。在李煜的词里，总是充满了对不堪回首的过往无尽的追念，以及对自然的永恒与人世的短暂无常的深沉感慨。比如这首《虞美人》：春花秋月常在，往事已不可追；小楼与东风常在，而故国却已"不堪回首"。雕栏玉砌仍在，而红颜却易老。最后他无比沉痛地自问自答：问君能有几多愁？恰似一江春水向东流。

李煜为何会有如此深沉的哀痛？要理解他的词，就必须走近他的人生。

李煜，生于937年七月初七，卒于978年七月初七。他原名李从嘉，字重光，是唐元宗（南唐中主）李璟第六子，南唐末代君主。

南唐，是后来的历史学家起的国号。在五代十国时期，它的国号就是"唐"，因为国土主要在江南一代，所以后世称"南唐"。南唐是十国中版图最大的国家，政权传三世历一帝二主，享国三十八年，所以李煜在《破阵子》一词的开头这样写道：

> 四十年来家国，三千里地山河。凤阁龙楼连霄汉，玉树琼枝作烟萝，几曾识干戈？

第一句的"四十年"有双重寓意：首先点出了南唐从立国到灭国的时间；其次，李煜兵败降宋时恰好也是四十岁。第二句"三千里地山河"写出了南唐国土之广袤。紧接着第三、四两句，写出了南唐宫苑的宏伟与秀美。

史书记载他"丰额骈齿、一目重瞳"。"丰额"，指额头饱满，骈齿，指牙齿重叠；"重瞳"，即一只眼睛有两个瞳仁。这三个面相特征在古代都被认为是"天生贵象"，而李煜又生在帝王家，因此他从小就遭到了他的哥哥——太子李弘冀的猜忌。也许是天性使然，也许是为躲避政治迫害，他从小便醉心于文艺与学术的天地之中，书法、绘画、音律、诗、词、文无一不擅长。此外，他还给自己取了"莲峰居士""钟峰隐者"这样的雅号，表明自己志在山水，无意争位。但是后来太子李弘冀被废并于959年病逝，李璟另立李煜为太子。961年，李璟病逝，李煜在金陵登基。

李煜是艺术天才，除词的创作之外，他的书法成就也很高。"金错刀"是他独创的一种笔法，神采飞扬而又风骨嶙峋，男儿气概十足；"撮襟书"是他创造的一种书写方法：写大字时，不用笔而用卷帛蘸墨书写。音乐方面，李煜与他的第一任皇后大周后一起，从残篇断简中恢复出了唐大曲《霓裳羽衣曲》，并命人经常在南唐宫廷里演出。

李煜在为人为君方面的品格如何？是否如宋徽宗赵佶一般的腐朽昏庸、荒淫无道呢？在欧阳修撰写的《新五代史》中说李煜"为人仁孝"，陆游撰写的《南唐书·后主本纪》中也说"后主天资纯孝……虽

仁爱足以感其遗民，而卒不能保社稷"。可见李煜作为国君虽不具备杰出的政治才能，但也是位天性善良的仁君。对大宋的步步紧逼，他也曾努力保住南唐的国土宗庙与社稷，比如改称"江南国主"，对宋朝廷称臣纳贡。但"卧榻之侧，岂容他人酣睡"，这句话就是宋太祖赵匡胤对李煜所说的，最终宋军兵临金陵城下，975年十二月，金陵失守，守将呙彦、马承信等力战而死，右内史侍郎陈乔自缢，李煜奉表投降，南唐灭亡。那一日，被李煜记录在了他的词作《破阵子》下阕之中：

> 一旦归为臣虏，沈腰潘鬓消磨。最是仓皇辞庙日，教坊犹奏别离歌，垂泪对宫娥。

被押解到东京后，李煜从一国之君沦为了阶下囚，宋太祖赵匡胤把他囚禁在一栋小楼里，还给了他一个羞辱性的封号"违命侯"，因为太祖曾召李煜到汴京来觐见他，但李煜担心会被扣住，托病不去。在他生命最后的这段岁月里，李煜写下了他那一首首改变词史的不朽诗篇，比如以下二首《相见欢》（又名《乌夜啼》）：

> 无言独上西楼，月如钩。寂寞梧桐深院锁清秋。
> 剪不断，理还乱，是离愁。别是一般滋味在心头。

> 林花谢了春红，太匆匆。无奈朝来寒雨晚来风。
> 胭脂泪，相留醉，几时重。自是人生长恨水长东。

当然还有这一小节我们即将要学习吟唱的《浪淘沙令》，以及他的绝命词《虞美人》。据说，宋太宗赵光义就是在听到了这首词在东京广为传唱后，对李煜痛下杀手。978年七夕，李煜四十二岁生日这一天，宋太宗派自己的亲弟弟赵廷美为李煜送来生日贺酒，正是这杯酒结束了李煜的一生。他生于七夕，卒于七夕。

前面曾讲到，词这种文艺形式，在漫长的时光里一直是宴席上觥筹交错之间应和娱乐之作，鲜有表达词人的人生志向或深沉感慨。直白地说，文人士大夫很少把真实的自己写进词里，即便想写自己，也常常是借助女性的怨情来幽微曲折地表达自己政治上的失落。而在李煜的词里，尤其是亡国后到临终前的两年半之中，他以词为心声，创作出了一首首改变词史之作。王国维先生说：

> 词至李后主而眼界始大，感慨遂深，遂变伶工之词而为士大夫之词。

为什么说到了李煜，词的创作"眼界始大"呢？他笔下的时空不再是局促地拘囿于一方闺阁之中的狭小天地，而是有了时间的纵深和空间的广阔。比如"四十年来家国，三千里地山河"。

为什么又"感慨遂深"呢？"问君能有几多愁？恰似一江春水向东流。""自是人生长恨水长东。"李煜的愁不是纤细的，而是那滚滚东逝的江水。在后世的人眼里，李煜或许是一位多愁善感的君王，但不论他的书法还是他的诗词，都体现出了他个性中刚强不屈的一面，否则他也不会在亡国后两三年，依然在东京的小楼上唱出"小楼昨夜又东风，故国不堪回首月明中"这样的旋律。他有一颗倔强的心。或许正因如此，宋太宗才不能容他。李煜的词抒写的全是自己亡国后内心最深沉的哀痛，毫不遮掩地直抒胸臆。

二、《浪淘沙令》赏析与吟唱

浪淘沙令
李煜

帘外雨潺潺，春意阑珊。罗衾不耐五更寒。梦里不知身是客，一晌贪欢。

独自莫凭栏，无限江山。别时容易见时难。流水落花春去也，天上人间。

一个春日的清晨，帘外传来潺潺春雨声。春意阑珊，人也意兴阑

珊。乍暖还寒的时候最难将息，词人在五更天因春寒惊醒，他回味着梦里的片刻贪欢，却更反衬出现实的悲凉。梦里他一定又回到了故国，所以梦醒后更不忍凭栏远眺，因为："别时容易见时难。"是啊，想当初离别之时，他是"仓皇辞庙"，根本没有机会与故土故人好好辞别。李商隐说"相见时难别亦难"。李后主这句"别时容易见时难"更加伤感。生命中一切美好都像眼前的流水落花一样消逝，花从高高的枝头飘落水中、土里，而他，也从高高在上的君王沦为阶下囚徒。今昔对比，好似一在天上仙境，一在人间炼狱。

接下来又到了吟唱环节。乐谱根据古乐谱《九宫大成》译编，何洋整理制谱。

《九宫大成》，全名《九宫大成南北词宫谱》。乾隆年间，和硕庄亲王允禄奉旨编纂，多位乐工花了五年时间收集资料编写而成。全书82卷，共收录2094个曲牌，连同变体共4466个。包括唐宋词、宋元诸宫调、元明散曲、南戏、杂剧、明清传奇等曲调，曲调是用工尺谱记录。此书反映了我国自唐宋至明清近千年的音乐、戏曲及词曲，是中国古代音乐宝库。《浪淘沙令》乐谱如图：

浪淘沙令

词：（五代）李煜
曲：《九宫大成》译编
整理：何洋

```
3 - | 3 0 | 1 1 | 2 3 | 2 6̑1̑7̑ 6· - | 3 1 5̑4̑3 |
山。      别时   容易   见  时    难。   流水 落 花

5 4̑3 | 2· 1 | 2 - | 2 2 | 7 - | 6· - | 6 - ‖
春 去 也,         天 上   人    间。
```

我个人特别喜欢这首歌曲,因为它让我体会到了词作为歌曲,文学与音乐叠加所产生的艺术魅力。这的确是以前只把词作为文字作品来赏析无法企及的。难怪它会风靡整个宋代。虽然已很难考证出作曲者是哪位古代音乐人,但他对李煜的这首词作,一定有极深刻的理解。如前所述,《浪淘沙》原为唐代教坊曲,而第一个把它填作词调的,就是李煜,辞格也以李煜的《浪淘沙令》作为正体。这意味着后世的词人要填这首词,都要以李煜的这首词作为格律的蓝本。一般研究认为,《九宫大成》这部作品集虽然编纂于清代,里面的乐谱肯定会加入清代流行的曲调,但也必定保存了前代音乐作品的部分面貌。而李煜本就精通音律,也许作曲者正是李煜本人也未可知。大家在演唱的时候一定要把握住这首歌曲的主调:深沉,哀痛,缓慢。

这首词共十句,上阕五句,下阕五句,乐谱也是十个乐句,和歌词一一对应,且一句降调,一句声调,依次轮替。具体如下:

上阕:降调 升调 降调 升调 降调

下阕:降调 升调 降调 升调 降调

这样的音乐结构使整首歌曲不仅具有变化对称的美感,而且以降调开始又以降调结束,使整首歌保持了一种沉郁哀婉的美。再者,声调的变化与歌词的意境也十分吻合。

```
1̑2̑3 | 2 - | 5̑6̑1̑7̑ | 6 - | 2 2 1̑3 | 3 5̑4̑ | 3 -
帘  外    雨  潺    潺,春 意    阑  珊。
```

第一句用逐渐下沉的音调,奠定了整首作品低沉哀婉的曲调。演唱时仿佛能看到、听到窗外那无尽、连绵的灰雨。唱的时候,"外"字那个从 **3** 到 **2** 的转音,可以唱成轻轻的叹息声,"帘外——哎"。而"潺潺"的音谱,像极了潺潺的流水声。

第二句"春意阑珊"意味着一年春天又要过去了,从眼前景写到

心中惜春之情，较之第一句曲调上扬。要注意的是 **2213** 容易唱成 **2212**。如果按照第2种唱法进行演唱，则缺乏了情绪的递进，所以在唱的时候一定要注意。

```
1 2 | 2 3 5 6 1 7 | 6 - | 3 1 2 3 5 4 3 |
罗 衾  不 耐 五  更  寒。  梦 里 不 知 身 是

1 2 | 2 - |
客，
```

第三句"罗衾不耐五更寒"结尾的"五更寒"三个字，是第一句"雨潺潺"三字之后的又一个落腔。这里也有一个容易唱错的地方。"不耐"两个字的乐谱是 **23**，如果不仔细辨别容易唱成 **13**。

第四句"梦里不知身是客"，最后一个"客"字延长四拍，这个长腔要突出的是亡国之君梦醒后的哀痛。

第五句"一晌贪欢"，这四个字在演唱时是一字一顿的，仿佛一个字就是一个冷战，唱出从梦境落入冰冷现实的感觉来。

```
6 6 2 | 1 7 | 6 - | 6 0 | 2 4 3 | 2 - |
一 晌 贪  欢。       独 自

6 2 1 7 | 6 - | 1 2 3 | 5 4 | 3 - | 3 0 |
莫 凭 栏，    无 限 江  山。
```

下阕第一二句"独自莫凭栏，无限江山"，"无限江山"这一个乐句是整首曲子情感的第一个高潮，唱腔逐渐走高、拉长。李煜不是普通百姓，他曾是一国之君。唱的时候想象着他想要凭栏又不忍凭栏，想要望向故国，又不敢望——因为那无限江山已经易主，他内心有无限的伤痛与愧疚。因此在音乐的设计中，"江山"两个字也是长腔，用绵长的音符来表达绵长的情思。

```
1 1 | 2 3 | 2 6 1 7 | 6 - | 3 1 5 4 3 | 5 4 3 |
别 时  容 易 见 时  难。  流 水 落 花 春 去

2· 1 2 - | 2 2 7 - | 6 - | 6 - ||
也，   天 上 人  间。
```

第三句"别时容易见时难"是又一个降调，为后面的一句做一个铺垫和过渡。因为后一句是歌曲情感的第二个高潮——"流水落花春去也"。这一句有两组 **543**，节奏一快一慢。第一组 **543** 对应"落花"二字，刚好也是一个落腔，节奏较快，表达出春雨寒风中，花儿阵阵飘落。第二组 **543** 对应"春去也"三字，节奏转慢，表达的是对"春去也"的哀悼。

最后一句"天上人间"，音调逐渐降低，尾音拖长至四拍。花儿从枝上跌落，词人也从曾经的天堂跌落至如今苦涩的人间。

第三节 《梅花》赏析与吟唱

一、梅妻鹤子——林逋

这一章主要介绍宋词的吟唱，但在这一小节会介绍本章唯一的一首宋诗，还要给大家介绍两位中国历史上有名的奇男子。之所以把他们俩放在一起，是因为他们有一个共同点：以梅为妻。第一位是北宋初年的大名士林逋，第二位是晚清名臣彭玉麟。

林逋（967—1028），字君复，后人称为和靖先生，浙江奉化人，北宋初期著名隐逸诗人。根据《宋史·林逋传》记载，他自幼非常好学，"少孤力学，好古，通经史百家"。他的性情品格"孤高自好，喜恬淡，自甘贫困，勿趋荣利"。成年后，他开始了二十余年漫游江淮的生活，四十余岁后隐居杭州西湖，结庐孤山。

他以湖山为伴，相传二十余年足不及城市，以布衣终身。虽然林逋先生非常低调，但却是当世的大名士，因为他品行高洁，风度出尘，才华横溢。据记载，丞相王随、杭州郡守薛映都非常敬仰他的为人，喜爱他的诗歌，所以时常到孤山与他唱和，还把自己的俸银拿出来为他重建新宅。

此外，宋真宗、宋仁宗两位皇帝也非常欣赏林逋先生。据史料记载，1012年，宋真宗不仅赐给林逋锦衣玉食，还下诏告诉当地政府要好好照拂他。林逋虽感激圣恩，但从不因此而自觉高人一等。在他去世后，宋仁宗赐给他"和靖先生"这个谥号。所以林逋又被称作林

和靖。

此外，北宋初年的名臣梅尧臣、范仲淹与林逋先生都有交往，都十分敬重他的品格与才华。如范仲淹与林逋就是一对忘年交。范仲淹青年时便敬仰林逋，后两度赴西湖孤山与林逋见面，先后共写了五首诗相赠，赞誉他"风俗因君厚，文章至老淳"（《寄赠林逋处士》），还把他比作"山中宰相"（《和沈书记同访林处士》）。"山中宰相"这个典故出自何处呢？南朝梁时陶弘景隐居茅山，屡聘不出，梁武帝常向他请教国家大事，人们称他为"山中宰相"。后来用"山中宰相"来比喻隐居的贤人高士。可见林逋先生虽然二十多年不出山，但却一直关切着天下事，难怪梅尧臣说他"其言谈，孔孟也"。

在当时有许多人请他出仕，然而都被婉言谢绝。林逋自谓：

然吾志之所适，非室家也，非功名富贵也，只觉青山绿水与我情相宜。

离开人世前，他写作了一首临终诗：

自作寿堂因书一绝以志之
湖上青山对结庐，坟前修竹亦萧疏。
茂陵他日求遗稿，犹喜曾无《封禅书》。

茂陵是汉武帝的陵墓的名称，后世多用"茂陵"来代指汉武帝。这首诗的三、四两句借古讽今的同时又表明了自己的志向与操守：据说司马相如死后，汉武帝从他家发现了一封谈封禅的奏书，极尽谄媚之语，歌颂汉武帝的功德，劝谏汉武帝泰山封禅。而据司马迁在《史记·封禅书》中记载，司马相如也因此为文人们所耻笑。

什么是封禅？在泰山筑坛祭天叫封，在泰山下的梁父山筑坛祭地叫禅，合称封禅，是古代帝王在太平盛世或天降祥瑞之时祭祀天地的重大典礼。传说上古从无怀氏到周成王共有十二位帝王曾封禅，八百年后，第十三位封禅的帝王是秦始皇，第十四位就是汉武帝。汉武帝从中年到晚年，六次封禅泰山，成为古代封禅次数最多的帝王。

在林逋所生活的时代，宋真宗曾到泰山封禅，作为一位签订了耻辱的澶渊之盟的帝王却自导自演封禅闹剧，成为世人的笑料。北宋初期的一代名相王旦（957—1017）在临终时下令家人不许厚葬，他坦诚自己人生唯一的污点，就是曾被迫劝谏宋真宗受天书、封泰山。所以林逋的临终诗"茂陵他日求遗稿，犹喜曾无《封禅书》"，表明了他骄傲于自己的高洁品性：一生从未向权力低头。

林逋先生才华横溢，诗书双绝。他作诗随就随弃，从不留存。有人问："何不录以示后世？"答曰："我方晦迹林壑，且不欲以诗名一时，况后世乎？"但还是有不少有心人偷偷记了下来，所以他共有三百余首诗词传世。可以想象当时的情景：潇洒的林先生兴致来时或口吟一绝，或挥毫一幅，但写完就弃之一旁。但总有有心人捡起来珍藏，或是边读边背，铭刻在心。

他的画据说也极好，可惜同样是随画随丢，没有一张流传至今。他的书法工行草，笔锋瘦挺清劲，与其人一般出尘绝俗，传世作品有三幅。古人对他的书法造诣评价极高，比如大书法家黄庭坚就特别钟爱林逋的字，他甚至说：如果我病了，只要一看到君复先生的字，不吃药就好了。如果我饿了，只要一看到君复先生的字，不吃饭就饱了。（君复书法高胜绝人，予每见之，方病不药而愈，方饥不食而饱。）

林逋终生不仕不娶，也没有子孙后代。他喜爱种梅花，养白鹤，自谓"以梅为妻，以鹤为子"。有个成语"梅妻鹤子"，就是典出林逋。

先来看看他的"鹤子"。

据说他养了一只鹤（一说一双），给它取名"鸣皋"。林逋每次出门前都会交代家中童子：如有客至，纵鹤放飞。于是当他外出时，若家中来客，童子就会放飞鸣皋，鸣皋也总能飞到"父亲"所在的地方，而后林逋便划着小船，鸣皋盘旋在他前后，一起归来。

据说，林逋在西湖孤山上种植了 360 株梅花。他为梅花写过许多诗篇，最有名的就是这一节里我们要学习吟唱的这一首《山园小梅二首·其一》：

众芳摇落独暄妍,占尽风情向小园。
疏影横斜水清浅,暗香浮动月黄昏。
霜禽欲下先偷眼,粉蝶如知合断魂。
幸有微吟可相狎,不须檀板共金樽。

这首咏梅诗很特别。别的咏梅诗词突出的多是梅花的品格,比如王安石"墙角数枝梅,凌寒独自开",陆游"无意苦争春,一任群芳妒"等等。而"以梅为妻"的林逋写起自家花园里的梅花来,却充满了宠爱之情。在寒冷的冬季里"众芳摇落",这个"摇"字用得特别好,写出了落花的风情,能感受到作者真是爱花惜花之人。在风霜雪雨中别的花儿摇落殆尽,唯有心爱的梅花独自绽放着她的美丽,她们在我的花园里占尽风情,独领风骚。颔联是咏梅的千古绝句:"疏影横斜水清浅,暗香浮动月黄昏。"作者写这首诗时,应该是梅花刚刚绽放、还未盛放的时候,所以在清浅的水池里,是她疏疏落落的身影。在斜月初上的黄昏时分,空气中浮动着她暗暗的幽香,好美,像不像一位空谷佳人?首联和颔联是正面写梅花,颈联从侧面描写:"霜禽欲下先偷眼,粉蝶如知合断魂。""霜禽"指白色的鸟,有可能就是诗人的爱子鸣皋吧。他想来到梅花身边与她亲近,但又不敢随意靠近,而是先偷偷地看着她。足见梅花的美是"可远观而不可亵玩焉"。"粉蝶"就是蝴蝶,蝴蝶生在春夏季,无缘与梅花相识。蝶恋花,蝴蝶若知道梅花那么美,一定会为无法亲近梅花而伤心断魂吧。最后一联诗人自己出现了,视梅花为妻子的诗人,将如何与他的"爱妻"亲近呢?"微吟",也就是轻声地吟唱,无需檀板,无需金樽,诗人就用这种远离尘俗的轻唱来与他心爱的梅花相亲近。

二、愿与梅花过一生——彭玉麟

在学习《梅花》吟唱之前,我们先来认识第二位"以梅为妻"的奇男子。他不仅是位奇男子,还是位顶天立地的伟丈夫。他就是彭玉麟。

彭玉麟(1816—1890),"晚清三杰"之一,中国近代海军奠基人。作为一位政治家、军事家,彭玉麟一生的业绩主要体现在以下三个方面：第一，参与创建湘军水师。曾国藩在创建湘军之初，在各地招揽人才。听说湖南有一位叫彭玉麟的杰出青年，他效仿刘备，三顾茅庐，终于邀得彭玉麟加入湘军，彭玉麟后成为湘军水师的创建者兼统帅。第二，参与平定太平天国叛乱。曾国藩组建湘军的首要目标就是平定太平天国叛乱。而在与太平军对峙10余年的过程中，湘军最终取得胜利的决定因素，就在于水师的强大。湘军水师后来更名为长江水师，是中国近代海军的雏形，因此彭玉麟被誉为中国近代海军奠基人之一。第三，镇南关大捷。中国近代史中的一次大胜便是中法战争中的镇南关大捷。而这场战争，彭玉麟便是最高领导者。

讲这场战争，先从彭玉麟的"三不要"讲起。彭玉麟自言："我这一生有三不要：不要官，不要钱，不要命。"第一："不要官。"在晚清官场流行一句话：李鸿章拼命"要官"，彭玉麟拼命"辞官"。彭玉麟说自己"平生最薄封侯愿"。封侯拜相，这可是古代文人士大夫仕途的最高目标，陆游说"当年万里觅封侯"，辛弃疾也说"了却君王天下事，赢得生前身后名"。可彭玉麟却将这功与名都轻轻地放下，他不仅是这样说的，也是这样做的。他人生唯一的一次主动"要官"，便与上一段讲到的中法战争有关。在他快七十岁时，光绪皇帝想要任命他为兵部尚书。因为他这一生不要官不要钱，朝廷觉得愧对这位功勋赫赫的将领，于是想在他退休前让他官拜尚书，可以享受更好的退休待遇。彭玉麟当然依旧是推辞，说自己年事已高，不适合担任兵部尚书。但不久中法战争爆发，朝廷原本任命李鸿章为统帅，但李鸿章推辞了。此时七旬高龄的彭玉麟挺身而出，主动要来了兵部尚书一职，担任中法战争的总指挥。正如林则徐所言："苟利国家生死以，岂因祸福避趋之！"在彭玉麟的指挥下，中法战争中清军打出了前所未有的气势，并且在广西巡抚冯子材的带领下取得了镇南关大捷这样辉煌的胜利。但是，与南宋时，岳飞眼看要收复故都，却被十二道金牌催回相似，镇南关大捷后，清政府立即与法国签订了停战合约。彻底心灰意冷的彭玉麟立即辞去兵部尚书，告老还乡。

上一段我们讲了他的"不要官"，下面来讲讲他的"不要钱"和"不要命"。朝廷历次给予他的赏赐，他要么用来赈济灾民，要么用来

建设军队，从未为自己置办过一分田地家产。他说："臣以寒士始，愿以寒士终。"湘军水师为什么如此英勇？因为他们有彭玉麟这样一位不要命的统帅。每次打仗时，他总是矗立在船头，鼓舞将士们浴血奋战。这一场面让人想起伟大的民族英雄岳飞，"岳家军"为什么天下无敌？为什么连金军都说"撼山易，撼'岳家军'难"？因为每次打仗时，岳飞都冲在最前面。唯有这样不要命的铁血将领，才能建立一支奋不顾身的铁血军队。

除了是杰出的军事家，彭玉麟还是杰出的画家。他与郑板桥被并称为清代画坛双绝。我们讲了他的"三不要"，这样一位把功名利禄甚至自己的生命都完全置之度外的男儿，其诗却充满感情。我们还是从那首"平身最薄封侯愿"讲起。这出自彭玉麟所写的《梅花百韵》当中的第一首。诗云：

平生最薄封侯愿，愿与梅花过一生。
唯有玉人心似铁，始终不负岁寒盟。

彭玉麟这一生一共写了两百多首梅花诗，画了上万幅梅花。他为什么对梅花赋予了如此的深情？因为他的爱人——梅姑。

彭玉麟小时候在安徽外婆家长大。外婆心善，收养了一位孤女。这位孤女与彭玉麟年纪相仿，青梅竹马，情投意合。但后来外婆却把她认为养女，于是他们在辈分上变成了姨甥。十六岁那年父亲病重，彭玉麟不得不回到湖南老家。告别前他与梅姑许下了终身相守的誓言。可在那个年代婚姻是父母之命，后在母亲的主持下，彭玉麟无奈娶妻。但他从未忘记过与梅姑的誓言，后来他将外婆与梅姑接到身旁，但不久后在他外出求学时，母亲与妻子便匆匆将梅姑嫁与他人。

梅姑出嫁后，仅两三年便离开人世。得知梅姑的死讯后，彭玉麟痛悔交加、伤心欲绝。他离家独居，在妻子去世后，终身未再娶，将自己的一腔深情全都托付于梅花：不管在军营还是在家中，他都亲手种梅花，亲笔绘梅花，直到他生命的终点。曾国藩第一次拜访彭玉麟，便诧异于满屋子的梅花图，在得知背后的故事后，更加敬重彭玉麟的人品。

彭玉麟的梅花被曾国藩誉为"兵家梅花"。他所画的梅花，既是他对梅姑一往深情的见证，也是他傲岸人格的写照。"唯有玉人心似铁，始终不负岁寒盟。"为什么我不屑于功名利禄，只愿与梅花共此生？因为这世上唯有她，这如玉的梅花，心如铁般坚贞，年年岁岁从不负与我定下的岁寒之盟！下面这首七言律诗，则记载了更多两人爱情的细节：

感怀
少小相亲意气投，芳踪喜共渭阳留。
剧怜窗下厮磨惯，难忘灯前笑语柔。
生许相依原有愿，死期入梦竟无繇。
黄家山里冬青树，一道花墙万古愁。

为什么说"芳踪喜共渭阳留"呢？"渭阳"指渭水之阳，在陕西，他们明明是在安徽长大啊。这里有一个历史典故，出自《诗经·秦风·渭阳》。传说春秋时秦康公送他的舅舅重耳返回晋国，一直送到渭水之北。所以后来用"渭阳之情"来代指甥舅之间的情谊。在这首诗里，彭玉麟用"渭阳"这两个字点出了他和梅姑两人之间的关系：姨妈与外甥。但辈分的差距并不能阻挡爱情的发生，他满怀深情地回忆道：我是多么爱恋那些亲密的日子啊：白日在窗前你我耳鬓厮磨，夜里在灯下你的笑语是那么温柔。我与你曾许下今生相依的誓言，可你走了，从此我与你相逢唯有在梦中。斗笠岭上，你墓前的冬青树已经亭亭如盖，而墓室的那道土墙却永远地隔开了我们，只留给我绵绵无尽的万古愁。

这便是彭玉麟与梅花的故事。我们把时间回拨到北宋初年：终生不娶的林逋，生命中是否也曾有过他的梅姑呢？明代末年张岱的《西湖梦寻》中有一段这样的记载，南宋灭亡之后，有盗墓贼以为林逋是大名士，墓中的珍宝必定极多，可是在坟墓之中发现陪葬的竟然只有一方端砚和一支玉簪。这支玉簪背后会有怎样的故事？目前已很难考

证了。但林逋曾填过一首著名的词作《长相思》：

> 吴山青，越山青，两岸青山相送迎，谁知离别情？
> 君泪盈，妾泪盈，罗带同心结未成，江边潮已平。

这首词作中是否有作者个人的经历在里面？古代情人在分别时，在罗带上打一个同心结，是一种爱的誓言。结未成，表明爱人最终未能修成正果。词中这个与心上人"罗带同心结未成"的女子，是否就是他的梅姑呢？因为从林逋其他的诗词文章中无法佐证，所以这只能作为一种美好的猜测。

三、《梅花》吟唱

下面又到了学习吟唱的时间了。这首歌的乐谱比较特别，与唐诗单元《渔歌子》相似，分为主歌与副歌两个部分。主歌曲调来自古乐谱《和文注音琴谱》，副歌部分来自张世彬老师新创作的曲调。

《和文注音琴谱》成书于清康熙十五年，作者是蒋兴畴，书中共收录了三十九首琴歌，其中第二十首《梅花》便是为林逋的《山园小梅二首·其一》所谱写的曲调。

梅 花

词：（宋）林逋
曲：《和文注音琴谱》
张世彬（副歌）

1=D 2/4

| 1 1 | 6 6· | 5 6 | 1 — | 3 5 | 3 3 | 1 1 |
众 芳 摇 落 独 暄 妍， 占 尽 风 情 向 小

| 1 — | 2 3 | 2 2 | 6 6· | 6 — | 3 5 | 3 3 |
园。 疏 影 横 斜 水 清 浅， 暗 香 浮 动

| 3 6 | 6 — | 6 0 | 6 1 | 6 1 | 3 3 | 3 — |
月 黄 昏。 霜 禽 欲 下 先 偷 眼，

```
6̣ 1 | 6̣ 1 | 3 6 | 6 - | 1̇ 2̇ | 6 1̇ | 5 6 | 1̇ - |
粉蝶  如知  合断  魂。    幸有  微吟  可相  狎，

6 1̇ | 5 1̇ | 1̇ 1̇ | 1̇ - | 1̇ 0 ‖ 4/4  5 6 5 3 2 1 |
不须  檀板  共金   樽。          众芳 摇落 独暄
                                霜禽 欲下 先偷

3 - - - | 5 6 1̇ 6 5 1 | 2 - - - | 2 3 5 3 2 3 | 6 - - - |
妍，     占尽 风情 向小 园。    疏影 横斜 水清  浅，
眼，     粉蝶 如知 合断 魂。    幸有 微吟 可相  狎，
```

```
⌐1.                              ⌐2.
2 3 2 1 6 3 | 5 - - - ‖ 5 6 1̇ 2̇ 3̇ 3̇ | 1̇ - - - ‖
暗香 浮动 月 黄  昏。    不须 檀板 共金    樽。
```

在这首歌曲中，主歌部分是四二拍，一字一音，七字一组，前六个字一字一拍，第七个字一字两拍，音符重复较多，常常是两字或三字同一个音符，所以旋律整体给人庄重整齐之感。其中最难唱的是下面这两句：

```
1̇ 2̇ | 6 1̇ | 5 6 | 1̇ - | 6 1̇ | 5 1̇ | 1̇ 1̇ | 1̇ - | 1̇ 0 |
幸有  微吟  可相  狎，   不须  檀板  共金   樽。
```

这两句音调高，考验我们唱高音的能力，多聆听、多练，一定能唱准唱好。

副歌的歌词与主歌相同，但节奏活泼明快，旋律富于变化，因而更加朗朗上口。从节奏看，依然是七字一组，但前四个字一字半拍，第五六两个字一字一拍，第七个字拖长至一字四拍，且每个字的音符都在变化，所以造成了与主歌完全不同的音乐特点。

第四节　《醉翁操》赏析与吟唱

一、苏轼其人

苏轼（1037－1101），字子瞻，号东坡居士，世称苏东坡、苏仙、坡仙，四川眉山人，北宋文学家、书法家、画家、政治家、美食家。

他不仅是整个中华文化史上千年难遇的全才，而且拥有着最健全最可爱的"华夏最美人格"（北京大学教授、宋史专家赵冬梅语）。我们从以下两方面探讨他的这种"最美人格"：

（一）择善固执的苏子

我们先从苏轼人生的终点讲起。在离开人世之前，他在江苏常州的金山寺写下了临终诗一首：

自题金山画像

心似已灰之木，身如不系之舟。

问汝平生功业，黄州惠州儋州。

我的心如一段已成灰的木头，我的身像一只随风飘荡的小船。你要问我平生立下了怎样的功业？不过是黄州——惠州——儋州。这是苏轼无奈的自嘲呀，苏轼人生主要经历了这三次贬谪，地点一次比一次更遥远，更蛮荒。他为何会有这样的经历？我们从他的成长经历讲起。

由于父亲苏洵在外求学，所以苏轼和弟弟苏辙儿时主要是在母亲的教导下长大的。母亲带着兄弟两人一起读书，有一次少年苏轼读到《后汉书》中的《范滂传》，他深深地被范滂的人格所打动。东汉的范滂因为坚持清廉的操守，不愿同流合污而被诬陷下狱，最终被判处死刑。临终的前一天，他的母亲到监狱里来看望他。他跪下来对母亲说："儿子不孝，不能侍奉母亲终老，望母亲不要为我的死而过于哀痛。"他的母亲答道："自古忠孝不能两全。我为你感到骄傲，又有什么可遗憾的呢？"

十来岁的小苏轼对他的母亲说："儿子愿意做范滂，您愿意做范滂的母亲吗？"母亲坚定地回答："如果你能做范滂，我怎么不能做范滂的母亲呢？"可见苏轼刚正不阿的人格是在母亲的教导下从小养成的。

后来王安石变法，苏轼反对其中激进的措施，秉笔直书，用文章和诗歌去反对新法、讥讽朝政，甚至指责皇帝。后来他的这些诗文被一些别有用心的小人搜集起来，曲解其中的意思，作为他要谋逆的罪证呈现给宋神宗。还在湖州任上的苏轼，被连夜押解到了京城御史台的监狱里，由于这里夜晚乌鸦聚集，所以又称乌台，史称"乌台诗案"。苏轼在监狱里被关了一百多天，每一天早上醒来都不知自己能否活过这一天，每一天夜里睡前都不知道明天是否就是自己生命的终点。历经煎熬与折磨的苏轼最终被流放到黄州。

在黄州时他在写给朋友李公泽的一封信中有这样一句话："吾侪虽老且穷，而道理贯心肝，忠义填骨髓。""道理贯心肝，忠义填骨髓"，这沉甸甸的十个字，苏轼用自己的一生去践行。

后来新党下台，旧党执政，苏轼又回到了朝廷之中。本待大展拳脚的他，却发现以司马光为首的旧党将新法尽废，这种矫枉过正的做法违背了苏轼为官为人的原则，于是他直言新法不可尽废，合理之处应该保留，因此在庙堂上与旧党也有了矛盾。一天下朝后回到家中，他摸着自己的肚皮问家人："我这肚子里装的是什么？"有的人说装的是一肚子文章，有的人说装的是一肚子智慧。只有侍妾王朝云最理解他："你的肚子里装的是一肚皮的不合时宜！"同一时期苏轼在写给友人的信中说：

> 昔之君子，惟荆是师；今之君子，惟温是随。所随不同，其为随一也。老弟与温相知至深，始终无间，然多不随耳。

"荆"指荆公王安石，"温"指温公司马光。这几句话的意思是：在王安石主政时，当时的君子只认王安石做老师。现在司马光主政，他们又都跟随司马光。虽然他们所跟随的人不一样，但"跟随"这一点是一样的。我与温公是知己，彼此之间毫无嫌隙，但多数时候我不会跟随他。

所谓跟随者，实际就是"墙头草"，风往那边吹就倒向哪边。孔子说"君子之德风，小人之德草"。而苏轼是真正的君子，他不会跟随任何人，在任何时候都保持着独立的思想与人格，"择善固执"。为人如此，为官同样如此。

苏轼八任地方知州，每一任上不仅恪尽职守，且屡有创举。比如

苏轼任密州知州时，有一次在墙角挖野菜，发现了一个包裹着的弃婴，他心痛地捡起弃婴，抱回府中抚养，从中更深地了解到民生的艰辛，于是下令州府的官员到野外去捡拾弃婴，他自己也"洒涕循城拾弃孩"，几天时间，州府中就收养了近四十名弃婴。他把这些弃婴分别安排到各家抚养，由政府发放抚养金，两年内救活了数十名弃婴。

担任杭州知州时，西湖由于淤泥水草堆积而污染严重，在苏"市长"的领导下，西湖的淤泥都被挖了起来，然后"变废为宝"，筑成了一条长堤，后来成为西湖十景之一的"苏堤春晓"。为显示湖泥再度淤积的情况，他在堤外湖水最深处立了三座瓶形石塔以示标记——这就是"三潭印月"。又倡导老百姓在西湖岸边种菱角，这样能为百姓创收，因此百姓便会主动清理淤泥。千年后的今日杭州人仍然亲切地叫他苏"市长"。晚年被贬到广东惠州，他拿出皇帝赐的黄金，捐助疏浚西湖，同样也修了一条长堤，这是惠州西湖苏堤的由来。

到了1097年，六十二岁高龄的苏轼被贬到了儋州，在宋代被贬儋州是很重的处罚。可苏轼在这里依然活出了生命的光芒：他带领当地人民挖水井、垦荒地，还开办学堂，以致许多人不远千里，追至儋州，从苏轼学。

（二）潇洒圆通的坡仙

苏轼在写给弟弟苏辙的一封信里，有这样一句话：

> 吾上可陪玉皇大帝，下可以陪卑田院乞儿。眼前见天下无一个不好人。

择善固执的是他，潇洒圆通的也是他。这截然不同的两面，和谐统一在苏轼的身上。他天性乐观开朗，爱交朋友，虽才华横溢且是文坛领袖，但毫无架子，三教九流中都有他的朋友。从以下三件趣事中可见苏轼的可爱。

在他参加进士科考试那一年，主考官是欧阳修。欧阳修出的策论题目叫《刑赏忠厚之至论》。"刑"是刑罚，"赏"是奖赏，意思是不论刑罚还是奖赏，都要秉持着一颗忠厚之心。苏轼的文章写得非常好，据说欧阳修在阅卷时以为是自己的学生曾巩所写，为避嫌判了个第二名。只是苏轼文章中所用到的一个典故，欧阳修翻遍典籍也找不到出处。在见到苏轼后，他问道："你文章中所用的尧和皋陶的典故出自哪里？"你猜苏轼怎么回答？他笑着说："想当然尔。"他对欧阳修解释道：我想，当有人犯了罪时，像皋陶那样严厉的法官一定会再三说"杀了他"，像尧那样仁慈的君主一定会再三说"赦免他"。从这件事可见苏轼虽勤奋好学，却不认死理，他懂得活学活用，灵活变通。文坛盟主欧阳修不耻下问的虚怀若谷同样令人钦佩。

苏轼在任杭州知州的时候，有一次一个卖布的商人把卖扇子的商人告到了官府。原因是在春天扇商从布商那里赊账买布，按合约应该在夏天付完欠款，时间已过但扇商没付钱。扇商说自己并非有意赖账，而是实在无钱可付，因为前段时间其父亲过世，花了一大笔钱，今年夏天天气又特别凉快，扇子卖不出去。苏轼经过调查，发现两人所说的都是事实，他该怎么断案呢？你能猜到吗？问题的核心是：扇商得把扇子卖出去。怎么样才卖得动呢？苏轼可以怎么发挥自己的才能来帮忙？你想到了吗？经过提醒你一定想到了吧，他让扇商把扇子带来，提笔在上面泼墨挥毫，这些扇子瞬间就成为了杭州人疯抢的畅销品。

第三个故事发生在苏轼与好友——著名史学家刘贡父之间。有一次苏轼对刘贡父说："我和弟弟在准备考试的时候经常吃一种食物，叫'三白饭'，特别美味。"刘贡父很好奇："什么是'三白饭'？"苏轼回答道："所谓三白就是一碗白米饭，一碟白萝卜，一撮白盐巴。"刘贡父不仅博闻强记，且机智幽默与苏轼不相伯仲，于是他对苏轼说："明天请到我家中来吃'xiǎo饭'。"苏轼能猜到刘贡父这是在给他"下套"，但不知葫芦里到底卖的什么药，于是第二天欣然前往。到了开餐时间，只见桌上摆着一碗白米饭，一碟白萝卜，一撮白盐巴。苏轼一见哈哈大笑，原来所谓的"xiǎo饭"就是三白饭呀，三个白字叠在一起，可不就是皛（xiǎo）吗？苏轼边吃边思考，机智的他很快想到"以彼之道还施彼身"的方法，他对刘贡父说："明天请到我家来吃'cuì饭'，保证你从没吃过。"刘贡父虽然明知苏轼是要"反击"，但也很好奇到底"cuì饭"是什么，于是第二天应邀前往。到了苏轼家中，苏轼

一直与他聊天,午饭时间已过也不见苏轼上餐,刘贡父忍不住问道:"你的'cuì饭'呢?"苏轼笑道:"三个'毛'字叠在一起就是'毳cuì',南方方言里毳就是没有的意思,菜也没,饭也没,酒也没,可不就是'三毛'嘛!"用今天的话来说,苏轼这不就是请朋友去吃了个寂寞吗?其实并没有,在他解释完之后,马上请人把早已备好的酒菜一样一样地端了上来。

听完这三个故事之后,你是不是更喜欢苏轼了?他有趣的故事还多着呢。苏轼不是美食家吗?再讲几个他和美食的故事。你知道"羊蝎子"和"烤生蚝"的由来吗?先说羊蝎子。苏轼快六十岁时被贬到惠州,到了岭南这样的"瘴疠之地",他照样能够苦中作乐,除了自掏腰包为当地修了一道苏堤,他还"日啖荔枝三百颗,不辞长作岭南人"。据考证第一句是当地流行的一句俗语:"一啖荔枝三把火。""一啖"就是一口,粤语里"颗"与"火"发音相近。不知是苏轼没听懂,还是他对原话作了创造性的发挥,总之他写进诗里就变成了"日啖荔枝三百颗"。回到羊蝎子,苏轼在写给弟弟苏辙的信里是这样说的:

> 惠州市肆寥落,然日杀一羊。不敢与在官者争买,时嘱屠者,买其脊骨。骨间亦有微肉,煮熟热酒漉,随意用薄盐炙,微焦食之,终日摘剔牙綮,如蟹螯逸味。

惠州的市场很冷清,但每天还是会宰杀一头羊卖。苏轼当时处于被流放的境地,不敢和那些当官的人争买。他便叮嘱屠夫每天把羊脊骨留给他。骨头缝里有点肉,他先把它煮熟,再把热酒洒在上面,然后在羊脊骨上撒点盐,再架在火上烤,烤到微微焦黄,吃起来最香,每天这样细细地品尝,简直和螃蟹腿一样美味!

"问汝平生功业,黄州惠州儋州。"苏轼在惠州发明了羊蝎子,在儋州也没有辜负上苍给他的"奇遇"。前面讲过苏轼在儋州的功绩,因此当地的百姓非常感谢他,送给他一筐筐的生蚝,苏轼此前从没吃过生蚝,于是又有了新的尝试:他用烤羊蝎子的方式来烤生蚝,果然异常鲜美。为此他又写信给苏辙了：

> 恐北方君子闻之，争欲为东坡所为，求谪海南，分我此美也。

在这句话之前，他对苏辙说：烤生蚝这么好吃我只告诉你，你可别告诉其他人。这里又说：我担心他们要是听说这里有这样的美味，都想过来吃烤生蚝，于是请求被贬谪到海南来，我就不得不把生蚝分给他们了。事实上谁会为了吃生蚝而自贬海南呢？这不过是苏轼的玩笑之语，但最难得的是六十多岁的他仍然保有一颗赤子之心，哪怕面对再艰难的境遇，他都能从荆棘中劈出一条大道，让苦难的泥沼中开出花，结出果。

此外，苏轼还特别擅长起各种"诨号"。比如他把王安石比作"野狐精"，把固执的司马光叫作"司马牛"，好友陈季常的妻子性情凶悍，又是河东柳家的人，于是"河东狮吼"这个成语就诞生了。他吃到一种饼特别酥，就随口把它叫作"为甚酥"；喝到一口寡淡无味的酒，就为它取名"错着水"。

这就是苏轼。那个择善固执的苏子是他，潇洒圆通的坡仙也是他，千年来我们读他的诗、品他的词、讲他的故事，更从他的身上汲取着榜样的力量：正直、坚毅、执着、独立、豁达、乐观、幽默。

二、苏轼的词

苏轼是豪放派词风的开创者。他的创作扭转了"词"这种文学体裁较为单一的题材与风格，大大地转变了词坛风气，开拓了词的境界，提升了词的品格。

一直以来，词为艳科。尽管有李煜、冯延巳、欧阳修、范仲淹等名家的探索，但与诗歌相比，词依旧显得精致有余而大气不足。而苏轼的创作，著名文艺批评家刘熙载在《艺概》中评价说："苏词似杜诗，无意不可入，无事不可为。"苏轼的词正如杜甫的诗歌，任何主题、任何事情他都可以写进词里。所以，在他的词里，我们看到了乡村的风光与人情的淳厚：

浣溪沙

簌簌衣巾落枣花，村南村北响缲车。牛衣古柳卖黄瓜。

酒困路长惟欲睡，日高人渴漫思茶。敲门试问野人家。

他在徐州任上共写作五首《浣溪沙》来描摹乡村的气息，开了乡土词的先河。在词这个创作领域，苏轼对题材内容的开拓性还远不止于此，比如咏史词最著名的作品之一就是这一节我们即将学习吟唱的《念奴娇·赤壁怀古》。唐代流行边塞诗，通常表达的是诗人豪迈之气和报国之情。苏轼同样把这种精神写进了词里，言前人所未言，比如这首《江城子·密州出猎》：

老夫聊发少年狂，左牵黄，右擎苍。锦帽貂裘，千骑卷平冈。为报倾城随太守，亲射虎，看孙郎。

酒酣胸胆尚开张，鬓微霜，又何妨？持节云中，何日遣冯唐？会挽弯弓如满月，西北望，射天狼。

不管什么时候读到这首词，都让人浑身一震，真是肝胆映日月，豪气冲云霄！此外，他还用词作来记录自己宦海沉浮的心路历程。比如这首《西江月·中秋和子由》，应该是写于他刚到黄州后的第一个中秋节：

世事一场大梦，人生几度秋凉？夜来风叶已鸣廊，看取眉头鬓上。

酒贱常愁客少，月明多被云妨。中秋谁与共孤光，把盏凄然北望。

这首词作记录下了苏轼在刚遭遇了人生最大的打击后内心无比的凄凉，历经生死磨难，看透世态炎凉。他"把盏凄然北望"，因为北方有着此刻这个世上最能给他温暖的人——他的知己、他的弟弟子由。同样写仕宦生涯的，还有这首《八声甘州·寄参寥子》：

有情风万里卷潮来，无情送潮归。问钱塘江上，西兴浦口，几度斜晖？不用思量今古，俯仰昔人非。谁似东坡老，白首忘机。

　　记取西湖西畔，正暮山好处，空翠烟霏。算诗人相得，如我与君稀。约他年、东还海道，愿谢公雅志莫相违。西州路，不应回首，为我沾衣。

　　这首词是他即将卸任杭州知州，重新回到朝廷任职翰林学士时，写给他的好朋友——参寥子的作品。这首作品的写作时间是苏轼约五十五岁时，与上一首词相比，十年时光让苏轼看淡了仕途的浮与沉、荣与辱，对于名利内心淡泊而笃定。词的下阕用了东晋名相谢安的故事：谢安虽为宰相，但始终不忘归隐东山的志向，他本已经定好了回归东山的线路，但遗憾的是，最终他没有回到东山，而是死在了回家途中的西州道上。据说他的外甥羊昙在他去世后再也不愿踏上西州路，宁愿绕道而行。有一次羊昙喝醉酒到了西州门，忆起与舅舅谢安的往事，悲伤不已，痛哭而返。苏轼与参寥子相约：希望我将来能实现归隐林泉的心愿，与你再度携手，同游西湖。但愿谢安的不幸不要发生在我身上，不要让你像羊昙那样为我而泪洒西州道。一语成谶，最后苏轼的生命，真的就终结在了他归家的途中。1101 年，六十五岁的苏轼本以为自己会老死在儋州，但适逢宋徽宗继位后大赦天下，于是苏轼艰难踏上归途。他熬过了海上的惊涛骇浪，写下了"九死南荒吾不恨，兹游奇绝冠平生"这样豪绝的诗句，但最终这具多年来饱受磨难摧残的身躯，还是没能抵御酷暑与疾病的侵袭，在归家的途中，病逝于常州。

　　苏轼在对词的题材内容进行开拓的同时，凭借自己的才华、品格与气度，也大大提升了词的品格与境界。他将词人的"缘情"与诗人的"言志"相结合，最终让词这种本来难登大雅之堂的游戏遣兴之作，成为与诗并立的文学创作，并最终成为有宋一代文学成就的最高代表。在苏轼之前，词坛盟主是柳永，苏轼也常明里暗里拿自己的词作与柳永相比较，比如有次他写信给朋友：

　　近却颇作小词，虽无柳七郎风味，亦自是一家。呵呵。

意思是：我最近很爱写词，虽然没有柳七郎的味道但也自成一家。最后还配上两声得意的笑："呵呵。"

他在中央任翰林学士时，有这么一个有趣的故事：

> 东坡在玉堂，有幕士善歌，因问："我词何如柳七？"对曰："柳郎中词，只合十七八女郎，执红牙板，歌杨柳岸晓风残月；学士词，须关西大汉，铜琵琶，铁绰板，唱大江东去。"
>
> 东坡为之绝倒。

所谓"玉堂"，一般指朝廷。但唐宋以来，"玉堂"专指翰林院。在《渔歌子》这一节里详细介绍过翰林院，大概是因为这里汇集各各个领域的精英，所以有了"玉堂"这个美称吧。"幕士"是翰林院的公职人员。这位幕士很擅长唱歌，想必也通音律，对词有鉴赏力。所以苏轼才让他比较柳永和自己词作的不同。这位幕士的回答太妙了：柳郎中的词呀，只适合那些十七八岁的少女拿着红牙板咿咿呀呀地唱"杨柳岸晓风残月"；学士您的词，那是得关西大汉拍着铁板唱"大江东去"，方才唱得出气势来呀！东坡听完后什么反应呢？"绝倒"，就是前仰后合地开怀大笑。我相信这个故事是真实的，因为听到这样的对比后，"为之绝倒"，这样的反应太符合苏轼一贯的风格了！

三、《醉翁操》赏析

提到醉翁，你脑海里第一个想到的是谁？我想一定是写作《醉翁亭记》的北宋大文豪欧阳修吧。今天我们要一起来学习与吟唱的《醉翁操》，不仅和欧阳修有关，还与苏轼有关，那么北宋两大文坛盟主是如何与这首曲子发生关联的呢？且待我娓娓道来。

《醉翁操》，既是一首琴曲，也是一个词牌名。作为词牌，它以苏轼的《醉翁操·琅然》为定格。苏轼是在怎样的情境下填了这首词的呢？背后的故事非常动人。这首词首见于《东坡乐府补遗》，词前还有一篇长长的序言：

琅玡幽谷，山川奇丽，泉鸣空涧，若中音会。醉翁喜之，把酒临听，辄欣然忘归。既去十余年，而好奇之士沈遵闻之，往游，以琴写其声，曰《醉翁操》。节奏疏宕而音指华畅，知琴者以为绝伦。然有其声而无其辞。翁虽为作歌，而与琴声不合。又依《楚词》作《醉翁引》，好事者亦倚其辞以制曲。虽粗合韵度，而琴声为词所绳约，非天成也。后三十余年，翁既捐舍，（沈）遵亦殁久矣。有庐山玉涧道人崔闲，特妙于琴。恨此曲之无词，乃谱其声，而请东坡居士以补之云。

注：欧阳修曾知滁州，"琅玡幽谷"指今安徽滁州西南琅玡山幽谷泉。

从这段记载中，我们知道这首曲子涉及当时四个历史人物。除了欧阳修与苏轼两位文豪之外，还有沈遵与崔闲这两位音乐家。欧阳修任职滁州知州时经常游历的琅琊幽谷，风景奇美。泉水落入山涧的响声犹如一首自然的乐曲，醉翁欧阳修时常把酒临听，欣然忘归。欧阳修离开这里之后，有位叫沈遵的先生因好奇而前往，他用琴模拟着这自然的天籁之音，谱成了一首《醉翁操》，节奏舒朗开阔，运指华丽流畅，懂琴的人都赞叹它精妙绝伦，但遗憾的是只有琴曲而没有歌词。后来欧阳修虽然为这首琴曲填了词，但却与琴声不协和。欧阳修又写了一首《醉翁引》，有热心人依照《醉翁引》的格律来谱曲，虽然曲与词中韵致大体相合，但琴声终究为词所束缚，缺少天然之美。从这以后又过了三十几年，欧阳修与沈遵都已离开了人世。来自庐山的玉涧道人崔闲琴技高妙，他一直遗憾沈遵的这首《醉翁操》没有配上合适的歌词，于是记下了乐谱，请东坡居士补上歌词。

于是，就有了这首流传千古的经典琴歌：《醉翁操·琅然》。据说，苏轼在贬谪黄州期间，崔闲多次前往拜访。有一次他道明来意：请先生为这首《醉翁操》填词吧！苏轼欣然答允——欧阳修可是他的恩师呀！于是崔闲弹起了琴，苏轼一边聆听、一边构思，待到曲终时词已填好：

琅然，清圆，谁弹？飨空山，无言。惟翁醉中知其天。月明

风露娟娟，人未眠。荷蒉过山前，曰有心也哉此贤。醉翁啸咏，声和流泉。

醉翁去后，空有朝吟夜怨。山有时而童巅，水有时而回川。思翁无岁年，翁今为飞仙。此意在人间，试听徽外三两弦。

上阕与下阕"翁"字共出现了五次，都是指代欧阳修，下面的解读中且把他称作"先生"。琅然、幽谷中是谁弹奏出这清朗圆润的声音？它响彻空山却不发一言。这一天地间自然生成的绝妙乐曲，唯有先生醉酒时才能领会其中的奥秘。更何况，还有朗月、清风、露水作伴，这样的环境里，人怎舍得睡去。山中高士走过，也不禁对眼前的人与景赞叹不已。先生长啸吟咏，声音与流泉相和。

自从先生离去之后，这天籁之曲再无知音，它的声响似乎在诉说着朝朝暮暮无人懂得的幽怨。山顶有时会荒芜，河水有时会倒流，自然是无常的，可是对先生的思念却是永恒的。先生今已羽化登仙而去，但这份天人合一的意境，却留在了人间，你且听，它就在这声声琴弦之中。

苏轼是深情之人，崔闲的琴声把他带回了恩师仍在的那个时空，带到了琅琊幽谷，他将自己对恩师的一片深情寄托在词的字里行间，成就了这首空灵、静谧、深邃的词作，也成就了词曲合一的传世佳话。

四、《醉翁操》吟唱

所幸，这首千年前珠联璧合而成的歌曲被一代代的琴人传了下去。炎夏时，翻看古乐谱，见到这首《醉翁操》，跟着乐谱轻声哼唱，胸中的燥热与烦闷顿然消失，沉浸在这既清澈明亮又寂静空灵的一个个音符、一段段旋律之中。

醉 翁 操

词：（宋）苏轼
曲：根据琴歌整理

1=C 2/4
♩=56

| 5 6 | 1 | 1 - | 5 3 | 3 2 1 2 | 1 - | 3 5 6 | 5 - |
| 琅 | 然， | | 清 圆， | 谁 弹？ | | 飨 空 | 山， |

| 3 2 | 1 | 1 - | 6 1 | 3 2 1 | 6 5 3 | 5 - | 1 2 3 |
| | 无 言。 | | 惟 翁 | 醉 中 知 | 其 天。 | | 月 明 |

```
5 3̲ | 3̲2̲ 1̲2̲ | 1 - | 3̲ 5̲ | 6̲ 1̲6̲ | 5 - | 5 3̲ |
风  露    娟 娟, 人 未    眠。   荷 簣

3̲2̲ 1̲2̲ | 1 - | 3̲ 5̲6̲ | 1̲ 6̲5̲ | 3̲ 5̲ | 6̲5̲ 3̲ | 5 - |
过  山    前, 曰  有  心   也  哉   此 贤。

3̲2̲ 1̲ | 1̲ 6̲1̲ | 5̲ 3̲ | 3̲2̲ 1̲2̲ | 1 - | 1̲ 6̲ | 1̲ 6̲ |
醉 翁    啸 咏,   声 和   流 泉。  醉 翁 去 后,

6.̲ 5̲ 3̲ 2̲3̲ | 5 ⌒3̲5̲ 5̲ | 3̲2̲ 1 | - | 6̲ 5̲6̲ | 1̲2̲ 1̲ |
     空 有  朝 吟   夜 怨。     山 有 时 而

1̲ 6̲5̲6̲ | 5 - | 3̲ 5̲6̲ | 1̲2̲ 1̲ | 1̲ 2̲3̲ | 5 - | 1̲ 1̲ |
童  巅,    水 有  时 而   回 川。  思 翁

6̲1̲ 3̲2̲1̲ | 6̲ 1̲ | 6̲5̲ 3̲ | 3̲ 2̲3̲ | 5̲6̲ 5̲ | 5̲ 1̲2̲ | 5̲6̲ 3̲2̲ |
无  岁   年,  翁 今   为 飞   仙。  此 意 在

1̲2̲ 1̲ | 1 - | 3̲ 2̲3̲ | 5̲6̲ 3̲2̲ | 1̲ 6̲5̲ | 3 - | ⌒3̲5̲ - | 5 - ||
人 间,    试 听   徵 外   三 两   弦。
```

乐谱如上，演唱要点如下：

```
5̲ 6̲ | 1 | 1 - | 5̲ 3̲ | 3̲2̲ 1̲2̲ | 1 - | 3̲ 5̲ 6̲ |
琅  然,     清 圆,     谁 弹?     飨 空

5 - | 3̲2̲ 1 | 6̲1̲ - |
山,    无 言。
```

"琅然"形容声音清朗。因此这两字虽是低音，但要唱得清晰，如琴弦拨出的第一声。"清圆"二字，要唱出清与圆来。"清"对应 **5**，刚好也是个清亮的音符，"圆"唱作 **332**，延长的节拍能把"圆"字唱得更圆润。"飨空山"中的"空山"要唱得轻一点，唱出山涧鸣泉的空灵感。

```
6 1 | 3 2 1 | 6 5 3 | 5 - |
```
惟 翁 醉 中 知 其 天。

前两句像是一出戏的序幕，营造出一个清朗寂静的背景。第三句主人公登场了，曲调陡然升高，就像黑暗的舞台上突然亮起一束光。这一句非常美，"醉"字要带着陶醉、微醺的状态去唱。这首歌有个规律：凡"醉"字出现时，都是高音。姜夔在《白石道人歌曲》里提到，高音一般要用去声（第四声）去表现。《醉翁操》里高音的几处，除了"醉"字，还有下阕"思翁无岁年"的"岁"字，同样是去声。由此可知作为填词人的苏轼真是很懂音律的。

```
3 2 1 | 1 6 1 | 5 3 | 3 2 1 2 | 1 - |
```
醉 翁 啸 咏，声 和 流 泉。

这一句由"醉"字的高音逐渐滑落，仿佛高处醉翁的啸咏之声逐渐与低处流泉之声相融合。

从"醉翁去后"开始，是词的下阕。其中"思翁无岁年"这一句是下阕的情感高潮，苏轼把它放在了旋律中的高音华彩处。这一句情感强烈，表达出对恩师无穷尽的思念：

```
1 1 | 6 1 3 2 1 | 6 1 | 6 5
```
思 翁 无 岁 年，

最后来看结尾的一句：

```
3 2 3 | 5 6 3 2 | 1 | 6 5 | 3 - | ³5 - | 5 - ‖
```
试 听 徽 外 三 两 弦。

这一句要收着唱，咬字轻一点，尤其"三两弦"三字，气息渐弱，至"弦"字游丝般的声线拉长、渐渐淡出。想象弹琴的手慢慢停驻、离开琴弦，但余音仍缭绕。

第五节 《鹊桥仙》赏析与吟唱

一、秦观和他的词

在这一小节里，我们一起走近北宋的著名词人秦观，一起来赏析和吟唱他的那首不朽之作《鹊桥仙》。

两情若是久长时，又岂在朝朝暮暮？

这句爱的箴言，你一定听过。无数深深相爱却分隔两地的恋人，都会把它刻在心间。而写出它的秦观，又是个怎样的词人呢？

秦观（1049—1100），字少游，号淮海居士。他兼有诗、词、文赋和书法多方面的艺术才能，尤以婉约之词驰名于世。他还有一个身份，是"苏门四学士"之一，也就是苏轼的门生中最著名的四人之一，其余三人是黄庭坚、张耒和晁补之。

秦观虽是苏轼的门生，但是与他的老师不同，秦观被视为婉约词人。有"千古第一女词人"称号的李清照，曾写过一篇《词论》，里面对诸多名家都有所批评，比如，她说苏轼的词是"不协音律，句读不葺之诗尔"，但她对秦观的评价却很高。秦观的婉约词艺术成就的确很高，比如这首《踏莎行》：

雾失楼台，月迷津渡。桃源望断无寻处。可堪孤馆闭春寒，杜鹃声里斜阳暮。
驿寄梅花，鱼传尺素。砌成此恨无重数。郴江幸自绕郴山，为谁流下潇湘去。

注意"莎"字在这里应该念作"suō"，莎是一种草。

"雾失楼台，月迷津渡。"开篇八个字就营造出了一种凄冷迷茫的境地。这首词作于秦观被贬的途中。秦观的仕宦生涯因苏轼而起，也因苏轼而落。在苏轼晚年被贬岭南之后，秦观也受到牵连而被贬谪，在月色中、在大雾中他迷失了，找不到希望在何处，"桃源望断无寻处"。"可堪"是哪堪的意思，哪堪独自一人幽闭在寒冷的客栈里，听着声声的杜鹃凄啼，望着沉沉的斜阳暮霭。

"砌成此恨无重数。"这一个"砌"字用得真好。把不可见的愁与恨一下子就写活了。想想如果改用其他的动词，比如"堆"字，虽然

也能写出"恨"之多，但却没有"砌"字那样的厚重感，词人心中的愁恨恰如一堵厚厚的墙，阻隔着他与他所思念的人。苏轼非常喜欢这首词，尤其是结尾的两句："郴江幸自绕郴山，为谁流下潇湘去。"眼前的春江让秦观想到了自己身不由己的命运，春江啊，你是为谁留下潇湘去，而我又是为谁被流放到了那遥远的蛮荒之地！听闻秦观去世的消息，苏轼非常悲伤，他把这两句题写在了自己的扇面上，又在背面写上"少游已矣，虽万人何赎！"九个字，少游已经走了，哪怕千万人也弥补不了我心中的缺憾啊！

秦观受到柳永的影响，创作了大量慢词。但是他能把令词中含蓄缜密的韵味带进慢词长调，所以与柳永相比，他的慢词幽深隽永，比如这首《满庭芳》：

山抹微云，天连衰草，画角声断谯门。暂停征棹，聊共引离尊。多少蓬莱旧事，空回首、烟霭纷纷。斜阳外，寒鸦万点，流水绕孤村。（万点一作：数点）

销魂当此际，香囊暗解，罗带轻分。谩赢得、青楼薄幸名存。此去何时见也？襟袖上、空惹啼痕。伤情处，高城望断，灯火已黄昏。

大家一定都熟悉柳永的那首《雨霖铃》，不妨放在此处做一个对比。

寒蝉凄切，对长亭晚。骤雨初歇，都门帐饮无绪，留恋处，兰舟催发。执手相看泪眼，竟无语凝噎。念去去，千里烟波，暮霭沉沉楚天阔。

多情自古伤离别，更那堪，冷落清秋节。今宵酒醒何处？杨柳岸，晓风残月。此去经年，应是良辰好景虚设。便纵有千种风情，更与何人说？

柳永写情，直白而热烈，而秦观却含蓄隽永，他擅长融情于景之中，比如《满庭芳》上阕的结尾："斜阳外，寒鸦万点，流水绕孤村。"无一字写情，但"一切景语皆情语"。下阕的结尾："伤情处，高城望断，灯火已黄昏。"与上阕相比，虽直接写到了"伤情"，却是把情融入了眼前景之中。

秦观擅长以细腻的情思、柔婉的笔触，对词中的字句多加推敲和修饰，用精美凝练的辞藻，写出凄迷朦胧的意境。试读以下诗词："自在飞花轻似梦，无边丝雨细如愁。"（《浣溪沙》）在愁绪满怀的词人眼中，自在的飞花如梦境一般轻盈，也如梦境一般缥缈。无边的丝丝春雨如愁绪一般纤细而缠绵。"凭阑久，金波渐转，白露点苍苔。"（《满庭芳》）这一句写等待中时光的流逝。金波此处非指水波，而是月光。月光照耀在人身上，如金色的波光，而它渐渐转向，周围也渐渐黯淡，苍苔上生出点点白露。

二、《鹊桥仙》赏析与吟唱

秦观的《鹊桥仙》广为传唱。这首词到底好在哪里？请读者跟我一起朗读吧！

纤云弄巧，飞星传恨，银汉迢迢暗度。金风玉露一相逢，便胜却人间无数。

柔情似水，佳期如梦，忍顾鹊桥归路。两情若是久长时，又岂在朝朝暮暮。

历来写牛郎织女的诗词，大多表达的是相爱而不能相见，或是一年只见一面的伤感。比如东汉时期的《古诗十九首》中有一首《迢迢牵牛星》：

迢迢牵牛星，皎皎河汉女。
纤纤擢素手，札札弄机杼。
终日不成章，泣涕零如雨。
河汉清且浅，相去复几许。
盈盈一水间，脉脉不得语。

《鹊桥仙》这个词牌并非秦观首创，他的"师祖"欧阳修，就填过一首《鹊桥仙》：

> 月波清霁，烟容明淡，灵汉旧期还至。鹊迎桥路接天津，映夹岸、星榆点缀。
>
> 云屏未卷，仙鸡催晓，肠断去年情味。多应天意不教长，恁恐把、欢娱容易。

不止欧阳修，南宋大诗人范成大也填过这个词牌，同样是写牛郎织女：

> 双星良夜，耕慵织懒，应被群仙相妒。娟娟月姊满眉颦，更无奈、风姨吹雨。
>
> 相逢草草，争如休见，重搅别离心绪。新欢不抵旧愁多，倒添了、新愁归去。

你读出来了吗？这两位名家的《鹊桥仙》，虽然写的也都是七夕这一天牛郎织女的相逢，但欧阳修说"肠断去年情味""多应天意不教长"，突出的是相聚的短暂和别离的伤怀。范成大的词里，牛郎织女的爱情被天上的群仙嫉妒，因为在七夕这一天，"耕慵织懒"，牛郎不放牛，织女也不织布了，所以月亮姐姐皱着眉，秋风姨妈洒下了雨。因此牛郎织女只能草草相逢，还不如不见，这匆匆一见徒添别离愁绪。相逢的这一点欢乐呀，不仅抵不过旧愁，反倒又添了一段新愁。范成大带着一点调侃的语气，来写这对有情人的相逢。

但杰出作品总能翻陈出新，言人所未言。秦观的《鹊桥仙》正是如此。你看，他笔下七夕这天，牛郎织女的相见是多么浪漫、璀璨而隆重：

> 纤云弄巧，飞星传恨，银汉迢迢暗度。

"纤云",就是纤纤的云朵;"飞星"指的是流星。流星划过天空,就像在快速飞行,所以是飞星。纤纤云朵织成美丽的祥云,颗颗流星传递着相思的情意,牛郎和织女悄悄地各自从银河的两头奔向彼此。云彩、流星、银河是不是都像是他们的红娘,在为他们的相逢牵线搭桥?金风就是秋风,玉露指白露。在这金风玉露的七夕时节他们一相逢,便胜过人间无数朝夕相守的平凡伴侣。

下阕两人相会的情景更是无限缱绻:"柔情似水,佳期如梦。"这八个字如今已成为形容爱情美好的两个成语。相逢如此美好,又怎"忍顾鹊桥归路"!虽然不忍分别,不忍踏上归路,但他们早已许下爱的誓言:"两情若是久长时,又岂在朝朝暮暮。"

古往今来,无数深深相爱却被迫分开两地的爱侣,时常用这两句词来勉励爱人和自己。而真正的爱情,一定能经受住时空的阻隔、身边的诱惑,因为你已认定:只有他(或她)是你唯一的人生伴侣。愿我们都能拥有这样的爱情。下面,又到了吟唱环节了,是不是很期待呀!

乐谱译编自《碎金词谱》。《碎金词谱》成书于1844年,作者为谢元淮,全书十四卷,共计收录古代词乐乐谱558阕。研究界普遍认为,这些词谱都不是唐宋词谱的原谱,而是元明以来"口口相传"的曲子,与上一节介绍过的《九宫大成南北词宫谱》一样,尽管在其流传过程中难免加入时腔,曲牌与宫调与唐宋典籍中的记载也多有变化,但漫长的时光中,乐谱在一代代艺人、文士中口口相传,因此其中也必有不少直接承传自唐宋词乐原谱的作品,是研究唐宋词乐的宝贵资料。

鹊桥仙

词:(宋)秦观
曲:《碎金词谱》译编
改编:何洋

$1=^\flat E \quad \frac{4}{4}$

3 5 56 1 6 5 | 3 - - - | 1 6 6.2 1 6 | 2 1 6 - - |
纤 云 弄　　　 巧,　　　 飞 星 传　　 恨,

```
6·2 3 1 - | 6·1 5 3 | 5 6 5 3 2 | 3 - - - | 5 5 3·5 |
银 汉      迢 迢  暗   度。       金 风 玉

6 - - - | 5 - 6 5 | 3 - - - | 6·1 5 3 5 | 6·1 5 3 |
露       一 相 逢,           便 胜 却

2 1 2 | 1 6· - | 6· 3·5 2 1 | 2 3 - - |
人 间 无  数。  柔 情 似   水,

2 2 2·3 1 6· | 5 6· - - | 3 5 6 - - | 6·1 5 3 |
佳 期 如 梦,   忍 顾  鹊 桥

5 6·1 6 5 | #5 3 - - - | 2 1 2 3 5 | 2 - - - | 2 1 6·5 |
归 路。     两 情 若   是      久 长

6·1 6 - - | 6 - 5 6 | 2 3 1 0 0 | 2·3 2 1 2 | 1 6· - - |
时,        又 岂 在  朝 朝 暮  暮。
```

这首歌非常优美动听，每次吟唱它，我都觉得特别陶醉，同时它的难度也不小。

```
3 5 6·1 6 5 | 3 - - - | 1 6 6·2 1 6· | 2 1 6· - - |
纤 云 弄   巧,        飞 星 传 恨,
```

第一句的难点在"弄"字，这个字有五个音。唱的时候可以想象天上的彩云正在编织出各种巧妙的图案，所以"弄"字的唱腔也变幻莫测，一连转四次音。第二句"飞星传恨"，声调由高转低。"恨"指的是相思的愁绪，的确更适合用低音、用一个落腔来表达。"传"字与第一句的"弄"相对应，也有四个音。作曲者把这两个动词作为这两个乐句的重点。

第三句"银汉迢迢暗度"，从"银汉"到"迢迢"有一个五度音的跳跃，可以多聆听原唱，把它唱准确。为什么这里有一个音阶的跳跃呢？在演唱时你可以想象：两个相爱的人伫立在银河的两头，遥遥相望；在鹊桥搭好后走向对方。要带着这样的情绪来演唱。

```
5 5 3. 5 | 6 - - - | 5 - 6 5 | 3 - - - |
金 风 玉 露       一   相 逢,
```

第四句中的"露"和"逢"演唱时都要拖长至四拍，比上一句的情绪更递进一步，唱这句时你仿佛已看到两个久别重逢的恋人脸上的羞涩与甜蜜。

```
6. 1 5 3 5 | 6. 1 5 3 | 2 1 1 2 | 1 6 - - |
便 胜  却     人 间 无    数。
```

第五句是上阕的收束。"便胜却"三个字的声腔特别婉转，分别有一次、两次、三次转音，仿佛将牛郎织女相会的美好层层递进。你的生命中是否也有过这样的时刻，让你的灵魂深处深深震撼，让你体会到了以前从未体会过的幸福，让你觉得这短短的一刻就胜过了以往平凡琐屑的月月年年？如果有，那么就带着对那一刻的回味来演唱这一句，如果还没有，那么就请展开你瑰丽的想象吧！

下阕第一二两句："柔情似水，佳期如梦。"第一句从"情"到"似"，又有一个五度音的跳跃。这两句放在下阕的开头作为一个过渡，因为马上要到整首歌的高潮了：

```
3 5 6 - - | 6. 1 5 3 | 5 6 1 6 5 | ⁵⁄₄3 - - - |
忍 顾 鹊   桥  归     路。
```

这一句是整首歌的高潮，唱好了会非常动听。"归"字与上阕第一句的"弄"字一样是一字五音，但它把节拍延长了，所以这个转腔更加婉转悠扬。结尾的"路"字，从 **5** 快速过渡到 **3**，仿佛一个质疑：为何刚相聚又要别离？

```
2 1 3 5 | 2 - - - | 2 1 6 5 | 6 1 6 - - |
两 情 若 是   久 长  时,
```

```
6 - 5 6 | 2 3 1 0 0 | 2. 3 2 1 2 | 1 6 - - |
又 岂 在   朝 朝   暮   暮。
```

"两情若是久长时。"这句是一个设问，乐谱也设计为结尾前一个低调的过渡。最后一句注意，"又岂在"后有两拍停顿，这是为了凸显结尾的"朝朝暮暮"四字。

第六节 《满江红·怒发冲冠》赏析与吟唱

关于唐诗和宋词，你听过这样两句话吗？

孤篇盖全唐，一词压两宋。

你知道第一句指的是哪首唐诗吗？这位作者仅凭着这一首诗，就在无数读者心中成为了星汉灿烂的唐诗天空中的北斗之星。它就是张若虚所写的七言长诗《春江花月夜》。那么"一词压两宋"的"一词"又是哪一首词呢？这首词的作者最著名的身份并不是词人，而是民族英雄。我想你一定猜到了：这首词就是岳飞所写的《满江红·怒发冲冠》。

在中国上下五千年的历史中，涌现出了无数的仁人志士、民族英杰。在讲这首《满江红·怒发冲冠》之前，我们先来回顾岳飞的一生。

一、岳飞简介

岳飞（1103—1142），出生于相州汤阴（今河南省汤阴县）农家。据说在他诞生的时刻，天空中恰巧有只大鸟展翅飞过，所以父亲给他取名"飞"，字鹏举。据《宋史·岳飞传》记载，岳飞天生神力，未弱冠就能挽弓三百斤，开弩八石。他不仅是大力士，还是神射手，左右开弓、百发百中。在人品与学问方面，《宋史》用了这十二个字来概括："少负气节，沈厚寡言，家贫力学。"少年岳飞就富有气节，为人沉稳忠厚，寡言少语，虽然家境贫寒，但却刻苦求学。他十九岁入伍，1127年靖康之难发生时，他二十五岁，加入了宗泽将军的麾下，很快就成为北伐抗金战场上的一员猛将。岳飞是孝子，入伍便无法侍奉母亲，忠孝难以两全。岳母虽然是农妇，但却深明家国大义。她在儿子的背上刺下"尽忠报国"四个大字，勉励他全力战斗，免除他后顾之忧。这就是历史上著名的"岳母刺字"的故事。

1128年，宗泽将军过世。临终前他高喊着："渡河！渡河！"这是宗泽将军的遗愿，也是岳飞一生的信仰。岳飞把"渡河"这两个字，扩展成了一句更为清晰的目标："还我河山。"他的后半生，用自己的每一天每一分每一秒，不懈地向着这个目标前进。

岳飞创建了"岳家军"，这是整个中国古代战争史上最杰出的军队之一。岳飞爱兵如子，作为统帅，他与军中士兵同吃同住，没有特权。每次打仗，他总是冲在最前面。正由于有了这样的统帅，"岳家军"才成为了一支勇猛无比的铁军。此外，岳飞治军极严，军纪如山，赏罚分明。在行军的过程中，为了保民安民，他定下了"冻死不拆屋，饿死不掳掠"的军规：即便冻死也不能闯进百姓的家里，即便饿死也不能抢掠百姓的财物。因此，在北伐的过程中，这支"岳家军"每到一处，都深受当地百姓的爱戴拥护，每在金兵手中夺回一城，百姓们就"箪食壶浆，以迎王师"。岳飞带领着他麾下的猛将：张宪、岳云、杨再兴、牛皋、王贵……以及众多英勇的将士，十年来四次北伐，战无不胜，连金国军队都被"岳家军"所折服，继而仰天长叹：

撼山易，撼"岳家军"难！

"岳家军"的第四次北伐一路高歌猛进，收复大片中原失地。岳飞不仅要夺回故土，还要直捣金军的大本营，彻底消灭金国。但是后面的故事大家都知道了，懦弱无能的宋高宗赵构听信秦桧等人的谗言，连下十二道金牌让岳飞停止前进、班师回朝。军营中的将士们、沦陷区的百姓们怆然泪下，而最痛的，还是岳飞自己：

所得诸郡，一旦都休，社稷江山，难以中兴，乾坤世界，无由再复！

这二十四字，字字锥心、字字千钧。想必当时岳飞一定是将满腔的血泪凝结在喉结，然后一字一顿地倾吐出来。岳飞班师回朝后，接连遭受不公的对待，最终于1142年1月27日，在大理寺狱中被杀害，只留下供状上绝笔八字："天日昭昭，天日昭昭！"

带着满怀的悲愤与冤屈，岳飞走了。但他的忠、义、智、勇，在

历史长河中分外的耀眼夺目。

岳飞不仅是杰出的军事家、战略家，还是位杰出的诗人，真正的文武全才。除了《满江红·怒发冲冠》，他还写出了《满江红·登黄鹤楼有感》与《小重山·昨夜寒蛩不住鸣》这样著名的词作：

满江红·登黄鹤楼有感

遥望中原，荒烟外、许多城郭。想当年、花遮柳护，凤楼龙阁。万岁山前珠翠绕，蓬壶殿里笙歌作。到而今、铁骑满郊畿，风尘恶。

兵安在？膏锋锷。民安在？填沟壑。叹江山如故，千村寥落。何日请缨提锐旅，一鞭直渡清河洛。却归来、再续汉阳游，骑黄鹤。

这首写于汉阳黄鹤楼的词作，一般认为是在1134年岳飞出兵收复襄阳六州驻扎鄂州（今湖北武昌）时所作，创作时间应早于《满江红·怒发冲冠》。在这首作品中，岳飞用对比的手法写出了中原大地昔日的繁荣富庶与今日的破败衰颓。"民安在？填沟壑。"这六个字，触目惊心地呈现出金人铁蹄锋刃下百姓尸横遍野的惨痛。"一鞭直渡清河洛"，写出了一往无前的必胜信念。河指黄河，洛指洛水。河洛代指中原大地。

与这一首直抒胸臆的风格迥异，另一首代表作《小重山·昨夜寒蛩不住鸣》写得委婉曲折：

昨夜寒蛩不住鸣。惊回千里梦，已三更。起来独自绕阶行。人悄悄，帘外月胧明。

白首为功名。旧山松竹老，阻归程。欲将心事付瑶琴。知音少，弦断有谁听？

秋夜里蟋蟀不住地鸣叫，把我从重归故土的梦中惊起，时间已是夜半三更。我起身，独自在军营的台阶前徘徊，四野寂寂，月色蒙蒙。故乡山林里的松与竹都老了，但我还是无法归去看看它们。我把一腔心事付与瑶琴，期待知音能懂。但知音何在？即便弹到琴弦断裂，依旧无人聆听。

在这首小令词中，岳飞的创作回归到了词的本色：婉约、含蓄、蕴藉。他用象征手法，来委婉地表达出理想与现实的鸿沟。"旧山松竹老，阻归程。"这一句用故乡山里老迈的松竹，来暗指金人统治区里老迈的百姓，他们在金人的残酷统治之下，依旧如松竹般顽强挺立，但他们已等得太久了。而又是谁阻挡着当初被迫南迁的人回到故土呢？且看最后两句："欲将心事付瑶琴。知音少，弦断有谁听？"岳飞的心事，当然就是"还我河山"，但他的心事不是宋高宗的心事，也不是朝廷里主和派、投降派的心事。故土无法收复，故乡无法归去，能做的，难道就是在碌碌无为中"白了少年头，空悲切"吗？

二、《满江红·怒发冲冠》赏析

马上我们就要开始赏析与吟唱有着"一词压两宋"盛誉的《满江红·怒发冲冠》了。但是你知道吗？关于这首词的作者，其实是有争议的，因为它第一次出现，是在明代。在南宋时期，岳飞的后人整理出版的岳飞诗文集中并没有这首作品。因此虽然它首次出现便署名作者是岳飞，还是不免让学界产生怀疑：不少研究者都揣测作者有可能是明代人，比如明代的民族英雄于谦等人。当时的明代政权同样受到北方游牧政权的进攻，所以有可能是有人借岳飞之名写了这首作品，来鼓舞朝野的士气，同仇敌忾。但是这首词作从主题、内容到文采、气势，和岳飞其他作品的情感风格基本一致，所以今天学界仍然认为它的作者就是岳飞。至于为何在宋、元两代都不见此作，也许是因为作品中的言辞过于慷慨激烈，直戳统治者、投降派的痛处，岳飞的后人才一直将它隐而未发。

讲了《满江红·怒发冲冠》背后的争议，下面让我们带着肃穆之情来朗读全词：

怒发冲冠，凭栏处、潇潇雨歇。抬望眼，仰天长啸，壮怀激烈。三十功名尘与土，八千里路云和月。莫等闲，白了少年头，空悲切。

靖康耻，犹未雪，臣子恨，何时灭！驾长车，踏破贺兰山缺。壮志饥餐胡虏肉，笑谈渴饮匈奴血。待从头、收拾旧山河，朝天阙。

首先注意几个容易读错的字。"怒发冲冠"的"冠"应该读作第一声，而不是第四声。这是汉语中的"名动异读"，当表示名词"帽子"的时候，要读作"guān"，而当表示动词"戴帽子"的时候，就要改读"guàn"。下阕中"笑谈渴饮匈奴血"的"血"，有两个读音，一个是"xuè"，一个是"xiě"。怎么区分呢？凡是书面语中，都应读作"xuè"，而在口语表达中，可以读作"xiě"。所以在这首词中，应该读作"xuè"。

怒发冲冠已成为一个常用的成语，形容愤怒到极致的时候，头发都根根竖起，要冲破发冠的束缚。岳飞为何怒发冲冠？因为"靖康耻，犹未雪，臣子恨，何时灭！"更因为朝廷始终在战与降中摇摆不定，进退失据。他凭栏远眺，面对着满目疮痍的江山，将满腔壮志与兴怀，都寄托在了那一声激越的仰天长啸之中。回首过往的军旅生涯，虽也立下了不少功勋，但在三十多岁正值壮年的岳飞眼中，与"还我河山"这样的终极信念相比，这些功勋都只不过如脚下的尘土般微不足道。而十几年来他披星戴月，脚下走过的路又何止八千里！人生苦短、时不我待，所以他勉励自己，也鼓舞军中将士：莫等闲，白了少年头，空悲切。

如果说上阕的整体情绪是内敛、引而不发的，在音乐上应该是一首沉郁的长调。那么下阕节奏陡然加快，急管繁弦弹奏出激昂的乐章："靖康耻，犹未雪，臣子恨，何时灭！"紧接着快速地层层推进到"踏破贺兰山缺"——掀起了乐章中的第一个高潮。此处情感一浪高过一浪，乘风破浪般高潮迭起："壮志饥餐胡虏肉，笑谈渴饮匈奴血。"仿佛已看到岳飞带领着"岳家军"一路高歌、光复中原、直抵黄龙、痛饮狂歌的画面。"待从头、收拾旧山河，朝天阙。"且待我彻底收复旧日的河山，高唱凯歌班师回朝！

然而，南宋朝廷不仅让岳飞壮志未酬，还对他赶尽杀绝。但千百年来，人们没有忘记他，岳飞连同他的这首《满江红·怒发冲冠》，深深地烙在了一代又一代中国人的心中，成为了民族精神的一面旗帜。

三、《满江红》吟唱

这首《满江红》歌曲的作者是杨荫浏（1899—1984），他是江苏无锡人，著名音乐教育家，中国民族音乐学奠基人。他自幼与著名民间音乐家华彦钧（阿炳）相识。1925年，五卅运动爆发，这是中国共产党领导的一场伟大的反帝爱国运动。当时年轻的杨荫浏先生为了在运动中鼓舞士气，团结人心，想到了演唱岳飞的《满江红·怒发冲冠》。他取民乐《金陵怀古》一曲，填岳飞《满江红·怒发冲冠》一词，发表了爱国歌曲《满江红》。很快，这首歌曲便传唱开来。它不仅流行于五卅运动时期，而且在这之后的多次反帝爱国运动中，在抗日战争中，这首歌唱响在战场上、在军营里、在田间地头，鼓舞着中华儿女奋起抵抗，奋勇杀敌，为实现国家的独立和民族的解放而不懈努力。

《满江红》乐谱如下：

满 江 红

词：岳飞
曲：杨荫浏

1=F 4/4

慢板 慷慨地

```
3  5  5̇ 6̇ 1 | 2 3̇2̇ 1·0 | 6̇ 5̇6̇ 1̇2̇ 3̇5̇ | 2 - - 0 |
怒 发 冲 冠，凭 栏 处，  潇 潇  雨 歇。

3 1̇3̇ 5·0 | 1̇5̇ 6̇3̇ 2·0 | 1·3 2̇1̇6̇ 5·0 | 5 5̇6̇ 3 3̇1̇ |
抬 望 眼，  仰天长 啸，  壮怀 激 烈。  三十 功名

2·3 2·0 | 3·5 1̇6̇5̇ | 3 2̇3̇2̇ 1·0 | 5 1̇2̇ 3̇5̇ |
尘 与 土，  八千里路 云和 月。   莫等闲，白了

1·2 3·0 | 2 1̇6̇ 5·0 | 5 - 5̇6̇ 1 | 2 3̇2̇ 1·0 |
少 年 头，  空 悲 切。  靖 康 耻， 犹 未 雪，

6̇ 5̇6̇ 1̇2̇ 3̇5̇ | 2 - - 0 | 3 1̇3̇ 5·0 | 1̇5̇ 6̇3̇ 2·0 |
臣子恨，何 时 灭！    驾 长 车， 踏 破

1·3 2̇1̇6̇ 5·0 | 5 5̇6̇ 3·0 | 2·3 2·0 | 3 5̇ 1̇ 6̇5̇ |
贺兰 山 缺。 壮志 饥 餐胡虏肉， 笑谈 渴 饮
```

```
                                           渐慢
3 232 1. 0 | 5 1 2 3 5 | 1 2 3 - | 2 1 6 5 |
匈 奴   血。    待 从头、收 拾 旧 山 河,    朝 天 阙。
```

这首歌有一个特点：上阕与下阕乐谱基本相同。因此只要学会了上阕，下阕就基本掌握了。

在演唱上阕时，一定要注意把节奏放缓。第一句从"怒发"的"发"到"冲"，有一个八度的降调，唱"冲冠"二字一定要把气沉到丹田，想象岳飞当时无处发泄的满腔愤懑。"潇潇雨歇"的"雨"字有四个音，**1－2－3－5**，好似那连绵不断的雨终于停歇。下一句，在唱到"仰天长啸"的"仰"字时，把嗓子完全打开，高音顶上去，想象岳飞在登高望远时仰头朝天发出那一声长啸。上阕结尾处"空悲切"三字，适合处理成弱拍，轻声演唱，唱出岁月的苍凉感来。

下面讲解下阕：

```
5. 0 | 5 5 6 3 3 1 |
烈。   三 十 功 名
```

从上一句结尾的"烈"到这一句起头的"三十功名尘与土"的"三"，有一个八度跳音，难度较高，大家一定要多听多练。赏析《满江红·怒发冲冠》词作时我曾提到，上阕应该是一首沉郁的长调，下阕节奏陡然加快。因此在演唱时，也可以将下阕处理成一首进行曲。

进行曲是一种富有节奏的歌曲。最初它产生于军队的战斗生活，用以鼓舞战士的斗争意志，激发战士的战斗热情，后来人们在社会生活中也常采用这种体裁来表达集体的力量和共同的决心。雄劲刚健的旋律和坚定有力的节奏是进行曲的基本特点。

这首《满江红》，尤其是其中的下阕，从内容到节奏都像极了军队首领在誓师大会上激励将士们的言辞，所以在演唱时一定要把握住雄劲刚健和坚定有力这两个特点。从乐谱看，下阕是上阕的重复，仅有几处变化，因此更需要通过节奏的加快，来展现出上下阕的不同来。最难的一处是结尾，对比一下上、下阕结尾：

```
5 1 2 3 5 | 1. 2 3. 0 | 2 1 6 5. 0 |
莫 等闲,白了 少 年 头,   空 悲 切。
```

$$\underset{\text{待}}{\dot{5}} \ \underset{\text{从头、}}{\underline{1\ 2}}\ \underset{\text{收}}{3}\ \underset{\text{拾}}{5}\ |\ \underset{\text{旧}}{\dot{1}}\ \underset{\text{山}}{\underline{2\ \dot{3}}}\ \underset{\text{河,}}{-}\ |\ \overset{\text{渐慢}}{\underset{\text{朝}}{\dot{2}}\ \underset{\text{天}}{\widehat{1\ 6}}}\ \underset{\text{阙。}}{5}\ \|$$

同样是三个小节，第一小节完全相同，第二、三小节的下阕比上阕高了一个八度。因为作曲者把最高潮放在了结尾处，因此在唱完"待从头收拾"之后，可以暂停一下，换一小口气，然后蓄力把高音顶上去，以高昂的斗志唱完"旧山河，朝天阙"。

在我的教学过程中，这首《满江红》深受学生的喜爱。有人说它"让人热血沸腾、浑身充满了力量"，在演唱的时候"激励着心中的爱国之情"。有人热爱它"所给予的精神力量与对理想的渴望"。更有人赞美它是"爱国主义的绝唱"。它那"高昂又悲壮"的曲词，"让人心血澎湃"，"正气凛然，调动人心中的爱国之情，激励人想为国立功，报效祖国"。

我想，这便是这本书的价值所在。

参考书目

1. 杨荫浏. 中国古代音乐史稿（上下）[M]. 北京：人民音乐出版社，1981.

2. 杨向奎. 宗周社会与礼乐文明[M]. 北京：人民出版社，1997.

3. 王世舜，王翠叶译注. 尚书[M]. 北京：中华书局，2012.

4. 王国维. 宋元戏曲史[M]. 北京：中国书籍出版社，2020.

5. 李泽厚. 美的历程[M]. 北京：人民文学出版社，2021.

6. 司马迁撰，裴骃解. 史记（中国史学要籍丛刊）[M]. 上海：上海古籍出版社，2015.

7. 程俊英译注. 诗经[M]. 上海：上海古籍出版社，2006.

8. 胡平生，张萌译注. 礼记（中华经典名著全注全译）（下）[M]. 北京：中华书局，2022.

9. 孟子. 孟子[M]. 南昌：江西人民出版社，2017.

10. 陈桥驿译注. 水经注[M]. 北京：中华书局，2022.

11. 赵玉敏译注. 后汉书[M]. 长春：吉林大学出版社，2021.

12. 郭茂倩. 乐府诗集（上）[M]. 上海：上海古籍出版社，2022.

13. 任中敏. 唐声诗[M]. 南京：凤凰出版社，2019.

14. 文辛房. 唐才子传[M]. 郑州：中州古籍出版社，2021.

15. 王国维. 人间词话[M]. 上海：上海古籍出版社，2018.